길에서 길을 만나다

길에서 길을 만나다

오인자 수필집

한그루

작가의 말

가을이 가면
겨울이 오고

머지않아
새봄이 온다

초록 세상을
만나러 간다

2020년 겨울 **오인자**

제1부

**유년의
뜰에서**

제2부

하얀
감귤꽃 같은

제3부

초록귤청처럼
상큼하고 달달한

제4부

오색딱다구리와
휘파람새 소리와 함께

제5부

푸르름으로
가득한 세상

제6부

프리즘으로 본
또 다른 나

제7부

세월,
아름다움으로

제1부

유년의 뜰에서

어머니

어제부터 내리기 시작한 비가 오늘도 그칠 줄 모른다.

마당에는 보랏빛 붓꽃이 비에 젖어 파르르 떨고 있다. 그 꽃 틈새로 어머니의 모습이 어른거린다.

어머니가 우리 곁을 떠난 계절도 이맘때다. 그날도 뿌연 안개가 온 섬을 휘감고 있었다. 가시면서 안개 속에 길을 잃고 헤매셨을 모습이 눈에 선하다. 차마 당신을 드러내기 싫어 그런 날을 택했는지도 모른다.

마지막 보내면서 마음 상하게 했던 일들이 자꾸 떠올라 나를 괴롭혔다. 그러면서도 가슴이 답답하기만 할 뿐 눈물 한 방울 나오지 않았다.

산소에서 마지막 제를 모실 때였다. 무덤 앞에 한 상 가득 차려진 음식을 보니 그제야 가슴이 미어졌다.

어머니는 늘 식사를 조금밖에 하지 않았다.

우리 집에 오셨을 때도 마찬가지였다. 더 드시라고 채근을 해도 아무 말 없이 수저를 놓았다.

어느 날 그 이유를 물어보았다. 대답은 "배불언 호꼼만 먹엄저." 였다.

철이 들 때까지 어머니 마음을 읽어내지 못했다. 우리 여섯 남매 배려한 그 깊은 속내를.

오랜만에 '고리키'의 어머니를 다시 읽고 있다. 활자가 흐릿해져 더 읽을 수가 없다.

비 오는 날

우리 어머니와 '펠라게바 닐로프냐 블라소바'는 내 마음을 아리게 한다.

단풍나무와
나

    겨울이라고는 느끼지 못할 정도로 따사로운 햇살이 가득한 오후. 여가가 생기면 늘 하던 대로 창가에 턱을 괴고 앉아서 무심코 창밖을 본다. 무아의 경지에 오르기에는 나의 수양이 턱없이 부족하지만, 혼자 있는 것이 그저 좋아서 나만의 시간을 즐겨온 지는 꽤나 되었다.

    인간은 어차피 혼자인 것을 왜 아등바등하며 살아야 하는지. 좀 더 너그럽고 여유 있는 삶을 살아갈 수는 없는 것인지. 주위를 둘러보아도 온통 불평과 한숨 섞인 푸념만 들려온다. 세상 살맛이 나지 않는 요즘이다.

    문득, 마당에 우뚝 서 있는 단풍나무에 눈길이 간다. 우리 집 단풍나무는 당단풍이다. 학명은 *Acerpseudo-sieboldianum*이며 우리나라 가을 산을 붉게 물들인다. 캐나다의 상징인 메이플은 학명이 *Acersaccharum*으로 그 유명한 메이플 시럽이다.

    단풍나무는 재질이 단단해서 팔만대장경의 목재로 쓰였고 악기를 만들기도 한다. 한방에서는 뿌리와 가지를 계조축이라고 해서 약재로 쓴다. 무릎관절염으로 통증이 심하거나 골절상을 입었을 때 달여 마신다. 소염

작용과 해독 효과까지 있다.

얼마 전까지만 해도 당단풍나무 자체가 붉게 타오르는 불꽃 같았다. 지금은 앙상하게 가지만 남은 나목으로 마당가를 지키고 있다.

이 당단풍나무와 인연을 맺은 지도 오래되었다. 어렸을 적, 어머니를 따라서 산에 갔었다. 옛날부터 호기심이 많았던 나, 고사리 꺾기는 뒷전이었다. 냇가로 가서 울창한 나무 밑에 자라는 이끼와 이름 모르는 풀을 채집하느라 정신이 없었다. 그곳 바위틈에 자라던 조그만 나무 한 그루를 뽑아 와서 친정 뜰에 심었다. 척박한 환경에서 자란 탓인지 하루가 다르게 크더니, 수년이 지나자 제법 큰 나무가 되었다. 시집와서 집을 마련하고 엉성한 마당에 친정집에서 자라고 있던 나무를 뽑아다 심었다.

마당가를 지키고 선 지 삼십여 년, 아름드리로 자란 나무는 참새와 까치들의 쉼터가 되었다. 여름이면 시원한 그늘을 만들어주고, 가을에는 빨간 단풍잎을 곱게 물들인다. 지난해에는 단풍나무 그늘에 평상을 놓았다. 그 위에서 수박 파티를 열며 동네 사람과 세상 돌아가는 이야기를 나눈다. 가을이 되면 산에 오르지 않아도 마당으로 눈길만 돌리면 아름다운 단풍을 볼 수 있는 즐거움을 주었다. 나무 전체가 빨갛게 불타올라 보는 이의 눈동자를 붉게 물들인다.

집에 오는 사람마다 모두 한마디씩 한다. 단풍이 운치가 있다고. 옆집 나무는 사철 단풍이다.

잎이 봄부터 여름까지는 빨갛고, 가을이 되어 떨어질 때가 되면, 거무죽죽하게 보기 싫은 색깔로 변해버린다. 하지만 우리 집 단풍나무는 여름에는 녹음을 드리우고, 가을이면 나무 전체가 빨간 옷으로 갈아입는다.

낙엽 쌓인 숲속 오솔길을 걷는 낭만을 만끽하고 싶어서, 마당에 뒹구는 낙엽을 일부러 치우지 않는다. 오늘처럼 한가한 오후에는 한 잎 두 잎 떨어지는 나뭇잎을 보며 인생의 가을을 추상해 보기도 한다. 좀 더 원숙한 내 모습을 기대해 보지만 자기완성의 길은 멀고도 험난하다. 누가 재촉한다고 되는 게 아니고 부단한 노력과 열정이 자신을 가꾸는 길이라는 것을 잘 안다. 요즘 들어 매사에 자신이 없어지고 나태하고 나른해진다.

저 단풍나무처럼 모두에게 사랑과 즐거움을 주며 살 수는 없는지. 나이가 들면서 "저 여자 괜찮은 사람이야." 하는 말을 듣는 것보다 곁에 있으면 상대방에게 편안함을 줄 수 있는 사람이 되고 싶다. 하지만 뒤돌아보면 아쉬움만 가득하다.

단풍나무를 보고 있으면, 나무를 뽑아 가겠다며 친정 부모님께 억지를 부리던 지난날이 떠오른다. 그런 철딱서니 없는 딸을 어이없는 눈길로 바라보던 부모님 모습이 잡힐 듯 눈에 선하다.

욕심 사나운 자식을 차마 나무라지 못한 두 분의 심정을 저 나무를 볼 때마다 헤아려 보게 된다. 지금은 두 분 모두 돌아가셨지만, 나무를 보며 부모님을 떠올리고 옛 추억에 젖는 것이 습관이 되었다.

"단풍나무는 정원수로 심는 게 아니다." "사는 집보다 나무가 크면 안 된다." 온갖 말로 현혹하며 팔라고 꼬신다. 그럴 때마다 나는 한마디로 일축한다. "저 단풍나무는 부모님과의 어릴 적 추억이 깃든 나무입니다." 이러는 나를 이상한 눈으로 보기도 한다. 개의치 않는다. 모든 것은 마음에서 우러나와야 하고 내가 진실하면 언젠가는 상대편에게 그 진심이 통할 것이므로.

가끔, 나도 자기 과시욕에 젖어 우쭐대고 싶다. 그러나 저 단풍나무를 보면 그만 숙연해지고 만다. 느긋하게 기다리지 못하고 초조해하는 자신에게 딱한 생각이 든다. 조금 뒤진다고 크게 손해 볼 것이 없는 게 세상살이인 줄도 알게 되었다. 세상을 살다 보면 다소의 손해를 보면서 살아가는 것도 멋스러울 때가 있다. 각박한 현실에서 뜻이 맞고 정이 가는 사랑을 한두 명만 만나도 온 천하를 얻은 것처럼 넉넉해진다.

남보다 앞서가야 인생이 승리하는 것은 아니지 않은가. 찬란했던 단풍나무의 낙엽처럼 나도 언젠가는 떨어지리라는 것을 새겨두고 싶다. 하지만 욕심이 많아서 허둥대기만 한다.

자신을 가꾸며 주위를 돌아보면서 여유 있는 삶을 살고 싶다. 여름이면 녹음이 우거진 그늘을 만들어주고, 가을에는 곱게 단풍을 물들이며, 한겨울을 나서 새봄이 오길 기다리는 저 단풍나무처럼.

재봉틀

　모처럼 여가가 생겨서 재봉틀 앞에 앉았다. 나는 소리도 둔탁하고 모양새도 낡은 구식 재봉틀을 돌리며 무엇이든 만들기를 좋아한다. 그래서 식구들의 옷을 수선하거나 내 치마와 간단한 윗도리 정도는 만들어서 입는다. 그러면 무엇을 완성해냈다는 뿌듯함이 밀려들고 낡았던 것이 새것으로 탈바꿈할 때의 희열이 생겨난다. 너무 오래 작업을 하면 어깨가 결려서 전기 재봉틀을 구입할까 하다가도 아까워서 차마 버리지 못하고 쓰고 있다.

　이 재봉틀은 친정어머니가 당신이 아끼던 것을 준 것이다. 내가 재봉틀을 구입하려고 한다는 소식을 사촌에게서 전해 듣고 당신 어깨로 짊어지고 오셨다. 시집올 때 마련해주지 못해서 내내 서운해 하셨다. 이제는 한시름 놓게 되었다고 말하며 이마에 흐르는 땀을 손등으로 훔치셨다. 그런 어머니에게 불같이 화를 냈었다. 그냥 사면 될걸, 그 무거운 것을 왜 가져왔느냐며.

　난 언제나 어머니에게 그런 식이었다. 순종만 하며 살아가는 어머니의 삶 자체가 싫었다. 이담에 크면 어머니 같은 사람은 절대 되지 않겠다고 입버릇처럼 말했었다. 종갓집 맏며느리 역할을 빈틈없이 해내는 어머니의 모습이 그때는 왜 그렇게 보기 싫었는지.

아버지는 글만 읽던 한량이었다. 농사일이며 집안 대소사는 어머니 당신이 전부 챙기셨다. 집안이 어떻게 돌아가는지, 어떻게 해가 떠서 지는지 관심조차 없는 아버지를 상전 떠받들 듯 하면서도 불평 한마디 없었다.

남에게 베풀기를 좋아해서 곡식을 거둬들이면 그냥 놔둔 적이 없었다. 우리 동네는 물이 맑은 일강정이다. 논농사를 많이 짓던 곳. 육지에서는 쌀이 흔했지만, 제주도에서는 벼를 재배하는 곳이 드물었다. 그 시절에 어른들은 '시집가기 전에 곤쏠^(고운 쌀, 흰쌀) 두말 먹으민^(먹으면) 잘산 비바리'라는 말을 곧잘 했었다.

가을에 추수해서 거둬들이면 등에 짊어지고 물방앗간으로 가서 도정해 가지고 온다. 그중에서 제사 모실 쌀은 먼저 덜어내고, 햅쌀이라며 삼촌 댁과 사촌네 등을 가져다주고 오라고 나에게 심부름을 시키셨다. 나는 한 번도 곧장 '예' 하고 대답한 적이 없다. "그 사람들은 염치도 없어요. 바쁜 철에 와서 거들지도 않고." 어머니는 천상 얼간이라며 툴툴거렸다. 그래도 얼굴 한번 찡그린 적 없이 당신 할 일을 묵묵히 하셨다.

난 그때 다짐했다. 절대로 어머니처럼 살지는 않겠다고. 자식들에게는 무한한 자유를 줄 것이며, 남편에게는 당당히 따지며 사는 여자가 되겠다고. 하지만 지금의 나는 어머니가 나에게 했던 것과 똑같이 내 아이들에게는 잔소리꾼인 엄마가 되었다. 남편에게는 잘못한 것도 없으면서 슬슬 눈치를 보게 된다. 당당히 따지며 사는 여자는 고사하고 도리어 남편에게 잔

소리만 들으며 사는 여자로 전락하고 말았다. 은연중에 딸은 어머니의 살아가는 모습을 닮아 간다고 하는데, 닮지 않으려고 하면서 나도 어느새 어머니의 삶을 이어가고 있다.

오래전 세간을 떠들썩하게 했던 고급 옷 로비 사건을 떠올려 본다. 어머니의 삶과 그들의 삶을 견주어 보았다. 어떻게 살아가는 것이 올바른 길인가를 되돌아보았다. 어머니는 아버지 한복과 우리 여섯 남매 어렸을 적 옷은 이 재봉틀로 손수 만들어 입혔다. 그런 어머니의 소박하고 검소한 삶이 한 벌에 몇백만 원씩 하는 고급 옷을 걸친 고관 사모님들의 삶보다 못할 것 없다는 생각이 든다. 손해만 보며 살아간다고 내가 투정했던 어머니. 지금도 내 곁에 계셨다면 "너는 사람의 도리를 다 하며 살아라." 따끔하게 일러주셨을 것이다.

이빨 빠진 바지 지퍼를 고쳐 달면서 어머니가 재봉틀 앞에 앉아서 자투리 천으로 베갯잇이며 방석 등을 곱게 만들던 모습을 그려본다. 열 마디 말보다 단 한 번의 실천으로 바른 삶의 도리를 일깨우려던 당신. 그 깊은 뜻을 헤아리지 못하고 샛길로만 빠지려고 하던 나. 어머니가 안 계신 이 자리가 허전하게 느껴지는 것은 생전에 못다 한 효도 때문만은 아니다. 운명을 며칠 앞두고 "내 수의는 꼭 네 손으로 입혀 달라."라는 어머니의 유언을 들었을 때, 어머니의 참사랑을 깨달았다. 유독 나에게만 엄하고 매정하게 굴었던 어머니. 그것은 당신의 딸이 올바르게 살아주기를 바라는 당신의 철학이었음을 지금에서야 어렴풋이 알 것 같다.

현모양처는 못 될망정 악처는 되지 말아야지 하면서도 금세 어머니의 당부를 잊어버린다. 가끔은 제멋대로 사는 나를 발견하고 소스라치게 놀

라곤 한다. 세속에 찌들어 가는 내 마음을 다스리고자 오늘 밤도 어머니의
손때와 땀이 묻어있는 재봉틀을 돌리고 또 돌려본다.

고유
영역

가슴 한쪽에 작은 섬 하나 숨겨놓고 있다. 이곳은 다른 사람은 들어올 수 없는 나만의 공간이다. 어떤 때는 나도 여길 들어가려다가 도중에 그만둔다. 겹겹이 쳐놓은 마지노선을 지나다 보면 제풀에 지쳐 주저앉아 버린다.

가끔 섬에 들어앉아 글을 쓰기도 하고 때론 달콤한 잠에 빠져든다. 그곳에서 로맨틱한 꿈을 꾸고, 노년의 멋진 삶을 그려보기도 한다. 이상과 낭만이 살아 숨 쉬는 나만의 유토피아다.

그런데 마지노선을 넘어온 침입자가 생겼다. 그는 놀랍게도 금발 머리에 새하얀 피부, 파란 눈의 이국인이다. 이럴 수가. 어떤 날은 나도 들어가길 포기하는 작은 섬, 그곳에 이국인이 어떻게 아무런 방해 없이 들어올 수가 있었을까.

아직은 그를 맞아들일 채비도 되어있지 않다. 마음의 준비를 할 수 있는 시간은 주어져야 하는데 곤혹스럽다.

그는 나만의 공간을 차지하고 앉아 주인 행세를 할 것이다. 유토피아를 그에게 빼앗긴 난 삶의 의욕을 잃는다. 그래서 죽어버린 바닷가를 배회하거나 무차별하게 파헤쳐진 중산간에서 나의 언어를 잊어버린 채 방황할 것이다. 이게 머지않은 장래의 '내 모습이다.' 생각하면 서글프다.

자유무역 시장이 개방되었다. 곰곰이 생각해도 농업은 힘들어 보인다. 이럴 줄 알았으면 남편의 뜻대로 다른 삶을 찾아 나설걸, 후회막급이다. 조상 대대로 살아온 고향 땅, 시어른들 손길이 어려 있는 땅을 차마 버릴 수가 없었다. 우리들의 삶의 터전을 훌쩍 떠난다는 게 어디 그리 쉬운 일인가.

어떤 난관이 닥쳐도 견뎌 내리라 다짐했다. 그나마 작년엔 감귤 값이 고가여서 남편에게 면목이 섰다. 그러나 더는 자신이 없다.

작년 일 년 소득을 계산해 봤다. 한 해 수입에서 삼십 퍼센트를 저축하리란 다짐은 환상이었다. 이게 우리 가정에 국한된 것이 아니고 대부분 농가의 실상이다.

심란한 마음에 12번 국도를 달렸다. 도심을 벗어나자 밭담 안에는 가을 햇살을 머금은 감귤이 영글어 간다. 탐스럽게 주렁주렁 매달린 감귤을 보면서도 마음은 무겁다. 보나 마나 올해도 제값 받기는 글렀다.

방송에선 설익은 감귤을 강제로 익히려고 쌓아놓은 창고를 보여준다. 언론에서는 미숙과를 후숙시켜 시장에 반출한 농가가 적발되었다고 대서특필이다. 중간상인들이 값을 많이 준다고 해도 설익은 것을 따지 말아야 하는데. 결국, 제 살 깎아 먹기인데 그걸 하나 제대로 지키지 못한다. 그러면서 나 역시 남의 탓만 했다.

우리나라는 농산물 유통구조의 문제점이 많은 건 사실이다. 하지만 아무리 좋은 제도와 법이 만들어져도 지키는 사람이 없으면 그것은 무용지물이다.

일본의 경우를 보면 참 부럽다. 그들은 농산물을 최고급으로 만들어 놓으면 판매는 신경 쓰지 않는다.

농사만 열심히 지으면 되는 때. 나에게 그런 날이 올까. 우선 '적당히'라는 선에서 벗어나야겠다.

가슴이 답답하다. 하지만 마음은 한라봉 하우스에 가 있다. 탐스러운 열매를 주렁주렁 매달고 있는 나무들이 눈에 밟힌다. 주인의 손길을 기다리고 있는 한라봉 나무들. 천생 난 농부다. 그것도 시를 읽어주는 극성 농부다.

오늘따라 저녁놀이 유난히 붉다.

오일장에서

오늘은 오일장이다. 특별히 바쁜 일이 없으면 오일장을 즐겨 찾는다. 딱히 필요한 게 있어서라기보다 시장의 생동감을 느끼고 싶어서 간다. 그곳에 가면 시끌시끌한 북새통 속에서 나른한 몸을 추스르게 된다. 사람 사는 냄새도 난다.

대형마트도 이용하지만 마트에서는 사고 싶은 물건을 골라서 계산하고 나오면 그만이다. 반면 오일장에서는 텃밭에서 손수 가꾼 푸성귀를 파는 할머니들도 정겨운 풍경이고, 잡화 파는 아주머니들과 실랑이도 싫지 않다. 어떤 날은 '아고, 거 누게네 집 똘 아니라.' 반기는 목소리에 뒤를 돌아보면 친정집 동네 할머니를 만나는 기쁨도 덤으로 얻는다.

싸전을 둘러본다. 옛 생각이 난다. 지금 싸전은 중간 상인들이 자리하고 있지만 오십여 년 전에는 농부 아낙이 앉아 있던 곳이다. 어머니와 보리쌀이며 쌀, 잡곡을 등에 지고 와서 팔았다. 십여 킬로미터는 족히 되는 길을 걸어서 갔다. 중간중간에 세 번을 산담에서 쉬며 이마에 흐르는 땀을 연신 훔치던 친정어머니, 사슴처럼 기다란 목이 아련하게 떠오른다.

어머니는 두 말, 난 한 말, 하지만 그것도 힘에 부쳐 헉헉대곤 했다. 버스도 가뭄에 콩 나듯이 다니던 때였다. 요행히도 운이 좋아서 지나가는 도라꾸(트럭)가 우리를 태워 준 날은 일 년에 몇 번 되지 않았다. 오일장에 농산물을 내다 팔고 필요한 생필품을 사 왔다. 힘들기는 했어도 어머니 옆에 쪼그리고 앉아 아주머니들과 두런두런 이야기 나누는 재미가 쏠쏠했다.

지금은 마트에서 생필품을 사 온다. 하지만 시장에서처럼 값을 흥정하지는 못한다. 정해진 가격, 정해진 무게에 따라 진열된 것들 중에서 필요한 물건을 골라 계산대에서 값을 치르고 나면 그만이다. 효율적이고 편리하다. 그러나 입심이 좋은 아주머니 넉살에 홀려서 값을 깎지 못하고 슬며시 돈을 내밀면 덤이라며 한 움큼 더 얹어주는 풋풋한 정이 마트에는 없다.

보리쌀 한 됫박을 샀다. 주기적으로 들르는 싸전이라서 아주머니와는 형님 아우 하는 사이가 되었다. "미깡은 다 딴? 집안은 펜안허고?" 안부를 묻는 마음씨가 살갑다. 잠깐 다녀올 데가 있다며 싸전을 나에게 맡겨놓고 나갔다. 붕어빵 한 봉지를 사 왔다. 보리쌀 한 됫박 팔아서 얼마 남는다고. 이렇게 가슴 훈훈한 정이 있어서 단골이 되었다. 오늘도 형님에게서 많은 빚을 지고 돌아온다. 그래도 마음은 편안하다. 형님의 넓은 아량을 가득 안고 오게 되어서.

할머니들이 모여 앉아 푸성귀를 파는 곳, 오일장에 오면 두 번째로 들르는 곳이다. "우리 똘 왔구나게." 활짝 웃으며 반갑게 맞아주는 할머니. "고뿔 허지나 안 헴수과?" 걱정되어 여쭈면 "난 밭이 강 일 허곡 장에 송키 폴레 오곡 고뿔 헐 저르 엇어." 여든이 가까워 오는 연세인데도 정정하다.

부럽다. 나도 저 나이 되어 저렇게 건강하게 살 수 있을까. 욕심은 내려놓고 순리에 따르려 한다.

돌미나리 세 묶음을 샀다. 할머니가 논둑에서 캐온 야생미나리, 향이 진하다. 육천 원과 쑥빵을 드렸다. 할머니는 깐 마늘과 냉이를 주섬주섬 봉지에 담고 흰 백합꽃 한 묶음과 함께 내민다. "고장 요새 좋은 것들만 하영 나와브난 장에 왕 폴거 엇언게. 이거 니 주젠 역블 고전 와신디 경 가블민 어떵허느니." 친정어머니 생각이 난다. 아낌없이 주는 나무였던 나의 어머니! "고맙수다. 아프지 맙서 양." 시장 가방엔 봄 향기와 할머니 온정이 가득 찼다.

마지막으로 막내의 츄리닝을 사려고 들른 옷가게. 제일 큰 치수를 찾아서 이리저리 옷을 뒤척이는데 왁자지껄 소란스럽다. 내 옆에서 청바지를 고르던 예쁘장한 여자가 우락부락한 사내에게 머리채를 잡혀 옷가게 아저씨 앞에 끌려왔다.

여자 나이는 삼십 대 초반, 곱게 살아온 모습이다. 차림새며 순하다 못해 슬퍼 보이는 커다란 눈망울, 암만 봐도 막돼먹은 사람 같지 않았다.

머리채를 잡힌 여자는 아니라고 우기고, 사내는 여자의 손에 들려있는 비닐봉지에서 청바지와 티셔츠를 꺼내 보여주며 이래도 시치미 뗄 거냐고 삿대질이었다. 당장 삼만 원 내놓지 않으면 경찰을 부르겠다고 으름장을 놓았다. 아무도 여자 편을 들어주는 사람이 없었다. 나도 옆에서 청바지를 고르던 것을 보았지만 섣불리 나서지 못했다.

물건을 고르는 사람 틈에서 지켜보는 줄 모르고 슬쩍하려다 덜미를 잡힌 것이다. 이 여자가 하는 모양새를 보면 여자는 경력이 화려하지 않은 숫보기인 것 같다. 괜히 측은했다. 그 여자는 지갑에서 삼만 원을 꺼내주고 봉변을 무마했다. 가면서 무엇이 아쉬운지 자꾸 뒤돌아봤다.

돈이 없는 것도 아니면서 왜 그랬을까. 생리 기간에는 간혹 우발적인 충동으로 도벽이 일기도 한다. 그렇다고 해도 슬쩍하는 여자를 이해할 사람은 드물 것이다. 하지만 옷가게 아저씨의 ××년이라는 쌍욕을 들으며 어찌할 줄 모르던 여자의 우수에 잠긴 커다란 눈망울은 못내 지워지지 않는다.

싸전과 채소 파는 곳에서 훈훈하고 살가운 정을 안고 오던 나의 기쁨이 한바탕 소란으로 인해서 빛이 바랬다. 나만이라도 여자의 편이 되어 줄걸. 나를 자책해도 소용이 없다.

여자의 선하게 보이던 커다란 눈망울이 뇌리에서 지워지지 않는다.

비와 술과
야니와 함께

　어제부터 내리기 시작한 비가 오늘은 장대비가 되어 더 세차게 쏟아진다. 창가에 앉아서 유리창을 타고 흐르는 빗물을 바라본다. 내 마음도 빗방울 따라 흘러내린다.

　멜랑콜리해진다. 또 재발이다. 비 오는 날이면 가만히 있지 못한다. 어디든지 차를 몰고 달려가고 싶은 욕망을 억누르느라 끙끙대다가 오디오의 볼륨을 높여본다. 야니의 '레니게이드'가 온 집 안을 떠들썩하게 뒤흔든다. 나와 동갑인 야니, 수영 선수였던 그의 음악을 좋아하는 나, 클래식과 발라드의 묘한 음조에 빠져든다.

　유리창을 두들기는 빗소리, 귀청이 깨어질 듯한 음악, 그래도 우울한 건 마찬가지다. 절해고도에 혼자인 듯한 느낌, 늘 혼자임을 자처하는 나지만 오늘처럼 장대비가 내리는 날은 속수무책이다. 지인을 만나서 수다를 떨다 보면 나아지겠지만, 이런 기분으로 아는 사람을 만나는 것도 딱 질색이다. 어두운 내 마음속을 상대방에게 들키는 것 같아서 싫다. 내 기분 나아지자고 상대방을 우울 속으로 끌어들이는 것도 타인에 대한 예의가 아니다.

이럴 땐 술이 딱 적격이다. 삼동술을 꺼내었다. 글라스에 담긴 흑장미 색깔이 날 유혹한다. 글라스를 들어 향을 음미하고 한 모금 들이킨다. 달콤한 액체가 혀끝에 와 닿는다. 작년 이맘때 삼동을 따다 준 올케의 정성이 향기를 뿜는다. 오디오에선 야니의 레니게이드가 되풀이되고 장대비는 춤을 춘다.

난 애주가는 아니지만 술을 마시는 편에 속한다. 그렇다고 두주불사하는 성격은 아니다. 내가 이렇게 술을 마시게 된 계기는 열 살 때로 거슬러 올라간다. 친정집에서는 음력 정월 대보름날 새벽이면 아버지께서 온 집안 식구를 부르셨다. 방 안에 빙 둘러앉게 하고 어머니더러 술을 내오라고 하셨다. 우리에게 집에서 만든 곡주를 작은 잔에다 손수 따라 주셨다. 그런 후에 올 한 해 좋은 소리만 들으라면서 덕담도 해주셨다. 이명주를 마시는데도 아버지의 정해진 법도가 있었다. 나이가 열 살이 되기 전에는 절대 마시라고 하지 않았고, 한 잔 이상은 마시지 말라고 하셨다.

이렇게 아버지가 정한 룰은 몇 시간이 지나지 않아서 여지없이 깨지고 말았다. 생애 처음으로 귀밝이술을 마시던 그해 그날 오후, 집 안에는 나 혼자 달랑 남게 되었다. 쌉싸름하던 술의 마력에 호기심이 발동했다. 부엌으로 가서 오지항아리에 담긴 술을 종지로 떠서 마셨다. 그때 술맛은 쌉싸름하던 것에서 점차 달콤함으로 바뀌고, 부엌이 빙빙 돌다가 항아리가 거꾸로 서고, 거꾸로 선 항아리를 제대로 놓으려 안간힘을 쓰던 게 마지막 기억이었다.

이튿날 퀭하니 들어간 눈에 부스스한 몰골인 나를 보고 막내 오라버니는 쪼끄만 게 술을 그렇게 많이 마셔댔냐면서 혀를 끌끌 찼다. 쥐구멍이라도 있으면 들어가고 싶었다. 막내 오라버니는 놀리듯 전날 소동을 말해 주었다.

오후 늦게 큰오라버니가 집에 돌아와 보니, 마루에 인사불성인 내가 쓰러져 있었다고 한다. 깜짝 놀란 큰오라버니는 동생을 등에 업고 동네 의원에게 달려갔다. 의원 노인은 사태의 경위를 모르는지라 죄 없는 오라버니에게 냅다 욕을 해댔다. 하마터면 목숨도 위태로울 뻔했다며. 의원에서 링거 맞고 새벽녘에 집으로 돌아왔다.

두런대는 말소리에 우리 방으로 오신 아버지께서 술은 어른 앞에서 배워야 하고 또 이명주는 그렇게 많이 마시는 게 아니라며 따끔하게 일침을 놓으셨다. 이제 정신이 들었으니 해장술을 마시라며 작은 잔에 술을 갖고 오셨다. 사십 대의 근엄하고 자상하신 아버지에게 술 마시는 법을 배웠다. 몹시 취했을 때도 쓰러져서 잘망정 주정을 해서는 안 된다는 것도 함께.

이렇게 해서 마시기 시작한 술. 여러 사람 앞에서 실수를 해 본 적은 없다. 술을 한 잔 두 잔 마실 때마다 아버지의 얼굴이 떠오르기 때문이다. 그 아버지의 얼굴이 사라져 갈 때쯤 그만 잔을 내려놓는다. 옆에서 같이 마시는 사람이 아무리 권해도 사양한다.

남편은 나와는 정반대다. 일단 한번 마셨다 하면 끝장을 보는 성미다. 그런 그이에게 종종 핀잔을 준다. 적당히 마시면 안 되느냐고. 그러면 그이는 자기는 사람이 너무 좋아서 그렇게 못 한다고 딱 자른다. 난 비장의 무기를 꺼낸다. 여자인 나도 정도를 지키는데 대장부가 그러느냐고. 남편 왈, "술은 사람들과의 정에 끌려서 마시는 거고 또한 취하라고 마시는 것 아니겠소." 이쯤 되면 할 말이 없다. 이런 남편도 나이 탓인지 근래 들어 많이 자제하는 눈치다.

사람들은 기쁘면 기쁜 대로 슬프면 슬픈 대로 술을 마신다. 우리의 삶과 밀접하게 연관된 술. 간혹 알코올중독자도 보게 되지만 술은 적당히만 마시면 삶의 활력소가 된다.

서로 서먹한 사이에서도 술을 마시며 속을 탁 터놓고 대화하다 보면 화기애애해진다. 사람의 성격을 알려면 함께 술을 마셔보라고 한다. 그렇다고 해서 상대방을 테스트하려고 같이 술을 마신 적은 없다. 오늘처럼 혼자인 게 드러날 때, 간혹 벗들과 모임에서 마시는 정도이니 마시는 축에 낀다고도 못할 것 같다. 그렇지만 마음이 맞는 사람들과 손수 담근 과일주를 마주하고 앉아서 도란도란 이야기를 나누고 싶다. 싸락눈이 사그락사그락 내리는 밤에.

삼동술이 혀끝에 녹아든다. 이젠 마음도 꽤 가라앉았다. 장대비는 멈출 줄을 모른다. 유리창에 내리는 빗물 따라 노란 유채꽃 이파리들이 하나둘씩 툭툭 떨어진다. 꽃 이파리 따라서 아버지 얼굴도 사라져 간다. 작별해야 할 시간이다. 장대비도, 술도, 야니도.

섞박지를
담그며

어제 밭에서 무를 모두 뽑아왔다. 집 청소를 후다닥 끝내고 무를 다듬기 시작했다. 껍질이 딱딱해서 벗기기가 쉽지 않다. 밑동보다 잎사귀 달린 위쪽이 더 딱딱하다.

얼마 전까지는 무가 배 맛이었다. 비닐하우스에서 일하다 배가 출출하면 무를 쑥 뽑아 한 입 베어 물었다. 그 시원함이란 이루 말할 수가 없었다. 이 무는 그 맛은 기대할 수 없다. 어떤 것은 바람까지 들었다.

무를 큼직큼직하게 썰어 소금, 오이와 갖은 양념으로 절인 배추와 함께 버무려 그릇에 담았다. 맛을 보았다. 고추의 알싸함과 무의 담백함이 나른한 혀를 자극한다.

가족들은 신 김치를 싫어한다. 일주일에 두 번은 김치를 담근다. 요즘처럼 바쁜 세상에 그럴 시간이 어디 있냐고 하지만 즐거운 마음으로 하고 있다.

올해는 배추며 무가 흔하다 못해 천덕꾸러기였다. 들에 나가보면 지천에 널린 게 배추였다. 차를 갖고 나가면 김장 재료는 거저 얻어오다시피

했다. 큰돈을 들이지 않고도 김치를 해먹을 수 있었다.

그러나 오십 년 전에는 김장 재료가 귀했다. 친정집도 예외는 아니었다. 마늘밭 귀퉁이나 이랑 사이에 배추와 무를 심었다. 배추라고 해야 지금처럼 결구 배추가 아닌 퍼대기였다.

서리가 내리기 전에 짚으로 배추 윗부분을 한 달 정도 묶어두면 속잎이 노란 반결구 배추가 된다. 이걸로 김치를 만들어서 한겨울을 났다. 친정아버지가 손님을 끼고 살아서 다른 집보다 더 많은 김장을 해야 했다.

하늬바람이 불다 그날은 모처럼 따뜻한 날씨였다. 어머니는 배추를 캐어 언니와 나에게 절여 오라고 했다. 마대를 짊어지고 낑낑대며 바다로 갔다. 사리 때여서 물이 빠져나간 바닷가엔 바위들이 검은 속살을 드러낸 채 졸고 있었다. 우리 인기척에 놀란 게가 집게발을 번쩍 쳐들었다.

정강이쯤 물이 닿는 웅덩이를 드디어 찾았다. 언니는 그보다 더 얕은 곳을 찾아보자고 한다. 난 "이디 되크라." 하며 생떼를 썼다. 아우의 고집에 언니는 배추를 하나씩 꺼내어 웅덩이에 놓았다. 나는 돌을 날라왔다. 배추 위에 돌을 쌓기 시작했다.

언니는 큰 돌을 더 날라 오라고 성화다. 난 꾀를 부렸다. 바위틈을 기웃거리며 보말이며 소라를 잡는 척했다. 언니는 큰 돌을 들고 오며 낑낑댄다. 난 "그만해도 되크라. 집이 가게. 배 고픈게." 하며 졸랐다. 우리는 붉은 저녁노을을 뒤로하고 집으로 왔다.

이튿날 언니와 손을 꼭 잡고 배추를 가지러 바다로 갔다. 웅덩이에 있어야 할 배추는 온데간데없고 망둥이만 동그란 눈으로 우리를 훔쳐본다. 돌 틈으로 배추 잎사귀 서너 개만 흐늘거린다.

언니 말대로 돌을 더 갖다 촘촘하게 눌러 놓아야 했다. 밀물과 썰물의 힘을 견디지 못한 배추들은 웅덩이를 탈출해버린 것이다. 간세한 대가를 톡톡히 치렀다.

빈손으로 터덜터덜 돌아온 딸들을 본 어머니는 망연자실했다.

그 겨울 내내 배추김치는 상에 오르지 못했다. 무 생채로 겨울을 났다. 나는 어머니 눈치를 살피느라 끼니때가 되면 김치 근처에 눈길을 주지 못했다.

그때 어머니가 내게 매를 들거나 호되게 꾸짖었으면 많이 비뚤어졌을 것이다. 그날 어머니는 내게 무언의 암시를 주셨다. 매사에 신중해야 한다는 것을.

오늘 섞박지를 담그며 그 무언의 의미를 되새긴다. 모든 게 풍족한 요즘, 자식들은 어미의 마음을 알기나 할까. 풍요 속의 빈곤에 정신만은 황폐하지 않기를 바라는 내 염원을.

황사가 걷히면 어머니를 찾아가야겠다. 알맞게 익은 섞박지를 잘게 채 썰어 넣고 만든 김밥 도시락을 싸서 들고.

어머니는 커다란 눈망울을 굴리며 배시시 웃을 것이다.

산타루치아

참새와 까치들의 재잘대는 소리에 졸린 눈을 비비며 일어납니다. 현관을 나서 마당에 서니 집 앞 팽나무에 까치 한 쌍이 앉아 까악까악 노래합니다. 몇십 년 비바람을 견디어 냈는지 나무 둘레가 장정 둘이서 껴안고도 남을 밑동입니다. 그렇게 큰 팽나무 두 그루가 있는 덕에 우리 집은 사시사철 온갖 새들의 합창 소리가 이어집니다.

지난가을에 까치 한 쌍이 둥지를 틀더니 올봄엔 또 한 쌍이 날아와 지금은 까치둥지가 둘이랍니다. 새들의 지저귐 속에서 상쾌한 아침이 열리고 있지만, 잿빛 하늘에선 금방이라도 비를 뿌릴 기세입니다. 서둘러 아침을 챙겨 먹고 자판을 두들기며 추억여행을 떠나려고 합니다.

녹음이 푸른 오월이면 생각나는 분이 있습니다. 지금도 잊지 못할 초등학교 시절 은사님입니다. 이 세상에 존재하지 않는 선생님이기에 더욱 그립고 가슴이 아려옵니다. 초등학교 오학년 초, 첫 교시 종이 울리자 키가 아주 작고 검정 양복을 차려입은 남자 선생님께서 들어오셨습니다. 가무잡잡한 피부에 짧게 깎은 머리. 커다란 눈이 참 맑았습니다.

우리를 천천히 둘러보시고 본인 소개를 하셨습니다. 이어서 궁금한 게 있으면 물어보라고 하셨습니다. 전 선생님을 골탕 먹일 작정을 하고 손을 들었습니다. 그런 저에게 선생님은 먼저 이름을 말한 후에 질문하라고 하셨습니다. "제 이름은 오인자입니다."라고 말하자 선생님께서는 인자하기는커녕 고집스럽게 생겼다고 말씀하셨습니다. 그 순간 교실은 한바탕 웃음바다가 되었습니다.

잠시 후 저는 선생님께 궁금한 것을 물었습니다.

"저희 학교 오시자마자 고학년을 맡으셨는데 학교 다닐 때 공부는 어떻게 하셨습니까?"

순간, 선생님 얼굴이 일그러졌습니다. 한참 후 저에게 와서 "선생님께 관심이 많은 모양이구나. 방과 후 집에 가지 말고 교무실로 오렴." 하셨습니다.

오전 수업을 끝내고 다른 친구들은 집에 가려고 책가방을 챙기느라 분주한데, 저는 근심이 태산 같았습니다. 차마 교무실로 가지 못하고 혼자 텅 빈 교실 창가에 서서 밖을 내다보았습니다. 공을 차며 노는 아이, 줄넘기를 하는 아이, 운동장에선 모두 재미있게 놀고 있었습니다. 저는 유쾌한 기분이 아니었습니다. '왜 그랬나.' 후회도 하고 자신을 미워하는 동안 시간은 자꾸 흘렀습니다. 교무실로 가지 못하고 창가에 기대선 채 고민하던 그때가 제 인생 중에서 제일 긴 시간이었던 것 같습니다.

한참 후, 제 어깨에 누군가의 손이 얹어졌습니다. 깜짝 놀라 뒤돌아보니 선생님이었습니다. 저는 잔뜩 주눅이 들어서 고개를 들지 못하고, "선생님! 잘못했어요. 다시는 안 그럴게요." 모기 소리로 말씀드렸습니다. 선생님은 고개를 들고 당신을 바라보라고 하셨습니다. 제 앞에는 빙그레 웃으시는 선생님이 서 계셨습니다. 당황해하는 저에게 손을 내밀어 제 손을 꼬옥 잡아주셨습니다.

제가 따라간 곳은 학교 앞, 선생님께서 살고 계신 단칸방인 초가집이었습니다. 점심을 함께 먹자고 하시며 손수 점심을 차리셨습니다. 사모님은 과수원 일이 바빠서 일주일에 두 번밖에 못 오신다고 하셨습니다. 혼자 드시다가 오늘은 둘이 먹으니 밥이 꿀맛이라고 싱글벙글이셨습니다. 저는 그 점심 맛이 있었는지 없었는지 기억조차 없습니다. 수저 소리가 유난히 크게 들렸을 뿐입니다.

식사 후, "내가 차렸으니 설거지는 네가 하렴." 하고 말했습니다. 저는 그릇들을 깨끗이 헹구어 소쿠리에 엎어놓았습니다. 그런 저를 물끄러미 바라보던 선생님께서 "한두 번 해본 솜씨가 아닌데. 오늘 용서해 주는 대신 앞으로 일주일 동안 방과 후에 들러 설거지하고 가렴." 하셨습니다. 그리고 오늘 제 질문은 제가 육학년 올라가는 날 답해주신다고 하셨습니다. 이렇게 저와 선생님의 인연은 시작되었습니다.

오학년 마지막 겨울방학 날, 선생님께 여쭈어보았습니다.

"선생님! 육학년 때도 저희 반 맡으시면 안 될까요?"

빙그레 웃으시기만 하시던 선생님. 봄 소풍 때는 찔레꽃을 꺾어 우리에게 한 송이씩 나누어주시던 자상한 모습. 가을 소풍은 법화사로 가게 되었는데, 절간 뒤에 감나무가 지천이었습니다. 나무에 올라가지 말라고 주의를 줬지만 우리는 나무에 올라가 감을 따기에 바빴습니다. "악" 하는 소리에 옆 감나무를 보았습니다.

제 짝인 선이가 발을 헛디뎌 떨어졌습니다. 놀라서 선이를 흔들어도 기절했는지 반응이 없었습니다. 사색이 된 채 달려와 선이를 들쳐 업고 절간으로 향하던 선생님. 제정신이 아니었을 것입니다. 다행히 절간에 도착할 즈음 선이는 깨어났고, 모두 안도의 숨을 내쉬었습니다. 우리에게 큰소리로 야단치던 선생님, 무서운 기억으로 남아 있습니다.

저의 바람은 이루어져 육학년 올라가서도 선생님과 생활하게 되었습니다. 아! 뜨거운 여름날, 우리에게 강정 포구에서 수영을 가르쳐주며 물장구치던 선생님! 수많은 추억과 아쉬움을 접어두고 선생님과 이별해야 하는 순간이 다가왔습니다. 졸업식 날, 답사를 어떻게 읽었는지 모릅니다. 눈물이 앞을 가려 글자도 희미했습니다.

교실로 들어와 자리에 앉자 선생님도 눈시울이 붉어진 모습으로 칠판에 커다랗게 "큰 밥 먹고 큰 똥 싸라."라는 글자를 적어 놓았습니다. 훌륭한 사람이 되는 것도 좋지만, 주위에서 꼭 필요한 사람이 되어주길 바란다는 얘기를 끝으로 선생님과 이 년 동안 정들었던 교문을 나섰습니다. 우리의 손을 일일이 잡아주던 선생님의 따스한 체온, 오랜 세월이 흐른 지금도 느껴집니다.

우리 졸업을 끝으로 선생님은 다른 학교로 전근을 가셨습니다. 졸업 후 몇 년은 친구들과 스승의 날이면 댁으로 찾아뵈었습니다. 매우 반가워하던 선생님! 기분이 좋으셔서 노래도 불러 주셨습니다. 감귤꽃이 흐드러지게 핀 과수원에서 '과수원 길'을 합창하고, 이어 독창으로 '산타루치아', '로렐라이 언덕', 참, 선생님은 성악가가 되고 싶었답니다. 부모님의 반대로 교육자의 길을 걷고 있지만 마음 한구석에는 미련이 남아 있다고 하셨습니다. 바리톤으로 불러주던 가곡! 지금도 여운으로 남아 있습니다.

제가 스무 살이 되던 설날, 뜨개질한 목도리를 갖고 찾아뵈었을 때 너무나 반가워하시던 선생님! 병색을 전혀 느낄 수 없었지만 그즈음 병마와 싸우기 시작했나 봅니다.

술과 노래와 글 쓰는 것을 즐기셨던 선생님! 마라분교로 들어가 남들은 나오지 못해 안달인 그 섬에서 마라분교장으로 병마와 싸우며 생의 마지막 순간까지 학생들 문집을 만들어 주고, 쪽빛 바다와 갈매기 울음소리를 벗 삼으시다 조용히 저세상으로 가신 선생님! 바쁘다는 핑계로 몇 년 동안 못 찾아뵌 사이에 그렇게 서둘러 가실 줄은 몰랐습니다.

신문에서 간암으로 돌아가셨다는 기사를 접했을 때는 이미 선생님은 이 세상 분이 아니셨습니다. 선생님 영전에 이런 글을 올리는 것조차 누가 되겠지만 너그러운 선생님은 인자하고 온화한 미소를 주시리라 여겨집니다.

선생님! 저도 허물을 들추어내는 사람이 아니라 덮어주고 감싸 안을 줄 아는 사람이 되고자 합니다. 그리고 사람을 사랑하면서 살아가렵니다. 저를 미워하는 사람들까지. 살아가는 게 참 힘들다고 느껴질 때, 밤하늘을 올려다보는 버릇이 생겼습니다. 수많은 별 중에서 창공에 빛난 별은 어떤 별인지 모릅니다. 선생님과의 인연은 제 인생의 한 인연으로 남아있는데 돌아오는 스승의 날에 카네이션 한 아름 안겨드릴 분이 안 계신다는 게 가슴을 아리게 합니다.

며칠 후에 마라도를 다녀오려고 합니다. 그곳에서 선생님의 체취를 느끼고 지난날을 회상하며 나지막하게 선생님을 불러보렵니다. 선생님이 불러주시던 '산타루치아'가 아련하게 들려옵니다.

살아남기
위해서

　비가 추적추적 내린다. 십일월의 비. 특히 제주 서귀포의 늦가을 비는 반갑지 않은 손님이다.

　주렁주렁 달린 감귤을 물끄러미 바라본다. 감귤 수확 시기에 자주 내리는 비는 여린 농심을 마구 짓밟아 버린다.

　맛있는 감귤을 만들기 위해 여름 내내 비지땀을 흘렸다. 2차 낙과가 끝나자마자 몇 번이나 작은 열매를 솎아내고, 과원의 무성한 풀을 베어주고 온갖 정성을 쏟았다. 풍요로운 가을을 기다렸다.

　올해 감귤생산량이 오십만 구천 톤 정도여서 가격 걱정을 하지 않았다. 하지만 웬걸, 육지의 사과, 배, 감이 풍년이고 맛도 좋다. 일부 몰지각한 사람들이 덜 익은 감귤을 강제 착색시켜서 시장에 내고, 비상품을 상품으로 둔갑시키다 적발되는 바람에 제주 감귤 이미지가 구겨졌다. 언제까지 이래야 할 것인가. 세상에서 가장 행복한 농부의 얼굴이 화끈거린다.

　감귤이 나무에서 농부의 정성과 사랑을 먹고 맛있게 익을 때까지 기다리면 안 될까. 조금만 더 기다려 주면 안 될까.

우리 농장에는 다양한 사람들이 들락거린다. 감귤 체험하러 오는 사람들, 시를 읽어주는 농부를 만나러 오는 사람들, 그들과 감귤 이야기를 나누다 보면 머쓱해진다. 잘못을 저지르지도 않았는데 같은 감귤을 재배하는 농부의 책임감 때문에 마음이 편치 않다.

오늘 우리 농장에 체험하러 삼대가 함께 왔다. 어제 비가 많이 내려서 감귤 따기에 불편할 거라 말했는데 괜찮다고 했다. 삼대는 서울, 대구, 의성에서 따로 산다고 했다.

감귤나무에 대롱대롱 맺혀 있는 물방울을 신기한 듯 손가락으로 튕겨보는 꼬마와 할머니, 그런 둘을 바라보며 연신 카메라 셔터를 누르는 아버지, 농장 안이 웃음소리로 그득하다. 이 순간만은 감귤을 제때 수확하지 못하는 걱정도 잠시 내려놓는다.

꼬마들에게 감귤나무의 한살이와 효능을 설명하며 감귤의 전도사가된다. 감귤 활용법을 팁으로 일러주면서 일행 속으로 자연스럽게 들어갔다.

할머니는 의성 마늘과 감귤을 물물 교환하자고 농을 건다. 세상에서가장 행복한 농부인 나, 의성 농부와 만났다. 농부와 농부가 만나면 뭐가될까. 둘에 셋을 더해 다섯이 아닌 일곱으로 융복합을 시켜봐야겠다. 삼대와 어울리며 아이디어도 얻고 시름을 잠시 내려놓았다.

이 년 후에 다시 오겠다며 건강하라고 신신당부하는 할머니와 자식들. 차가 시야에서 멀어질 때까지 길에 서 있었다.

힘이 솟는다. 이 알 수 없는 힘은 어디에서 오는 걸까. 농장에 체험하러 온 사람들, 일 때문에 만나는 사람들, 그들과 웃고 떠들다 보면 생기가 넘쳐난다. 사람들에게서 스트레스를 받는 게 아니라 긍정의 힘을 얻는다.

작업장으로 왔다. 콘테이너에 담겨 활짝 웃고 있는 감귤 자식들. 저 속에서 비상품을 골라내야 한다.

올해 들어 감귤 출하 규격이 바뀌었다. 규격이 2S, S, M, L, 2L 다섯 단계다. 감귤 지름이 49~70mm이다. 자꾸 헷갈린다. 여태까지는 상품 규격이 2번부터 8번까지였다. 사람은 익숙한 것에서 벗어나면 두려워한다는데 내가 딱 그 꼴이다.

매우 당연한 것처럼 크기에 따라 감귤을 분류했다. M은 5번 6번 하며 이 콘테이너 저 콘테이너 들여다본다. 49mm가 들어 있는 콘테이너에 혹시 48mm가 들어 있을까 봐 일일이 규격 자로 재다 보니 자정 전에야 마칠 수 있었다.

나만 이럴까. 아니다. 직거래하는 농부들 모두가 겪는 일이다. 익숙해져야겠다. 끝까지 살아남기 위해서. 사과, 배, 감, 포도, 딸기, 어디 이들뿐인가. 세계 시장의 수입 과일까지 견뎌내야 한다. 그 틈에서 살아남기 위해서. 한겨울 벌판에 맨몸으로 선 나목처럼, 다시 태어나기 위해서, 제 손발톱을 뽑는 고통을 참아내는 독수리처럼.

.

.

.

예쁜 감귤 자식들이 귀한 댁으로 시집가서 귀여움 받기를….

회초리

하나를 선택하기 위해서는 다른 하나는 버려야 한다.

이것은 사람이든 물건이든 상관없이 적용된다. 허나 대부분의 사람들은 선택하면 버려지는 것에 대해서는 별로 신경 쓰지 않는다. 나 역시도 그랬다.

"선택이란 둘 중 하나를 고르는 게 아니라 하나를 버리는 거였다."

장기수 김선명의 일대기를 다룬 영화 '선택'에서 주인공이 한 말이다.

이 말은 내게 비수처럼 꽂혔다. 어떤 것을 선택하기 위해서는 반드시 다른 어떤 것은 버려야 한다. 가령 내가 겨울만을 좋아한다면 봄, 여름, 가을은 싫어한다는 뜻이 된다. 싫어하지 않는다고 부인해도 어쩔 수 없다. 그것은 겨울을 선택한 결과이기 때문이다.

오래전 일이다. 남편과는 결혼하기 일 년 전부터 함께 살았다. 친정집을 뛰쳐나왔다. 가난 탓만은 아니다. 그렇다고 죽고 못 살 만큼 좋아한 것도 아니었다. 나를 쫓아다닌 남자가 숙부와 같은 건축공학도였다. 이를 빌미로 기를 쓰고 반대한 부모에 대한 반기 때문이었다. 두 달이 넘게 미래의 시어머니를 도와 부엌일이며 농사일을 거들었다.

어느 날 시어머니께서 말씀하셨다.

"얘야! 집에 갔다 와야 하지 않겠니? 일을 더 어렵게 하지 말고 한번 다녀오렴."

무더위가 기승을 부리던 여름날, 머뭇거리다 바닷가 마을로 향했다. 도둑고양이처럼 마당으로 들어섰다. 마루에는 아버지가 누워서 부채를 부치고 있었다. 내가 들어서자 등을 돌렸다. 그 옆에 무릎을 꿇고 앉았다. 서로 아무 말도 하지 않았다. 한참을 그렇게 있었다.

오랫동안 정적이 흘렀다. 나는 아버지의 서책이 놓인 방으로 갔다. 회초리를 갖고 와서 무릎을 꿇고, "아버지!" 하고 불렀다. 그제야 마지못한 듯 몸을 일으키고 회초리를 낚아채서 내 어깨를 사정없이 후려쳤다. 난 버티고 앉아 이를 악물고 매를 받아냈다.

한참 후 회초리를 마루에 놓고 돌아앉는 아버지의 눈가에 이슬이 맺히고 있었다. 그때 왜 아버지의 등이 그렇게 힘이 없고 초라해 보였는지……. 그렇게 아버지의 뜻을 거역하고 남편과 결혼했다.

한학에 심취했고 유학 사상에 올곧은 분께서 하신 행동의 의미를 모른 것은 아니다. 다만 선택하는 과정을 무시했을 뿐이다.

여자는 성장하면 부모 곁을 떠난다. 한 남자를 선택하기 위해 지금까지 자란 터전과 울타리를 미련 없이 버린다. 그게 사람의 도리고 천륜이라면 할 말이 없다. 오히려 그러길 부모들은 바라고 있을 것이다. 여자든 남자든 혼자 살며 아무리 잘해드려도 그걸 효라고 여길 부모는 없을 테니까. 그런데 요즘 들어 이게 날 슬프게 한다. 만약 지금 하나를 버리고 다른 것을 선택해야 한다면, 나는 그 선택을 차라리 내려놓겠다.

마음속에 숨겨 둔 보물이 있다. 그것은 다이아몬드처럼 비싼 것은 아니지만 소박한 멋을 지녔다. 힘들 때마다 꺼내서 본다. 처음 볼 때는 호박처럼 밋밋하다가도 보면 볼수록 정감이 간다. 내가 가진 모든 것과도 바꿀 수 없는 그런 보물이다. 현재의 안온함을 지키기 위해 그것을 버릴 수 없다. 그게 내 삶의 회오리바람이어도 그렇다.

버리고 선택하기 위해서는 용기가 필요한 것 같다. 다른 하나를 버릴 수 있는 그런 의연함이.

아버지의 회초리가 오늘따라 사무치게 그립다.

수필,
수필이여

서늘한 느낌이 내 마음을 노크합니다. 무더위에 축 늘어졌던 몸이 생기를 되찾았습니다. 엊그제까지만 해도 살인적인 더위에 옆 사람에게도 입을 열기가 귀찮았습니다.

마당엔 벌써 빨간 고추잠자리가 한들한들 날아다닙니다. 이런 날은 지인을 청해 향긋한 허브차 향에 젖어도 좋을 듯싶습니다. 아니, 혼자인들 어떻습니까. 야니의 카나리아를 벗 삼아 사색에 빠져보는 것도 남다를 것 같습니다.

음악 하면 생각나는 사람이 있습니다. 성악을 포기하고 학자의 길을 걷는 시인입니다. 그분, 볼 때마다 해맑은 미소를 띠고 있었습니다. 하지만 눈은 왠지 모르게 사슴의 눈처럼 슬퍼 보였습니다. 괴짜라고 수군거리는 사람도 있습니다만, 가만히 들여다보면 너무나도 천진난만한 사람입니다.

어제 그 시인을 뵈었습니다. 우연히도 상갓집에서입니다. 대뜸 뭘 하고 지내느냐고 물어 왔습니다. 내게 작품을 보내보라고 합니다. 내가 꾸준히 시작(詩作)을 한다고 믿은 모양입니다. 이럴 땐 참 난감합니다. 멋쩍은 미소를 지을 수밖에 없습니다. 시를 쓰고 싶은데 마음뿐인 걸 모르나 봅니다.

G 수필가가 "등단헌 지 한참 되엇우다."라며 거들었습니다. 얼굴이 화끈거립니다. 온화한 미소를 지으며 고개를 끄덕끄덕. 어서 작품집을 내라고 합니다. 팔릴 걸 생각하지 말고 내야 한답니다. 우선 같은 장르의 사람들에게 인정을 받으라고 합니다. 첫 번째 수필집은 그래야 한답니다.

이런 말 들으면 맘이 조급해집니다. 써 놓은 글은 성에 차지 않고, 새로 쓰려니 누에고치에서 실을 뽑듯이 글이 줄줄 나오는 것도 아니어서…. 등단하기 전, 그 열의는 어디로 숨어버렸는지 내가 봐도 참 한심합니다.

동굴 안에서 나와야겠는데 도중에 실타래를 잃어버렸습니다. 캄캄한 미로에 갇혀버렸습니다. 어둠은 불안합니다. 움직이지 못하고 정지해 있는 상태, 정상이면서 비정상인 상태로 출구를 응시합니다. 한 줄기 빛을 찾아서.

남들은 쉽다는 수필, 나는 쓰면 쓸수록 어렵기만 합니다. 아무나 쓴다는 수필이 내 발목을 붙잡습니다. 나보다 나중에 등단한 분이 작품집을 벌써 내었습니다.

그렇다고 예전처럼 바쁜 것도 아닙니다. 한가하면 글이 써진다는 말도 내겐 예외인가 봅니다. 어떤 날은 작정하고 뭔가를 쓰려고 하면 자판이 흐릿해지는 겁니다. 눈을 비비고 다시 들여다보면 그새 주제는 어디론가 증발해 버립니다. 가슴마저 빗장이 걸리고 맙니다. 머리도 텅 빈 상태가 됩니다.

그러면 글을 쓰지 않으면 될 것 아니냐고 합니다. 아닙니다. 그게 정답은 아닙니다. 괴롭고 아프지만 글을 써야 합니다. 작가이기 때문입니다. 그럼 엄살떨지 말고 쓰면 될 것 아니냐고 할지 모릅니다. 맞는 말이긴 합니다.

글을 쓰는 게 너무 어렵습니다. 그래도 그만두지 못합니다. 쉽게 쓰이지 않는 글이어서 더 써야 합니다. 쉬운 일이었다면 애당초 시작하지도 않았을 겁니다.

글쓰기가 쉽다는 분들과 좋은 작품을 쓴 문인을 보면 존경스럽습니다. 한 번 죽었다 다시 태어나든가, 영혼이 맑아야 쓸 수 있다는 수필. 나야 그러지 못했으니 주변만 맴돌 뿐입니다. 진실을 가슴속에서 꺼내기가 쉽지 않은 탓이기도 합니다. 이야기들을 내면에 감추고 밖으로 내놓기가 싫습니다. 이렇게 본심은 마음속 구석에 꽁꽁 숨겨 뜅돌*을 얹어놓았으니 어떻게 글이 나오겠습니까. 게다가 내 마음마저 불경스러우니 글이 써지지 않는 것이 당연한지도 모릅니다. 수필은 고백의 문학이며 진실의 문학인데 말입니다.

만약 수필을 쓰지 않았다면 지난날들을 어찌 견디어냈을지 아득합니다. 글을 쓰면 위안이 되었습니다. 내가 앞으로 살아갈 이유이기도 합니다.

사슴의 눈을 가진 시인은 이런 날 이해하지 못할 겁니다. 글을 쓰지 않는 사람은 존경하지 않는다는 그의 말이 정곡을 찌릅니다.

올가을, 가슴을 쥐어짜는 아픔을 맛보려고 합니다. 겨울 벌판에 홀로 선 나목처럼. 그래서 더욱 성숙하게 거듭나려 합니다.

* 뜅돌(들돌): 힘자랑하기 위하여 드는 돌.

제2부

하얀 감귤꽃 같은

넘버원농장
스토리

온리원이고 싶다

맛있게 태어나는 것보다
명품으로 만들어지는 게
얼마나 중요한지
사랑하는 사람은 안다

행복한 한라봉과 감귤
한 알 한 알마다
오롯이 들어있는
열여섯 살 잠녀의 꿈

자식을 기르듯
가슴으로 키운
노오란 희망

서귀포의
오월

눈꽃이 활짝 피었다. 봄바람에 하얀 꽃비가 소리 없이 내린다. 서귀포의 오월은 감귤꽃 축제장이다. 꽃향기 따라 벌들이 윙윙거린다. 생명 있는 것들의 소리는 언제 들어도 정겹다. 향기에 취해 감귤나무 아래 드러눕고 싶다. 고운 햇살이 머리 위로 쏟아진다.

달콤한 향기가 마음을 휘저어 놓는다. 어머니 품에 안겨 맡던 냄새다. 읽던 책을 아무렇게나 놔두고 오솔길을 걷는다. 연분홍 장다리꽃이 구불구불한 돌담 옆에 피어있다. 한낮의 나른함은 향기 따라 멀리 날아간다.

아담한 시골 학교 앞을 지나간다. 하굣길 여학생들이 무리 지어 나온다. 그들은 서로를 보며 까르르 까르르 웃고 있다. 햇살에 드러나는 치아가 오늘따라 유난히 눈부시다. 향기로운 감귤 꽃봉오리를 닮았다. 오월의 서귀포를 하얗게 수놓고 있다. 나에게도 저렇게 곱고 향기로운 시절이 있었던가. 순백의 꽃과 행복한 웃음이 서귀포를 살찌게 했으면 좋겠다.

쪽빛 바다가 시야에 펼쳐졌다. 언덕을 돌아 백사장으로 내려간다. 운동화를 벗고 맨발로 걸어본다. 따뜻하고 부드러운 모래가 발바닥을 간질인다. 언덕에 순비기가 지천으로 널려있다. 잎을 따서 코끝에 대어본다. 달착지근한 내음이 나를 아득하게 한다. 젊은 날 머나먼 길을 떠난 오라비의 향이다.

물가를 걸어본다. 아직은 물이 차다. 시퍼런 파도가 발밑에서 부서지다 종아리를 적신다. 멀리서 우우하는 함성이 들린다. 머지않아 삶의 터전을 내놔야 할 고향 사람들의 애절한 소리다. 힘없는 민초들의 삶은 언제나 고달프고 외롭다. 그들은 바닷물처럼 물결을 따라 밀려가고 밀려온다.

바다는 말이 없다. 비바람이 불면 그 비를 맞고 폭풍우가 치면 포세이돈의 해조음을 울릴 뿐이다. 이해관계에 얽히고설키어 마음을 썩이지 않는다. 남에게 준 게 없으니 받으려고 하지도 않는다고 말할 줄도 모른다. 묵묵히 대자연의 순리에 순응한다.

혼자서는 세상을 살아갈 수 없다. 주변으로부터 받기도 하고 도움을 주며 사는 게 세상사이다. 바다를 가슴에 품고 싶은 욕구가 생긴다.

눈앞에 신이 빚어낸 조형물이 길게 늘어섰다. 매끄러운 것도 있고 투박한 것들도 있다. 다 제각각인 듯해도 주위와 절묘하게 조화를 이룬다. 저렇게 서로 어울려 모나지 않았으면 하고 바란다. 하지만 번번이 빗나가고 만다. 인고를 이겨낸 바위를 닮고 싶다.

바위 위에 앉아 눈을 감는다. 어린 시절로 돌아가고 싶다. 이유 없는 투정을 부려도 가족이어서 용서가 되던 그때로. 늘 웃음꽃이 피어나던 고향 집. 그 유년의 뜰이 그립다. 하지만 이제 다시는 오지 않을 시간이다. 그래서 더욱 그립다.

젊은 남녀가 손을 잡고 물가를 걸어가고 있다. 파도가 밀려오자 재빨리 달아난다. 커플 옷을 입은 것을 보니 신혼부부 같다. 저들은 어떤 여정을 담고 있을까. 첫날밤 무슨 꿈을 꾸었을까. 살아가는 동안 발에 밟히는 모래알만큼 사랑의 밀어를 나누고, 바다처럼 넓은 아량으로 서로를 포용했으면 좋겠다. 긴 듯해도 인생은 잠깐이다.

모래 위를 걸어간다. 빈 조가비가 앙증맞게 웃고 있다. 허리를 굽혀 조가비를 줍다가 아예 모래밭에 퍼질러 앉았다. 빈 고둥 껍데기, 바지락조개, 모시조개, 쪼끄만 오분작 껍데기, 하나둘 줍다 보니 꽃무늬 손수건에 그득하다. 갑자기 부자가 된 것 같다.

그렇다. 이 빈 껍데기에 채워져 있던 무념의 세월. 누군가의 마음을 즐겁게 했을 것이다. 아무런 대가도 바라지 않은 채. 근데 나는 아직도 욕망의 늪에서 허우적대고 있다.

화를 비워내야겠다. 누구라도 쉴 수 있는 마음자리 하나만 남겨두고. 눈부시게 아름다운 서귀포의 오월에.

향수

나에게는 두 종류의 향수가 있다. 하나는 프랑스제 아므:르고 다른 것은 유채꽃에서 향을 추출하여 만든 제주 유채 향수이다. 나는 원래 꾸미는 걸 좋아하는 성미가 아니고 있는 그대로의 모습으로 다니는 걸 즐겨서 향수를 사용하지는 않았다. 그리고 왠지 사치스러움 같은 게 느껴져서 향수를 멀리해 왔었다.

아므:르는 프랑스어로 사랑, 애정, 연애를 뜻하는 로맨틱한 향수이다. 어휘가 주는 어감 때문에 연인들 사이에서 서로 주고받는 향수가 아닌가 싶다.

작년 이맘때 일 관계로 알게 된 그에게서 받았을 때 난 적지 않게 당황했었다. 외국 출장을 다녀왔다면서 불쑥 건네준 선물이 향수였다. 그처럼 좋은 물건을 받을 만큼 그에게 잘해준 것도 없고, 더군다나 향수는 가까운 사이에서나 선물하는 것으로 알고 있었다.

그는 순수한 걸 고집하는 나에겐 향이 너무 진해서 망설였다고 한다. 그런데 사랑, 애정, 연애라는 어휘도 맘에 들었고 향도 독특해서 사 왔다고 했다. 처음에는 부담스러워 그냥 돌려줄까도 했었다. 하지만 머나먼 이국의 쇼핑센터 앞에서 무엇을 살까 망설였을 모습이 떠올라 받기는 했는데 영 쑥스럽기는 마찬가지였다.

얼마 동안은 사용하지 않고 뚜껑을 열어 향만 살짝 맡아 보았다. 그러는 사이에 향기도 익숙해졌다. 요즘엔 길거리에 지나치는 사람들에게서 좋은 향기가 코끝을 스치면 저 향은 무슨 향일까 궁금해지게 되었다. 때로는 역겨운 냄새가 풍겨 나올 때도 있기는 하지만 상큼한 향기는 기분을 상쾌하게 만든다.

어느 날 저녁 친구들과 약속이 있어서 아므:르를 살짝 뿌리고 나갔다. 난생처음 써보는 향수라서 어색한 건 어쩔 수 없었다. 그래도 선물해준 그를 떠올리며 약속 장소로 나갔다. 향이 독특했던지 친구들 눈이 휘둥그레진다. 무슨 향수냐, 어느 나라 제품이냐, 내일은 해가 서쪽으로 뜨겠다는 등 저마다 재잘재잘이다. 난 그냥 미소로 받아넘겼는데 향기의 위력은 대단한가 보다.

나머지 다른 제주 유채 향수는 향이 순해서 좋아하게 되었지만, 이 또한 사연이 있다. 육지에서 온 분이 맛있는 감귤을 사달라고 해서 우리 과수원에 데리고 왔다. 감귤은 주위 사람들에게 줄 선물이고 아내에게는 무엇을 사야 할지 망설이는 그분에게 제주 향수를 사면 어떻겠냐고 넌지시 말했다.

나도 제주 향수는 그날 처음으로 접했다. 유채꽃으로 만든 탓인지 외국 제품보다 향이 순하고 은은했다. 이렇게 좋은 제품이 제주에서 생산되는 줄 몰랐다면서 용량별로 세 개나 샀다. 그중에서 한 개는 오늘 고마움의 표시라면서 나에게 줬다. 한사코 사양했다. 우릴 보며 빙그레 웃던 NH 직원이 거절하는 것도 성의를 무시하는 거라며 부추기는 바람에 마지못해서 받았다.

적어도 향수는 본인이 사든지 남편이 특별한 날 선물해주면 좋은 추억이 되지 않을까. 그런데 나는 엉뚱하게도 타인에게서 받았다. 그것도 남자들에게서만.

남편은 곱게 봐주지 않을 것이다. 이유야 어쨌든 자기 아내가 다른 남자에게서 향수를 선물 받았다면 너무나 큰 사건이다. 그이에게 미안한 심정을 어쩔 수 없다. 이 두 종류의 향이 다 사라질 때까지 죄스러운 감정은 날 억누를 것이다.

이렇게 해서 나의 소유가 된 아므:르와 제주 유채 향수. 곰곰이 생각해 보면 지금쯤은 세련되고 멋진 여자가 되어 있을 법도 한데, 여전히 난 촌티 나는 그런 모습으로 오늘을 보낸다.

한발 물러서서 바라보면 그 자리에 여유와 평온이 있고 선한 마음으로 주위를 둘러보면 그곳에 진솔한 삶이 있는 것을. 먼 곳에서 아름다움과 멋을 찾으려고 헤매던 나, 위선으로 가득하지 않았나 되돌아보게 된다.

남이야 어떻게 보든지 상관없다고들 한다. 그래도 더불어 살아가는 사회에서는 나 자신만을 고집하는 건 이기적인 발상이 아닌가 싶다. 그러나 내가 지닌 향기로 내 주위와 세상이 향기로워진다면 향수를 뿌려볼 생각이다.

우리의
대변자

　한차례 바람이 불었다. 바람 따라 노란 유채꽃이 온 섬을 출렁인다. 시내 곳곳에는 하얀 벚꽃이 화사하게 봄을 노래한다. 성급하게 꽃망울을 터뜨린 벚꽃은 파르르 떨다 꽃비가 되어 내린다.

　지방선거가 한 달 앞으로 다가왔다. 서로 자신이 우리의 적임자라고 하면서 화사한 봄날을 바삐 뛰어다닌다. 어느 후보가 활짝 핀 벚꽃처럼 웃게 될지, 꽃비가 되어 내릴지 알 수 없지만 벌써부터 선거에 대한 열기가 뜨겁다.

　누가 되든 간에 서로 경합했던 후보들은 승리한 사람에게 축하의 미소를, 최선을 다했지만 탈락한 후보에게 격려의 악수를 건네는 풍경이었으면 좋겠다.

　우리나라 국민처럼 정치에 관심이 많은 나라도 흔치 않다. 너나 할 것 없이 선거철만 되면 서로 다양한 목소리를 낸다. 민주사회의 장점이면서도 끝난 후에까지 갈등을 만드는 고질병이 되기도 한다. 관심이 많은 것은 바람직하다. 그러나 관심에 부응하지 못하는 선량들이 있어서 그게 문제이다.

적임자라고 해서 당선시켜 놓으면 당선되기 전의 초심은 잠을 자고, 자신의 잇속 챙기기에만 혈안이 되어 있다. 그런 행태들을 보면 입맛이 씁쓰레하다. 물론 자신의 역량을 발휘하며 소신껏 일하는 의원도 있다. 대다수는 자신이 지지해준 지역의 개발에만 편중해서 균형 개발은 담을 쌓고 만다.

지방자치제는 자기 지역의 일은 그 지역 사람들이 주도적으로 운영해 나가자는 좋은 취지에서 출발했다. 특별자치도인 제주도, 특별하지 않은 섬으로 각인된다. 좁은 지역에서 서로의 골만 깊어가고 있다. 도백이 바뀌면 전 도정을 지지했던 사람은 미운털이 박혀서 바뀐 도백에게 눈치를 보게 되고, 자리에서 물러나기도 해야 한다. 그래서 싫든 좋든 선거철만 되면 서로 눈치 보면서 유리한 후보에게 줄을 서려고 기를 쓴다. 지방자치제가 나쁘다는 것은 아니다. 21세기가 되었으니 이런 추태는 버렸으면 좋겠다.

지방기초의원 선거에 외사촌 오라버니가 출마한다. 본의 아니게 선거전에 뛰어들게 되었다. 그전에는 소신껏 내 의사를 표시하면 되었는데, 이제는 도리어 부탁하는 처지가 되어버렸다. 어떻게 어떤 모습으로 유권자들을 만나야 할지 난감하다.

후보 등록도 하지 않은 상태여서 선거 운동은 할 수 없다. 다만 주위 분들께 투표 의향을 묻고 후보를 알렸다. 우리처럼 단출한 집안은 후보가 나오면 선거 치르기가 쉽지 않다. 달걀로 바위를 깨야 하니까. 무리가 아닌가 하는 회의가 든 적도 종종 있었다.

외사촌 오라버니 사촌들은 서울서 생활하고, 나의 친정집을 제외하고는 종손마저 제주시에 거주한다. 이런 형편이니 그야말로 소수의 식구로 선거를 치러야 한다. 제주 지역은 특이하게 삼촌 문화가 자리 잡아서 궨당이 많지 않으면 필패하기 쉽다.

나는 종종 오라버니에게 "허는 사업이나 고만이 허주. 무슨 영화를 누리젠 출마헙디가? 선거에 드는 비용일랑 어르신덜 신디 나눠줘시민 생고생 허지않곡 오죽 좋으쿠과?" 하며 부아를 돋운다.

오라버니는 고향을 위해서 마지막으로 한번 봉사하라는 동네 분들의 권유를 차마 거절하지 못하겠더라는 변명 아닌 변명을 한다. 그러면 나는 오라버니가 아니어도 일할 사람은 많다고 초를 친다. 묵묵부답인 오라버니, 그 심정과 사정을 훤히 아는 나로서는 더 심하게 몰아붙이지 못하고 꼬리를 내리고 만다.

오라버니의 고향 용흥은 마을 사람들의 우대가 돈독하다. 그 작은 마을에서 사십 대 초반의 두 젊은이가 출사표를 던졌다. 마을 어른들은 둘이 타협해서 한 사람만 출마하라고 권유를 했다. 둘은 누구도 양보하지 않았다. 결국, 마을 유지들이 회의를 열고 둘을 불러 재차 설득해도 요지부동이었다. 고심 끝에 마을 사람들이 그럼 B 아무개를 추대하면 어떻게 하겠느냐고 하자, 그제야 그들은 "그 선배님이 나온다면 저희는 포기하겠습니다."라고 했다. 이렇게 해서 오라버니는 싫다는 말도 꺼내지 못하고 얼떨결에 승낙했다.

그런데 문제는 집안이 단출한 데서부터 불거지기 시작했다. 상대 후보는 우리 지역이 집성촌이어서 위세와 텃새가 만만찮다. 공직 생활을 오래

해서 조직도 있다.

나는 여태까지 선거철이 다가와 투표를 하게 되면 부탁한 사람에게는 미안해도 소신껏 한 표를 행사했다. 그분들에게 양심의 가책을 느낄 만한 빌미를 주지 않아서 더 당당했다.

지난 선거 때, 오라버니가 지인이 출마하니 도와주지는 못해도 표라도 부탁한다고 했을 때도 난 떳떳하게 말했다. 둘 중에 누가 우리 지역을 위해서 헌신할 사람인지 비교해보고 더 나은 사람을 선택하겠다고. 그런 나를 어이없이 바라보던 오라버니.

내가 직접 겪어보니 사면초가라는 말이 딱 들어맞는다. 주위 분들께 한 표를 부탁하면 우린 그 집과 친하니까, 같은 학교여서, 선거 운동하는 사람하고 아는 사이여서 등등. 심지어 "누게가 되어도 좋아게, 다 그 밥에 그 노믈이라, 선거 때만 고개 숙염주. 뱃지 돌민 우린 안중에도 엇어. 의원덜 회기 중에 허는 것덜 텔레비전 나오는 거보민 헐말을 잃어." 이런 말을 들으면 풀이 죽는다.

후보의 역량은 뒷전이고 연고 찾아 몰려드는 사람들을 어떻게 설득해야 할지 머리가 무겁다. 그래도 오라버니와 다짐한다. 의회에 진출하든 쓴 고배를 마시든 결과에 연연하지 말고 끝까지 최선을 다하기로. 그러다 요행 운이 좋아 당선되면 지지해준 사람들의 기대를 저버리는 행동은 아예 하지 말라고, 또한 반대표를 던진 사람들도 겸허하게 끌어안으라고. 그러지 못할 바에는 지금이라도 이 힘든 일 그만두자고 오라버니를 닦달했다. 그러면 오라버니는 호랑이 누이 옆에 있어서 가당키나 하겠냐고 허허 웃는다. 그 웃음이 헛웃음이 아니었으면.

오라버니에게 작은 소망을 피력해 본다. 같이 후보자로 나선 상대를 절대 비방하지 말고 선의의 경쟁을 펼치기를. 내가 아니면 안 된다는 오만은 버렸으면 좋겠다. 왜냐하면 나보다 더 나은 사람들이 우리 주변에 수두룩하다. 그리고 선거가 끝나면 결과에 승복하는 멋진 모습을 기대한다. 그러면 이 작은 동네에 앙금이나 깊은 골은 사라질 것이므로.

봄을 재촉하는 단비가 온 대지를 촉촉이 적시고 있다. 이 비가 우리의 가슴에 새싹이 움트는 생명으로 스며들기를 고대한다. 노랑나비와 함께 화사한 봄을 맞을 수 있기를 소망한다.

우리 살아가는
동안에

운전을 하다 보면 종종 불쾌한 때가 있다. 신호 대기 중에 파란 불이 들어오면 뒤차는 출발이 늦는다며 정적을 빵빵 울린다. 앞차와 안전거리를 유지하기 위해 간격을 벌리면 옆 차선에서 차가 비집고 들어온다.

이런 사람은 대부분 시간이 촉박한 버스나 개인택시 기사들인 경우가 많다. 시내를 주행할 때는 버스와 개인택시를 보면 먼저 피해 다닌다. 그런데 이런 내 생각이 확 바뀌는 일이 있었다.

이른 아침 볼일이 있어 운전 중이었다. 토평 입구에서 빨간불이 들어와서 차를 세웠다. 오른쪽의 건널목을 걸어가는 두 여자애가 시야에 들어왔다. 봄비가 내려 언니가 우산을 받쳐주고 있었다. 동생은 언니 손을 꼭 잡고 있었다. 등굣길인 듯했다.

이때 우회전을 하는 개인택시가 있었다. 당연히 여자애들을 무시하고 지나갈 줄 알았다. 그런데 놀랍게도 정지선에 차를 세웠다. 둔기로 머리를 한 대 맞은 기분이었다.

비가 내리는 아침, 동생과 나란히 우산을 쓰고 가는 자매의 모습도 정겨웠고, 정지선에 차를 세우고 두 여자애가 지나가길 기다리는 개인택시는 더욱 아름다운 풍경이었다.

돌아오는 길, 도로를 무단 횡단하는 한 젊은이가 있었다. 그는 도로 중앙에서 멈칫했다. 나는 차를 세우고 지나가라고 신호를 보냈다. 젊은이는 웃으며 고맙다고 꾸벅 절을 했다.

아침부터 기분 좋은 일의 연속이다. 오늘은 온종일 좋은 일만 생길 것 같은 예감이 든다.

잠시 기다려 주는 데서 나오는 여유와 행복감. 내게 주어진 일상 속에서 그동안 얼마나 소중한 것을 잊고 살았을까. 내 잘못을 탓하기보다 남을 원망했고, 나로 인해 그들은 얼마나 상처를 입었을까. 내가 색안경을 쓰고 보면 남도 그럴 텐데. 아둔하게 참고 기다리는 여유조차 망각한 채 살아왔다.

무슨 일을 할 때 바쁘다고 서두르면 더 일을 그르친다. 촌각을 다투는 일이 아니면 잠시 쉬어가는 지혜가 필요하다. 느긋하다고 다 좋은 것은 아니다. 하지만 차 한 잔을 마실 정도의 여유는 가져보면 어떨까. 우리 살아가는 동안에.

첫걸음

살아가면서 다양한 경험을 하게 된다. 그중에서 학문에 몰입하는 것만큼 매력적인 일도 드물다. 그것도 나이 들어서, 누가 등 떠밀어서가 아닌, 좋아서 하는 일이니 신이 난다. 학문을 하다 보면 잡념이 없어진다. 친구들과 어울릴 시간이 줄어든 건 아쉽다. 그래도 한곳에 집중할 수 있어서 좋다.

계절을 잊고 산다. 겨울인가 싶으면 마당에 라일락이 불타고 있고, 해바라기는 큰 키를 자랑하며 해를 따라 웃는다. 상사화는 보아주는 이 없어 고개를 숙이고 있다. 이맘때면 입맛을 다시게 하던 돌배는 풍뎅이들의 먹이가 되었다.

입학 때를 떠올리면 키득키득 웃음이 나온다. 자존심을 구기며 사정하고 또 사정하고, 아는 사람 이름을 대면서 협박(?)도 했다. 인간은 혼자서 살아가긴 어렵다. 어떤 이는 돈만 있으면 가능하다고 한다. 아니다. 돈도 중요하지만, 그보다 사람이 우선이다. 관계에서 실패하면 살아가는 데 힘들다. 도움을 받고 주기도 하면서 그렇게 조화를 이루면서 살아가는 게 이상적인 사회이다.

친환경과수학과는 아주 유별나고 각자 개성이 뚜렷하다. 조용하던 분도 토론할 때 보면 논리적으로 자신의 의견을 말한다. 긍정과 부정이 충돌하기도 한다. 이 과정에서 의견을 제시하고 토론하며 절충점에 도달하는 기술들이 미숙하다. 누군가가 우기면 제시한 사안들이 흐지부지되고 만다. 합의를 도출하는 과정이 매끄럽지 못하다. 양쪽의 의견을 존중하며 중재하는 역할은 번번이 빗나간다. 의장의 역할이 중요한데 그 역할을 하지 못한다.

제주농업의 마이스터가 되기 위한 처절한 몸부림이라 치자. 그래도 아쉽다. 조금은 막 나가고 좌충우돌하는 학우들, 하지만 다음 만나면 언제 그랬냐는 듯이 하하하 웃음꽃이 핀다.

교정에는 아기 사과나무에 앙증맞은 열매가 맺었다. 지난주에는 학교의 상징인 백록은 아니지만, 뿔이 세 가닥인 노루도 보았다. 사람을 보고도 유유히 풀을 뜯는 녀석을 보며 자연과 인간, 그리고 동물이 함께 살아가는 아름다운 그림이 그려져서 미소가 번졌다. 무성한 무화과나무에 찜해둔 열매는 누가 따먹었는지 모르지만 새로운 것을 탐구하고, 새로운 인연을 만들어 가며 그렇게 칠월이 간다.

토양학 실습 과제를 하러 서귀포농업기술센터로 가는 날. 유난히 하늘이 고왔다. 전날까지 불어대던 바람은 마실을 갔는지 잠잠하다. 나와 동행을 마다 않는 친구가 고맙다. 늦게 출발하고 길을 잃어 헤매고, 그는 짜증이 날 만도 하건만 사람 좋은 미소가 얼굴 가득하다. 그가 내게 해준 만큼 그에게 베풀 수 있을까. 크나큰 숙제이다.

인간이 삶을 영위하는 데 필요한 세 가지는 옷과 음식 그리고 집이다. 요새는 자동차가 추가되었다. 식물에게는 물과 공기, 햇빛 외에 사람에게 집이라 할 수 있는 땅, 즉 토양이 필요하다. 흙이 건강하면 식물도 건강하다. 건강한 땅에서 정직한 농부가 가꾼 농산물을 먹는 소비자는 행복하다. 정직하지 않은 농부는 잠시 눈속임일 뿐, 머지않아 들통이 난다. 길게 내다보고 묵묵히 길을 간다. 내가 좋아하는 나를 아끼는 사람들과 함께.

처음으로 토양 검사를 받으러 가서 머쓱했다. 쑥스러움은 늘 나를 따라 다닌다. 어려운 용어들을 쉽고 친절히 설명해준 연구원이 감사하다. 권위적이지 않고 농민들과 눈높이를 맞추려는 걸 보며 편안했다. 익숙하지 않음을 인정하지 못하는 것도 병이다.

낯선 것은 나를 멈칫하게 만든다. 잠시 망설이며 마음을 가다듬고 생각을 정리한다. 앞서가는 사람 뒤에서 나의 위치를 생각해본다. 나서야 할지 가만히 있어야 할지 고민한다. 나설 때와 들어갈 때를 아는 사람이 지혜로운 자이다.

매사 자신감이 넘치고 당당한 사람을 보면 부럽다. 어디서든 제 역할을 똑 부러지게 하는 사람이 좋다. 그는 그런 역할을 할 수 있기 위해 과정에 충실했을 것이다. 결과를 이루기 위해 과정을 더 중시하는 사람을 닮고 싶다. 과정이야 어떻든 결과만 좋으면 된다는 사람보다 과정을 중시하는 사람이 많은 사회를 꿈꾼다. 첫걸음도 결과를 얻기 위한 과정이다. 저녁노을이 참 곱다.

어머니라는
이름으로

올해도 어김없이 오월은 찾아왔다.

어버이날도 며칠 앞으로 다가섰다. 온갖 꽃이 요염하고 화사하게 혹은 수줍은 듯 자태를 뽐낸다. 계절의 여왕 오월에 피는 흑장미가 고혹적이다. 그러나 오월하면 빠질 수 없는 꽃은 카네이션이다.

나는 싫어하는 꽃이 없다. 모든 꽃을 좋아한다면 줏대 없다고 놀릴지도 모른다. 꽃이라면 어떤 종류든 그 꽃 자체로 좋아한다. 제각각의 특색과 아름다움에 취해서 하나를 취하고 하나를 버리지 못한다. 꽃에서만은 그렇다.

카네이션과 어버이날은 뗄 수 없는 불가분의 관계이다.

나는 결혼하기 전, 철이 들지 않아서인지 아니면 숫기 때문인지 모르지만 부모님 가슴에 그 흔한 카네이션 한 송이 달아드리지 못했다. 어버이날 아침 정성껏 마련한 음식으로 식사를 차려드린 기억밖에 없다. 결혼해서도 마찬가지이다. 오히려 당신 외손자들이 외할머니 가슴에 어미를 대신해서 꽃을 달아드렸다. 외손자가 가슴에 달아준 카네이션을 보며 무슨 생각을 하셨을지….

작년 어버이날이었다. 여느 날과 다름없이 학교로 갔다. 학우인 Y가 "어머니! 오늘 점심시간에 시간 있으세요?" 하고 물었다. "왜 무슨 일 있니?" 했더니 "아뇨, 어머니가 점심시간에 과방으로 오셨으면 해서요. 이따 수업 시간에 뵈요." 하며 친구들과 어울린다.

나는 마지막 수업이 끝나고 집으로 가려고 서둘렀다. 그때 Y가 옆으로 오더니 "어머니, 여기서 잠시만 기다리고 계세요." 하고 후다닥 밖으로 나갔다. 영문도 모른 채 서 있었다. 잠시 후 Y는 우리 과 학우들과 함께 나타났다. 그러더니 느닷없이 카네이션 꽃바구니와 책 두 권을 내밀었다. 그들은 "어머니! 건강하시고 좋은 작품 하영 하영 씁서예." 하며 큰절을 했다.

너무나 의외의 일이라 어안이 벙벙했다. 고맙다는 말도 잊고 멍해 있는 내게, Y는 "어머니! 저희에게 너무 잘해 주셨어요. 어떤 때는 저희 모두 친어머니라는 착각이 들기도 해요. 그 책은 어머니에게 딱 알맞을 것 같아요. 저희 성의예요." 나는 가슴에서 뜨거운 게 울컥 올라왔다. 말없이 많은 아들딸들을 한 명 한 명 보듬어 안았다.

그러고 보면 이들은 어버이날 부모님 가슴에 카네이션을 달아드렸을 것이다. 예전의 나와는 다르게. 한 송이 꽃을 달아드리고 안 달아드리는 문제가 아니다. 위안부인 길원옥 할머니 양아들인 목사 부부는 할머니에게 매달 나오는 돈에 눈이 멀어 마포 쉼터를 떠나기 싫어하는 양어머니를 모셔갔다. 다달이 길원옥 할머니에게서 돈을 받아갔다고 한다. 오히려 양아들인 목사가 양어머니에게 용돈을 드려야 할 처지인데도. 우리 과 학우들은 내가 돈을 준 것도 아닌데도 나에게 큰 감동을 줬다. 그 살뜰한 마음이 곱디곱다.

부모님을 생각하며 카네이션을 사고, 내게 꽃바구니와 책을 선물하기 위해 아르바이트하며 용돈을 아꼈을 그 마음이 너무나 애틋하다. 다른 이를 생각하는 마음은 돈으로 계산할 수 없을 만큼 값지다.

살아가면서 깜짝깜짝 놀라고 감격할 일이 많다. 하지만 마음이 결여되어 버린 일은 그 정도가 약하다. 아주 사소한 것에도 정성스러운 마음이 담겨있으면 상대를 감동케 한다. 마음을 받은 상대는 그 여운이 사라지지 않는다.

선물은 받으면 기쁘다. 단 잘 봐달라고 하거나 잘 보이기 위한 대가가 없는 경우에 한해서다. 대가를 바라는 선물은 부담이다. 그런 경우는 거절한다. 낯이 뜨겁지만 어쩔 수 없다. 덥석 받는 순간 덫이다. 덫이 쌓이다 보면 족쇄가 된다. 빠져나올 수 없는 지경에 이르면 파멸이다.

주는 쪽도 받는 쪽도 부담이 없는 온정을 오늘 어버이날 학우들에게 받았다. 어머니라는 이름으로. 어머니는 위대하다. 우리 과 학우들은 더 위대하다.

노래방

1.

　누구나 부담 없이 즐길 수 있는 데가 노래방이다. 모임 후 뒤풀이 장소로, 친목을 다지는 곳으로 이만큼한 데도 없다. 여럿이, 때론 혼자서 마이크를 잡고 노래를 부르며 잠시 세상 잡사를 잊는다.

　나는 스트레스를 풀려고, 아니면 즐기기 위해 거길 가는 건 아니다. 그곳에서 오히려 고독을 느낀다. 기기에서 슬픈 노래라도 나오면 가슴이 아리다. 노래 가사의 주인공이 된 것 같은 착각에 빠진다. 이런 탓에 쉽사리 그곳 분위기에 젖어들지 못한다.

　얼마 전에도 그랬다. 친구들이 이차를 가자고 해서 따라갔다. 그들보다 시력이 조금 나은 탓에 나는 노래 제목을 찾아주는 도우미 역할을 했다. S가 팁이라며 세종대왕이 그려진 지폐를 줬다. 불로소득으로 캔 맥주를 사왔다. 알코올이 들어가서인지 신나게 춤추고 노래 부르는 그들이 마냥 행복해 보였다. 하지만 내 가슴 한 구석에는 찬바람이 윙윙거렸다. 함께 즐겨야 하는 의무감이 구속으로 다가왔기 때문일까.

H가 '낙엽 속으로 가버린 사랑'을 감칠맛 나게 불렀다. 친구들은 그 노래의 분위기에 취했다. 구석에 멍하니 앉아 노랫말에 심취했다. "사랑하는 이 마음을 어찌하오 어찌하오. 너와 나의 사랑의 꿈 낙엽 따라 가버렸으니." 마지막 가사가 애잔했다. H는 그 대목에서 박자를 놓쳤다. 잘 부르다 갑자기 틀린 걸 보면 그도 사연이 있었던 모양이다.

가을이면 가슴이 텅 비어 버린다. 은빛 물결 사이를 이리저리 휘젓고 다닌다. 휑한 들판에 주저앉아 속울음을 삼킨다. 보랏빛 야고의 종은 위대해 보였다. 억새 틈새에 끼어 살 수 있으니까. 그렇게라도 세상을 볼 수 있으니까.

언젠가는 우리 모두 세상을 하직한다. 떠나보내야 하는 것, 그것은 오롯이 남겨진 사람의 몫이다. 기억에서 지워야 하는데 그게 안 된다. 이런 모습-아득한 곳에서 호탕한 웃음소리-들리는 듯하다.

2.

부녀회 활동을 하던 때였다. 꽤 오래전 일이다. 임원 회의를 마치고 회장이 한턱 쏘겠다고 했다. 그즈음 막 붐이 일기 시작한 노래방에 가자고 했다. 가슴이 덜컥 내려앉았다.

가지 않으려고 이런저런 핑계를 댔다. 노래 실력이 젬병이었기 때문이다. 몰래 빠져나오려는 걸 고향 언니가 팔을 잡아끌었다.

캔 맥주를 홀짝거리며 한 곡씩 뽑았다. 가수왕이 따로 없었다. 넘기고 넘기다 내 차례가 왔다. 노래 제목이 생각나면 박자가 가물거리고, 라디오에서 들어 익숙한 '흙에 살리라'는 내 목소리로선 어림도 없다. 빠른 템포의 노래에 인순이보다 더 유연하게 흔드는 그들, 더 주눅이 들었다.

잘 부르는 사람이 있으면 나 같은 사람도 있지 뭐. 혼자 자위하며 "모~두가~사~랑~이에~요~마~음~이~넓~어~지~고~예뻐~질~것~같아~요." 되는대로 톤을 높였다. 헌데 웬걸, 그날의 점수는 내가 제일 높게 나왔다. 옆에서는 목소리가 크면 무조건 만점이라며 치켜세웠다.

앗싸! 하며 좋아한 것도 잠시, 기계를 조작했다는 걸 나중에야 알았다. 내가 풀이 죽을까 봐 일부러 점수를 올렸단다. 박자 따로 노래 따로, 질러대는 소리, 듣는 사람은 얼마나 짜증났겠는가. 가끔 그 일을 회상하며 혼자 빙그레 웃는다.

요즘은 노래 부르지 못하는 사람이 없다. 마이크를 잡으면 모두가 스타다. 현대는 만능이어야 한단다. 동감이다. 그래도 그때가 그립다.

3.

친구와 가라오케에 가게 되었다. 그는 노래 부르지 못한다고 엄살을 부리더니 가수 저리 가라였다. '고히비토'를 능청스럽게 불렀다. 이어서 '호텔 캘리포니아'를 이글스 뺨치게 부른다. 멋졌다. 요즘 말로 분위기 짱이었다. 그런데 열창을 하는 얼굴에 그늘이 엿보였다.

어떤 이는 잊기 위해서, 어떤 이는 기억하기 위해 춤을 춘다는 내용이 절절했다.

세상일이란 게 자기 뜻대로만 되면 얼마나 좋을까만, 그렇지가 않다. 바라는 대로 이루어지는 것은 특별한 경우이다. 나쁜 것은 기억하지 않으려고 애를 쓴다. 하지만 좋았던 추억도 지워버려야 편하다. 마음이 홀가분해지려면 더욱더 그렇다.

사람들은 완벽을 추구하고 나 역시 그러려고 애를 쓴다. 하지만 완벽함 속에 또 다른 허점이 숨겨져 있다. 그게 어느 순간부터 자신을 옭아맨다. 내면의 아픔을 자신만만함으로 덧씌운 삶은 시지포스와 다를 바 없다.

삶을 살아가다 보면 잃는 것들도 감수해야 할 때가 있다. 그 잃어버리는 부분들을 수용하지 못하는 게 인간이다. 포용하지 못하는 아픈 부분들이 자꾸 걸린다.

나는 남에게 속내를 여간해서는 드러내지 않는다. 주변에 진심을 털어놓아 본 적이 그리 많지 않다. 노래도 골라보면 모두 우울한 곡들뿐이다. 속은 숯검정인데 겉은 태연한 척한다.

창밖에 노랑나비 한 쌍이 무지개를 그리고 있다. 한바탕 크게 웃었다.

어느 오후

햇빛이 눈부신 오후다.

고운 햇살에 이끌려서 집을 나섰다.

아직 갈 곳은 정해지지 않았다. 늘 그랬듯이 바다이거나 산 쪽일 가능성이 짙다. 목적지가 정해지지 않으면 늘 가는 코스가 있다. 바다에서 저녁노을의 향연에 취해 있거나, 산에서 나뭇등걸에 앉아 머릿속으로 영화를 찍고 있거나, 아니면 독서삼매경에 빠져 힐링하는 시크릿 공간에 가 있을 것이다.

이런 내 마음을 아는지, 차는 어느새 산길을 헉헉거리며 오른다. 거린사슴 고갯길을 돌며 시야에 들어오는 쪽빛 바다가 그림 같다. 하얀 비닐하우스는 비단을 곱게 늘어놓은 것처럼 햇살에 빤짝거린다. 눈에 거슬리던 비닐하우스들, 오늘은 한 폭의 동양화다. 고운 햇살이 추한 것들을 잠시 가려놓고 낮잠을 잔다.

내가 가는 곳은 서귀포자연휴양림이다. 길 양쪽에 두 팔 벌린 나무들, 싱그러운 푸르름을 뿜낸다. 지난겨울 하늬바람과 눈보라를 견뎌낸 강인한 생명력, 누가 보살피지 않아도 거름을 뿌려주지 않아도, 전지 전정을 해주지 않아도, 해충에 시달리면서도 꼿꼿한 자태를 뽐낸다. 자연이 주는 은혜를 고스란히 받으며 자란 나무들이다. 성스럽다.

서귀포자연휴양림으로 들어섰다. 입구에서부터 투수콘으로 도로를 포장해 놓았다. 변한 풍경에 어리둥절하다. 비가 오면 질척거려 신발에 흙이 좀 묻으면 큰일이 나는 걸까, 차에 흙탕물이 튀어도 산이니까 당연하다고 생각하면 안 되는 걸까, 오늘처럼 햇살이 고운 날, 맨발로 흙을 밟는 기쁨을 누리면 안 될까. 조금은 불편해도 미래세대를 위해 자연 그대로 남겨두면 안 될까.

나뭇등걸에 앉아 온갖 새들이 합창하는 것을 감상한다. 나뭇잎이 햇살을 받아 산들바람에 하늘거린다. 연두색 물고기가 유영하는 듯하다.

바스락하는 소리에 고요가 깨진다. 노루 한 마리가 불청객이 의외인 듯 내 옆을 바삐 지나간다. 까치 한 쌍은 나를 아랑곳하지 않고 서로 날갯짓을 하고 있다. 자연이 주는 넉넉함에 동화되는 내 마음.

콧노래를 흥얼거리며 자연생태 학습장을 지나 산책로로 들어섰다. 발건강에 좋다는 나무로 깔아놓은 산책로를 걷는다. 맞은편에서 오던 남자가 "신발 벗고 걸어야 건강에 좋아요." 친절을 베푼다. "즐거운 여행되세요." 하며 나는 웃음으로 답례했다.

이어 부인인 듯한 여자는 "왜 남에게 신경 써요. 알아서 잘할 텐데." 하며 남편에게 눈을 흘긴다. 우습다. 나를 여자로 보는 걸까. 하긴 햇살이 고운 오후, 여자 혼자 산책하고 있으니 그렇다 쳐도 딱하다. 남편 따라 "안녕하세요?" 하는 인사 한마디 나누면 참 좋은데 말이다.

자연이 사람을 순화시키는 것도 한정된 모양이다. 누군가에겐 힐링이 될 수도 있고, 다른 누군가에겐 귀찮음이 될 수도 있다. 받아들이고 느끼기에 따라서 다르다.

살아가는 것도 이와 마찬가지다. 불평과 불만이 많으면 얼굴에 나타난다. 하는 일도 잘 풀리지 않는다. 다른 이를 위해 배려하고 포용하는 사람의 표정은 온화하다. 곁에 다가가고 싶게 온기가 배어 있다. 찬바람이 쌩쌩 불어 곁을 내주지 않는 사람은 사회생활도 쉽지 않다.

혼자 다니다 보면 이런 경우를 종종 겪어서 이젠 면역이 되었다. 그래도 아쉽다. '오늘은 햇살이 너무 고와서 덮어두자.' 하며 크게 심호흡을 몇 번 했다. 기분이 한결 상쾌하다. 다양한 사람들이 섞여 살아가는 사회. 그 속에서 제자리 지키려고 안간힘을 쓰지 않는다. 능력에 맞게 내가 가진 것만큼 더도 말고 덜도 말고 그렇게 산다. 분에 넘치게 뭔가가 나에게 주어져 감당하지 못할 것이면 사양하고, 할 수 있는 것이면 하면서 그렇게 살아간다.

나는 특별한 경우가 아니면 혼자 다니길 즐긴다. 여행도 이렇게 가벼운 산책도 혼자서 한다. 옆에 누가 있으면 불편하고 신경 쓰인다. 온전한 자유를 누리고 싶은 나만의 욕심이다. 그러면서 낯선 사람들과 한마디 인사를 건네고, 서로 미소 지을 때 참 흐뭇하다.

야영장 근처에 다다랐다. 단합대회가 열리나 보다. '남행열차'가 귀청이 터질 듯이 춤을 춘다. 온 산이 떠나갈 듯하다. 한마디로 꼴불견이고 추태다. 야영장이니 서로 어울려서 노는 것까지 나무랄 수야 없다.

하지만 벌건 대낮에 다른 이를 배려하지 않는 양심이 서글픈 생각마저 든다. 나무들도, 노루도, 꿩도, 오소리도, 딱정벌레도, 사슴벌레도, 오색딱다구리도, 노랑나비도 귀를 닫고 숨죽인다. 몇몇 사람의 이기심이 모두의 귀를 닫게 한다. 자기만 아는 현대인들의 고질병이다. 약이 있어도 스스로는 고치지 못하는 악성 종양이다. 모처럼 소확행 하러 왔다가 담아선 안 될 풍경만 담고 가게 되었다.

현대인들은 시멘트에 둘러싸여 산다. 특히 도시인들은 흙내가 그립고, 그 흙에 발을 디뎌보고 흙길을 걸어 보고 싶어 한다. 도로를 포장하지 말고 흙 그대로 두었으면 하는 아쉬움이 든다. 복잡한 머리도 식히고, 온갖 새들과 어울리는 사치는 부리면 안 된다는 오후.

길옆, 함초롬히 고개를 내민 괭이밥의 앙증스러움에 잠시 행복했다.

생큐베리머치

가게를 시작한 지 여섯 달이 지났다. 모든 게 서툴고 어색하다. 제일 헤매는 부분은 계산이다. 여럿이 몰려와서 떠들고 웅성거리면 내 혼은 절반쯤 빠져나간다. 그들이 돌아간 후 아무래도 이상해 셈을 헤아려보면 택배비는 고스란히 내 몫이다. 어떻게 할까 한참을 망설이다 전화를 한다. 고맙게도 가던 길을 되돌아와서 주고 간다. 어떤 이는 일정이 바빠서 계좌로 보내준다.

내가 만난 사람들은 참 선하다. 지금까지 한 번도 불쾌해하는 사람을 보지 못했다. 사람을 대하는 것을 쑥스러워하던 나. 그게 오히려 고객에게 믿음을 주었다는 아이러니한 사실. 약삭빠르지 못한 게 외려 신뢰를 주었던 모양이다. 세상에 보이는 게 모두 내 거라는 생각을 해본 적이 없다. 필요한 만큼만 갖고 나머지는 다른 사람이 주인이라는 신념, 어찌 보면 당연한데도 아닌 채로 아웅다웅한다.

여행 온 분들은 한 사람이 사러 오면 같이 온 일행들도 우르르 몰려온다. 꼬마들은 초콜릿을 사달라고 엄마를 조르고, 진열해 놓은 한라봉이나 감귤을 손가락으로 콕콕 찔러본다.

어떤 아이는 하나를 덥석 집어 먹는다. 그래도 그 애에게 그러면 안 된다는 부모는 가뭄에 콩 나듯이다. 초콜릿 사달라고 칭얼대다 엉엉 우는 아이도 있다.

이런 경우, 참 난처하다. 제주도 여행 온 선물이라고 초콜릿을 주며 그애를 달래야 한다. 젊은 엄마는 아이를 닮아 제멋대로다. 일행이 갈 동안 차에서 애들과 기다려야 하겠지만 여태껏 그런 경우는 없었다.

오늘 온 외국인은 달랐다.

그녀는 육십 대 중반쯤 되어 보이고 거구이다. 웃음 띤 얼굴로 "헬로" 하며 가게로 들어섰다. 진열된 한라봉을 가리키며 "하우머치?" 하고 묻는다. 가격을 말하자 네 상자를 달란다. 그리곤 리드미컬하게 "…… 디스카운트 오케이?" 내가 오케이 했더니 그녀도 활짝 웃으며 오케이 한다.

과일 상자를 가방에 담고 난 후, "아이 기브 유." 한라봉 세 개를 덤으로 줬다. 그녀는 생큐, 생큐한다.

짐을 들고 차로 갔다. 뒷좌석에 꼬마가 얌전히 앉아있다. 그 애에게 한라봉 두 개를 줬다. 녀석은 생큐베리머치를 연발하며 수줍게 웃는다. 발그레한 볼을 살짝 꼬집어주고 싶게 귀여웠다.

그리고 안전벨트를 맨 채 앉아있다. 그 옆에 아버지인 듯 갈색 머리의 남자와 운전대의 파란 눈의 엄마도 안전띠를 매고 점잖게 앉아있다. 둘은 고맙다는 표시로 내게 눈인사를 한다. 할머니만 과일을 사러 오고 나머지 가족들은 차에서 기다리고 있었다. 우리와는 정반대의 광경에 멍했다.

이 미국인들에겐 우리와는 다른 문화가 있었다. 그들이 선진문화시민이라고 내세우지 않아도 풍기는 위엄과 향기가 있었다.

차 안에 의젓이 앉은 꼬마에게 그 나라의 미래가 보였다. 일본이 그 애에게 망언 따윈 감히 하지도 못할 것 같았다.

그 녀석이 얄밉고 부러웠다.

우프 이야기
Travel to be a farmer

넘버원농장에 3번째 우퍼가 머물다 갔습니다. 넘버원 농장은 우프 호스트입니다. 우퍼란 WWOOF KOREA에 회원으로 등록한 사람들입니다. WWOOF는 1971년 영국 농가에서 시작되었습니다. 초기에는 세계적인 프로그램으로 유기농을 알리는 데서 출발했지만, 점차 성장하여 현재는 문화 체험을 하는 기회로 확대되었습니다. 우프가 되면 세계 회원 국가 어디든 원하는 지역에서 우핑을 즐길 수 있습니다.

우프 호스트가 되기 위해서는 유기농 인증 농가여야 합니다. 게다가 전 세계 우퍼들이 왔을 때 그들을 이해하고 가족으로 맞이할 마음의 자세가 되어 있어야 합니다. 우리나라는 무농약 인증 농가도 호스트로 지정하고 있습니다. 예외입니다.

우프 농가 호스트는 한마디로 작은 외교관이라는 자세가 되어 있어야 합니다. 그리고 우리나라의 문화! 협의적으로는 호스트가 속해 있는 지역의 문화와 호스트를 방문한 외국인 우퍼가 간직한 그 나라의 문화도 서로의 가치관과 함께 교류되어야 할 것입니다. 타 지역과 구별되는 제주도만이 간직한 문화적 특수성 중에 중세 국어의 특징이 남아있는 제주어를 꼽을 수 있습니다.

우퍼는 호스트 농가에 와서 숙식을 제공받습니다. 그 대가로 농가 일손을 거들어야 합니다. 넘버원농장은 일손이 바쁠 때는 하루 온종일 노동력을 제공받고 이튿날 쉬게 합니다. 한가할 때는 오전은 일하고 오후는 쉬게 했습니다. 하지만 호스트와 우퍼가 서로 의논해서 조정할 수도 있습니다. 이때 서로의 의견을 존중하고 상대를 이해할 열린 마음의 자세가 되어 있어야 합니다.

넘버원농장에서 우핑한 친구들은 글로벌 마인드를 지닌 대단한 우퍼들이었습니다. 그들의 마인드, 표정 하나하나에서 우리가 어떤 자세와 시각으로 위기에 대응해야 할지 방향을 찾을 수 있었습니다. 섬에서 바라보는 좁은 시각과 소견, 내가 최고라는 아집은 털어버리라는 메시지입니다.

우프 호스트로서 외국인 우퍼들과 생활하다 보면 사람과의 관계에 대해 책에서 읽은 것보다 다양한 시각에서 바라보게 됩니다. 그들이 원하는 것이 곧 그 연령대 고객의 니즈라는 것, 세계 시장 진출을 계획하는 넘버원 팜에게 세계 우퍼들이 준 아름다운 선물입니다.

첫 번째 우퍼는 홍콩에서 온 이비입니다. 평소 안면이 있던 '다감농원' 대표께서 소개해 주었습니다. 22살의 어린 나이지만 작은 거인이었습니다.

홍콩 우퍼 이비 이야기로 시작합니다. 이비가 왔을 때, 넘버원농장은 가정의 달 이벤트로 정신이 없었습니다. 이웃 아주머니들과 이비, 우리 가족은 어버이날 전에 상품을 받을 수 있도록 하기 위해 작업 물량을 맞추느라 한눈을 팔 새가 없었습니다.

이비에게 이렇게 하라고 가르치면 나머지는 알아서 척척 해나갔습니다. 눈썰미가 빠른 이비는 동네 아주머니들보다 더 꼼꼼하게 손을 놀렸습니다. 인도를 도보로 여행하고 산을 타기를 좋아했던 친구라 인내심도 남달랐습니다.

한라봉 작업 마지막 날 자정이 되자 가서 자라고 보냈습니다. 큰아들과 함께 수량을 파악하고 있는데 작업장 문이 열리며 이비가 들어왔습니다. "작업이 다 끝났으니 어서 가서 자라."라고 큰아들이 보내도 가만히 서 있더니 걱정스런 목소리로 "혼자만 편히 잘 수 없다."라며 자기도 거들겠다고 합니다. 새벽 3시까지 셋이서 마무리했습니다.

보름 동안을 함께 보내다 보니 어느새 우린 한 가족이 되어 있었습니다. 음식은 가리는 게 없었습니다. 특이하다면 밥과 국을 우리는 좌우로 나란히 놓는데 이비는 밥은 앞에, 국은 뒤에 놓고 먹었습니다. 우리는 밥과 국을 같이 먹는데, 이비는 밥을 다 먹고 나서야 국을 떠먹었습니다.

일만 하던 그녀를 위해 대표이사님이 제주투어를 자청했습니다. 그토록 오르고 싶어하던 한라산도 등정했습니다. 그녀가 떠나던 날은 어버이날이었습니다. 이비를 안으며, "I love you." 했더니, 큰아들에게 배운 우리말로 "맘! 사랑해요. 다시 올게요." 하는 게 아닙니까. 눈시울이 붉어졌습니다. 자식을 멀리 떠나보내는 어미 마음이었습니다. 가을이 기다려집니다.

두 번째 우퍼는 싱가포르에서 왔습니다. 웨이준이라는 남자와 황지연, 김진이라는 여자였습니다. 웨이준은 경영학, 혜영이는 심리학, 진이는 언어학을 공부하는 대학생이었습니다. 2주간 우핑하기로 했습니다. 하룻밤을 묵고 이튿날, 넘버원농장 하우스 짓는 데 가서 오전 동안 일하고 땀이 범벅이 되어 왔습니다.

　오후에는 자유 시간을 주었습니다. 저녁은 학습 시간입니다. 아들은 한국어와 제주어를 가르치고, 영어 발음을 교정받습니다. 서로의 관심사에 대한 이야기도 나누면서 문화를 공유합니다.

　우리에게 엄마 아빠 하며 살갑게 굴던 그들, 5일째 되는 날, 싱가포르로 돌아갔습니다. 그곳도 우리와 마찬가지로 의무 복무제입니다. 병역 의무 연령은 18세이며 현역병 기준으로 24개월 군복무를 한답니다. 웨이준은 20살이어서 한 번 입영을 연기했답니다. 입영통지서를 받고 어쩔 줄 몰라 하던 준의 모습이 처연합니다. 마지막 날, 아침 밥상을 받고 음식을 넘기지 못하던 그들 모습에 마음이 아파옵니다.

　웨이준은 싱가포르의 수호신을 주며 우리에게 축복이 있을 거라고, 앞으로 계속 좋은 일만 있을 거라고 덕담을 해주고 갔답니다. 월가에서 금융맨이 되는 게 꿈이라던 웨이준, 아마 그 꿈을 이루었을 겁니다.

　지숙이는 며칠 전까지 한라봉을 매달다 갔습니다. 스위스 직영 회사에서 무역 관련 일을 하다 그만두고 넘버원농장에 와서 가족이 되었습니다. 남자들이 많은 집에 여자 혼자 간다니까 어머니가 반대해서 설득하느라 마음고생이 심했다고 합니다.

　우리랑 일주일 동안 있으면서 참 행복해했습니다. 내가 낭송해준 시와 스토리텔링도 듣는 영광을 누렸습니다. 돌아가기 전날, 아들들이 기타 반주에 합창을 듣고 손뼉 치며 즐기던 모습이 선합니다. 복이 많은 친구였던 것 같습니다.

지숙이는 손이 야무지고 꼼꼼했습니다. 글로벌 마인드를 지닌 친구라서 보면서 배울 게 많았습니다. 자연을 참 아끼고 사랑하는 친구였습니다. 농업이 망하면 자연이 사라진다는 아주 기특한 생각을 하는 예쁜 친구입니다.

도순 초등학교 교정을 한 바퀴 둘러보고 아름다운 학교라며 감탄했습니다. 전국의 초등학교 중에서 숲이 가장 아름다운 학교로 뽑혔습니다. 이런 학교에서 공부하는 어린이가 부럽다고 합니다. 농촌 젊은이는 도시로 나가지 못해서 안달이고 도시에서 사는 지숙이는 농촌을 그립니다. 넘버원농장에서 우핑한 것도 농업 (유기농)을 알기 위한 첫걸음이라고 합니다.

지숙이는 36~38도를 오르내리는 한라봉 하우스 안에서도 마냥 행복해했습니다. 그런 지숙이를 보며 사소한 일에 짜증내던 자신이 부끄러워졌습니다. 나의 등단 작품을 보고 싶다며 조르던 지숙에게 '미친 사랑의 노래'를 낭송해줬더니 팔짝팔짝 뛰며 좋아했습니다.

휴롬 원액기로 한라봉 주스를 만들어 마셔보고, 너무 맛있다고 합니다. 서울에서는 한라봉을 주스로 뽑아서 먹을 엄두를 내지 못했답니다. 동생이 생각난다고 했습니다. 착한 언니입니다.

넘버원농장 팜파티 때, 일본 갔다가 꼭 온다며 날짜를 적어 갔습니다. 여름이 다 가기 전에 지숙이를 볼 수 있으리라 생각하며 빙그레 미소를 짓습니다.

사람은 혼자서는 살아 갈 수 없습니다. 자신이 가진 것을 타인과 더불어 공유하며 관계를 이어가야 합니다. 사람만이 아니라 식물과 동물, 자연이 함께 살아가야 합니다. 사람이 생명을 낳는 일, 전 세계 젊은이들과 함께 나누려고 합니다.

농업은 힘들다며 포기할 게 아니라 미래를 위해 이어가야 합니다. 넘버원 팜, 농업은 생명을 낳고 키우고, 희망을 심는 신성한 페스티벌이라고 자부합니다.

제3부

초록귤청처럼
상큼하고 달달한

마라도

오월의 마라도
알록달록 꽃밭이다.
뭍에서 와서 섬에 내리는 사람들
와글와글 바글바글
얼굴마다 웃음꽃이 활짝 피었다.
섬을 느릿느릿 걷는 육십오 년 우정
북으로 돌아앉아
한라산을 바라보는 부처를 닮았다.
쪽빛 바다
눈부신 햇살
사람들 싱그러운 미소가
예배당 문에 걸려있다.
오늘은 어버이날
마라도에서는 사람이 꽃이다.

부엌에서

부엌은 나의 멀티공간이다.

음식을 만드는 곳이면서 가족과 소통하는 자리이다. 하루 세 번 음식을 차리기 위해 머무는 곳만이 아니다. 부엌 식탁이 책상으로 변신해서 소소한 메모를 하고, 공과금 계산을 하기도 한다. 식탁은 다목적 용도로 쓰인다.

오십 년대 친정집 음식문화는 서열이 엄연하게 자리 잡은 대가족 생활이었다. 아버지는 안방에서 독상을 받아 드셨다. 오빠들은 마루에서, 딸들인 우리는 어머니와 부엌에서 끼니를 해결했다. 국 종류는 다양하지 않았다. 겨울에는 배추나 무를 넣은 된장국이 주를 이루었다. 여름에는 오이와 미역 냉국, 호박잎 국을 먹었다. 된장을 풀어 넣어 만든 자리물회는 별식이었다. 청정 강정 바다에서 갓 잡은 옥돔으로 끓인 국은 가장 맛있는 음식이었다. 밥은 양푼에 담아서 상 가운데 자리했다. 한 그릇으로 같이 먹는 밥은 더 맛있었다. 코로나19가 일상화된 지금 생각하면 큰일 날 문화였다.

요즘은 음식을 덜어서 먹는다. 코로나19에는 각자 먹을 만큼만 자기 접시에 덜어서 먹는 서양식 뷔페가 합리적이라는 생각이 든다. 언제 끝날지 모르는 팬데믹 상황에서 음식을 만들고 먹는 것부터 나만이 아니라 우리 모두의 위생과 안전을 생각해야 하는 시대가 되었다. 그래서 음식은 한꺼번에 많이 만들지 않는다. 번거로워도 한 번 먹을 것만 한다. 가족을 위해서 즐겁게 음식을 하고 있다.

　요즘은 여자만 음식을 만드는 게 아니다. 남자도 음식을 조리한다. 호텔 주방장이나 각종 미디어에 등장하는 유명한 쉐프는 남자가 더 많다. 물론 유명한 여자 요리사가 없지는 않다. 그래도 남자 쉐프들만큼 튀는 이가 많지 않다.

　요리 잘하는 남자는 멋있다. 즐기면서 하면 더 멋있다. 아내와 가족을 위해 요리해주는 남편이 많은 사회를 그려본다. 매일은 아니어도 오로지 아내를 위해 만든 음식은 감동적일 것이다. 맛이 끝내주면 금상첨화다. 아니다. 건강한 식단을 차린 정성이면 족하다. 애정이 맛을 능가한다.

　조선시대 음식 만드는 공간은 소주방이었다. 소주방은 안 소주방과 밖 소주방으로 나누었다. 안 소주방 내인은 왕과 왕비의 조석 수라상을 차렸고, 찬품까지도 관장했다. 밖 소주방 내인은 궐내 잔치를 담당했고, 탄생일 잔칫상과 차례상을 차렸다. 서로 역할을 분담했던 것이다.

　수라상이 임금에게 올라가기까지 많은 절차가 있었고 그만큼의 손을 거쳤다. 나는 안 소주방 내인과 밖 소주방 내인을 겸하고 있다. 내가 만든 음식을 먹는 가족들은 그러고 보면 21세기 왕들이다.

　임금의 수라상은 예술 자체다. 가짓수도 많고 담아낸 그릇들, 음식 색깔의 조합. 어느 것 하나 허투루 한 게 없다. 우리 집 부엌 식탁에 차린 음식은 단출하다. 그래도 병치레하거나 비만인 가족이 없으니 그로 족하다. 음식으로 건강관리를 한 셈이다.

수라상에 오르는 음식에 독이 들었는지 시식하는 역할은 기미 상궁이 맡았다. 으스스하다. 최고 존엄의 안위를 책임지는 일. 역할이 막중한 만큼 권위도 있었을까. 제조상궁이 거느린 상궁이 수백 명이었다고 하니 대단한 권세였다.

청나라에서 사신이 왔을 때는 남자 관리 넷이서 음식을 시식했다. 기미 상궁이 맡아서 하는 일이었지만, 외교석상에 여자가 나서는 것이 무례하다고 해서 남자 관리들이 나섰다고 한다.

사람의 안전을 지키는 일, 기미(氣味) 상궁의 후예인 안주인에게 부여된 권한이다. 예나 지금이나 음식이 사람을 살렸다. 시대가 사람을 키우고 사람은 문화와 역사를 만든다.

음식을 맛깔나게 만드는 사람을 보면 샘이 난다. 그렇게 되기까지 얼마나 많은 시간 동안 얼마나 많은 노력을 했을까. 음식 맛의 특별한 비법을 위해 투자한 시간에 주부 경력 몇십 년으로 은근슬쩍 끼우기에는 염치없다.

근래에는 김치도 사서 먹는 게 대세다. 그게 오히려 더 경제적이라고 한다. 나는 가족이 먹는 음식에는 돈을 아끼지 않는다. 경제와 가족의 건강은 별개의 문제다. 가족의 건강과 안전을 생각하며 음식을 만드는 안주인의 모습은 여백이 있는 한국화이다.

부엌은 생명을 살리기도 하고 죽이기도 하는 곳이다. 음식 재료로 다른 생명 줄을 끊어야 하는 공간이기도 하다. 비건이라면 죽이는 역할을 하지 않아도 된다. 하지만 모든 가정이 다 비건은 아니다.

나는 생선을 만지지 못한다. 살아있는 것은 다루지 못한다. 선한 일만 고집하는 게 아니다. 말똥말똥한 동그란 생선 눈을 보면 저절로 고개를 돌리게 된다. 쳐다보기조차 싫다. 내 역할은 무생물에 한해서다.

아들들이 초등학교 때였다.

시집와 보니 음력 유월 스무날, 닭을 고아 먹었다. 무더위를 건강하게 넘기려는 어른의 지혜이다. 초봄에 노란 병아리를 사다가 유월까지 키워 이날 요리해 먹었다. 나는 집에서 키우던 녀석을 차마 보신용으로 쓰지 못해서 아예 키우지를 않았다.

시어머니께서 닭 세 마리를 사 왔다. 우리 내외 사정은 아랑곳없이 어서 고라고 하셨다. 그이도 나도 손을 놓고 있었다. 철모르는 아들들은 우리를 재촉하고. 닭이 자지러지는 소리에 달려갔다. 비료 포대에 닭을 넣고 아들 둘이서 막대기로 두들기고 있었다. 소름이 돋았다. 시어머니를 모셔다 해결했던 씁쓸한 추억 한 토막. 우리 집 부엌에 생명 있는 식재료는 출입금지다.

우리 부엌에는 육류보다 생선이 많다. 생선 요리가 식탁에 자주 오른다. 제주 연근해에서 잡힌 옥돔, 조기, 은갈치, 벵에돔, 방어, 자리, 고등어, 전갱이, 돌우럭 중에서 제철에 나오는 생선으로 조리한다. 오뉴월에는 고등어가 특별히 맛있다. 풋마늘 장아찌를 넣어 조림을 만든다.

돌우럭은 매운탕을 끓이기도 하고 노란 콩을 넣어 우럭콩조림을 만든다. 조리에 들어가는 부재료들은 굳이 장을 보러 가지 않는다. 과수원 귀퉁이에 심은 채소를 뽑아온다.

쪽파, 대파, 마늘, 상추, 쑥갓, 부추, 깻잎, 고추, 오이, 가지, 열무는 농부의 식탁에 오르는 재료들이다. 부엌에서 조리하며 먹는 이의 건강을 우선한다. 우리 집 부엌에서 만든 음식은 담백하다. 향신료를 거의 쓰지 않는다. 원재료의 맛과 향이 고스란히 살아 있으면 그날의 요리는 성공이다.

조미료는 언제 사용했는지 기억조차 없다. 된장, 간장도 담근다. 어머니인 내 음식에 길들여진 아들들의 입맛은 까다롭지 않다. 그래도 걱정이다. 안식구에게 맞추기를….

가족의 건강을 만드는 곳이고 가족이 소통하는 공간이며 안주인의 취향이 배인 부엌이 썰렁해지고 있다. 핵가족화되고 기제사도 가족끼리 지내다 보니 그렇다. 혼밥, 혼술이 트렌드다. 음식 만드는 게 노동이란다. 놀이면 신나고 즐거울 텐데, 아니라고 한다. 시대를 따라가지 못하면 도태된다는데…. 조금 뒤처지면 어떤가. 앞서가는 사람은 앞서 가고, 나처럼 뒤진 사람은 부엌에서 예스러움을 지향하며 느긋하게 머무는 멋을 부리며 살련다.

부엌에서 여자들이 수다를 떨며 음식을 만드는 풍경을 그려본다. 나이 지긋한 형님은 선대 어른의 이야기를 풀어놓고, 새댁은 AI^(인공지능)에 대해서 콩닥콩닥 이야기하다 보면 고부 갈등은 눈 녹듯이 사라지지 않을까.

한 치 앞을 못 보는 게 인간이다. 하지만 부엌은 옛날 삶과 현재, 미래의 공간이다. 부엌에서 가족의 건강을 만든다. 우리의 미래를 그린다.

봄바람

지난겨울은 너무 추웠다. 이상기후 현상으로 제주도도 따뜻한 남쪽나라에서 비켜갔다. 폭설이 온 섬을 가두었을 때 그렇게 기다리고 좋아하던 눈은 순결하지도 아름답지도 않았다. 하늬바람까지 가세해서 체감온도는 더 내려갔다.

나무도 숨을 죽이고 어서 봄이 오기만을 기다렸다. 축산 농가에게는 구제역으로 가장 긴 겨울이었을 것이다. 시름이 깊은 게 어디 그들뿐이겠는가. 감귤 농가도 예외가 아니었다. 가격을 더 받기 위해 저장했던 분들은 한 해 농사를 망쳤다. 맛이 지난해보다 떨어진 탓도 있었고 이러저러한 대형 악재들이 겹쳐서 시장 경제마저 꽁꽁 얼어붙었다.

팔촌 시숙은 술독에 빠져 지냈다. 며칠 전 전화를 드렸더니 울먹였다. 나도 울컥했다. 미리 팔지 않았느냐고 핀잔을 들을 만도 했다. 한 푼이라도 더 받으려던 심정을 탓할 수는 없는 법이다.

세상은 너무 빨리 변하고 내일은 예측할 수 없다. 이렇게 되지 않을까 하며 준비했는데 허사였던 일들이 부지기수다. 특히 지난해는 그랬다. 기반이 탄탄하다면 별문제 없지만 일 년 동안 쓴 농자재 값마저 감당이 안 되는 농가가 적지 않았다. 통장 잔고는 사만 원이고 빚은 일백오십만 원이라는 신문 사회면에 나온 기사를 읽으며 참담했다. 기름 값은 하늘 높은 줄 모르고 오른다. 차를 끌고 다니기가 겁이 난다.

올 일월에 친구는 설 제수용품을 사러 이십만 원을 갖고 나갔다고 했다. 산적용 쇠고기와 돼지고기를 사니 달랑 삼천 원 남았다고 툴툴거렸다. 나더러 쇠고기는 사지 말라고 했다. 육지에 사는 지인들이 배, 사과, 곶감, 한과, 버섯, 잣, 멸치, 미역, 고구마 등을 보내왔다. 따뜻한 온정에 경제적 부담을 덜었다.

농사를 지으며 맺은 인연들이 그 어느 모임보다도 끈끈하다. 흙을 만지고 밟고 살아서 정겹고 편안하다. 낙안읍성의 시골아낙네와 유어제주는 농업이라는 동질감으로 맺은 예쁜 아우들이다. 인연은 또 다른 연을 맺게 한다. 바람이 또 다른 바람을 몰고 오듯이.

엊그제 해사농 회원들과 가족들, 관계자들이 우리 농장을 방문했다. 지난 가을 팜파티가 시발점이 되었다. 팜파티는 해남 딸기밭에서 처음 시작되었다. 제주에서는 우리 과수원이 최초였고 전국에서는 두 번째였다.

그날따라 바람이 유난히 거셌다. 서귀포의 봄이 육지로 가다 해남 기류와 맞부딪친 것 같았다. 산학연이 함께한 많은 인원을 맞기에는 최악의 날이었다. 그분들이 도착하기 전에 테이블 세팅 등 준비를 해야 했다.

삼나무를 베어낸 공간에 탁자를 놓았다. 순간 번뜩이는 아이디어. 하얀 종이 대신 한라봉 나무를 전정한 가지들을 탁자 가운데 촘촘히 깔았다. 그 위에 감귤과 한라봉, 감귤초콜릿을 사이사이에 배열하고, 포인트로 과수원 입구에 떨어진 동백꽃을 하나씩 놓았다. 감귤와인과 수제요구르트, 와인 잔을 놓으니 그럴싸했다.

호된 바람은 와인 잔을 흔들며 심술을 부리고, 깔아놓은 잔가지들은 바람 따라 춤을 추었다. 귀빈들을 위해 우아한 여인의 나비 날갯짓으로 정열적인 탱고와 격정적인 살사를 추어주었다. 그리고 사물놀이패의 상모 돌리기로 한바탕 잔치 마당을 펼쳐주었다. 봄이 와서 봄바람이 부는 게 아니었다. 봄은 봄바람과 함께 오는 거였다.

걱정은 기우였다. 부정적인 생각에서 벗어나는 순간 길이 보였다. 길은 특별한 사람에게만 있는 게 아니었다. 길은 누구에게나 열려 있었다. 단지 보지 못했을 뿐이었다. 우리와 해사농 회원들은 제주 봄바람을 맞으며 맺어졌다. 파란 하늘과 노란 햇살, 잔설이 성성한 한라산은 귀빈들에겐 더 없는 선물이었다.

해남에서 남하한 바람은 제주의 칼바람을 잠재웠다. 그들이 귀향할 때 서귀포 봄바람은 남해안에 상륙할 것이다. 그리고 한반도를 거쳐 시베리아로 올라갈 것이다. 얼어붙은 땅에 서귀포 봄소식을 전할 것이다. 지난겨울이 아무리 매서워도 이상기후가 지구를 흔들어도 삼월은 온다.

엽서

아침부터 분주하다. 나는 법당에 갈 준비로, 남편과 아들은 과수원에 비료를 뿌리러 갈 준비로. 아들에게 미안한 마음이다. 남편에게는 섭섭하다. 오늘 같은 날 절에 같이 못 갈망정 아들과 비료를 뿌리러 가겠다고 먼저 나서니, 법당으로 가려는 내 마음이 편하지 않다. 그래도 아내가 거들지 않아도 불평 한마디 없이 과수원으로 가는 남편에게 감사하다.

법당으로 들어가는 어귀며 건물 안에는 각자의 소망과 염원이 담겨있는 연등이 즐비하다. 사월 초파일이면 어느 사찰에서나 볼 수 있는 진풍경, 볼 때마다 느낌이 다르다. 가족 수대로 연등에 불을 밝혔다. 향촉에 향을 사르고 절을 한다. 주위는 나보다 늦게 온 사람들로 시끌벅적하다.

한참을 절하고 나니 온몸이 땀으로 멱을 감은 듯하다. 몇 번을 했는지 굳이 절하는 횟수를 헤아리려고 하지 않는다. 법사는 백팔 번은 하라고 수차 얘기하지만, 절하는 횟수에는 신경을 쓰고 싶지 않다. 하고 싶은 대로 하다가 어느 순간에 멈추고 마는 게 나의 절하기 습관이다.

절을 시작하면서 끝마칠 때까지 나는 세 가지를 염원한다. 일심으로 간절히 빈다. 여기까지 오면서 굴곡이 없다면 거짓말이다. 그래도 온 가족 건강하게 지나온 것을 보면 감사한 일뿐이다.

올해는 코로나19 때문에 모두 힘들다. 국가적 재난 앞에 국민은 불안에 떤다. 마스크 대란을 겪었고, 그동안 드러나지 않았던 신천지라는 종교, 대구와 경북은 최악이었다.

우리 가족은 마스크를 쓰지 않았다. 외부 활동과 사람 접촉을 자제했다. 마스크를 사려고 긴 줄을 서지 않았고, 지인에게 사주려고 인터넷을 뒤지지 않았다. 약국에서 손 소독제를 사 왔을 뿐이다. 운이 좋았는지 두 병을 살 수 있었다. 약사는 다음 날 오후 두 시에 오면 더 살 수 있다며 친절을 베풀었다.

시청에 볼일 보러 가서 발열 체크, 주민자치센터에 필요한 서류 떼러 가서 발열 체크, 우리 가족 모두 아무 이상 없었다. 늘 하던 대로 과수원으로, 농산물 매장으로 가서 각자 맡은 일을 했다. 백팔배는 못 했지만 일심으로 염원한 덕이라고 믿는다.

가방에서 경전을 꺼내어 펼쳤다. 책을 준 사람이 선명히 떠오른다. 이 사람도 오늘 금병산 자락 도솔암에서 법사들과 기도하고 있으리라. 전직이 대학교수라는, 가족은 어느 중소 도시에 남겨두고, 종교학에 심취해서 성서를 탐독한 후, 불교 경전을 연구한다는 사람.

작년 겨울, 내가 다니는 법당에서 수련회가 열렸다. 꼭 참석해 달라는 엽서가 날아왔다. 그 시기가 감귤 수확 철이라 망설여졌다. 가봐야 정신 집중도 안 될 것 같아 잊어버리고 있었다. 수련회 첫날, 법사에게서 전화가 와서 억지로 참석했다.

무슨 계시라도 받으려는 듯 법당 안은 엄숙했다. 법사는 육지에서 온 사람이라며 웬 남자 한 분을 소개했다. 열흘 동안의 수련회가 끝나는 날, 그 사람은 우리에게 '믿음은 멀리 있는 게 아닙니다. 늘 내 곁에 있으므로 정성으로 기도하면 소원 성취하실 것입니다.' 라고 말한 후, 자신은 기도하기 전에 우선 하늘님과 약속을 한다고 했다. 가령 '내가 석 달 열흘 동안 하루에 잠을 두 시간밖에 자지 않으면서 당신께 지극정성으로 기도하겠으니 내가 얻고자 하는 바를 일깨워 주십시오.' 그렇게 하늘님과 약속하면 꼭 지킨다고 했다.

약속을 지킨다는 것, 쉽지 않다. 정해진 규범도 공공연히 비켜 가는 나. 약속을 정해놓고 제대로 지켰는지 부끄럽다. 서로 속이고 속으며 살아가는 요즘 세상. 자신에게 가혹하리만치 냉철하게 구도의 길을 걷는 사람에게 고개가 숙여졌다.

며칠 전, 전도하러 몇 명이 찾아왔다. 집에 있을 때 종종 오던 분들이어서 제법 낯이 익다. 누구든지 찾아오면 문전박대를 하지 못한다. 그들의 이야기를 듣다 보니 종말론을 들먹인다. 자기네들이 믿는 종교는 선이고 불교나 타 종교는 무시한다. 차를 대접하며 듣던 나는 은근히 부아가 났다. 그래도 심하게는 하지 못하고 "나는 그렇게 생각하지 않습니다. 어떤 종교이든지 간에 진정한 믿음을 갖고서 올바르게 살아간다면 그게 진실한 믿음이 아니겠습니까. 불교든 개신교이든 추구하는 가치는 비슷하다고 봅니다. 단지 중간 매개체인 당신네 같은 사람들이 교리를 더럽히는 것 같습니다. 선교하러 와서 남을 헐뜯기나 하는 여러분들은 진정한 성직자의 자세는 아닌 것 같습니다."라고 했다. 그들은 처음에는 내 말을 듣는 둥 마는 둥 하더니 얼굴이 시뻘게져서 줄행랑을 쳤다.

세상이 말세라는 말에 현혹되는 사람은 마음이 불안정한 상태이다. 인간관계와 사업, 경제적 문제에서 심리적 압박을 받다 보면 귀가 얇아진다. 그 틈을 그들은 파고든다. 그들의 사탕발림에 속지 말자. 내일 '지구에 종말이 온다.' 해도 오늘 하루를 주어진 일에 정직하게 살다 보면 그 또한 지나가리라고 본다.

성직자는 성스러운 삶을 살아가는 사람이다. 신을 팔아서 인간을 속이면 안 된다. 믿음과 주관이 서로 달라서 그렇기도 하겠지만 나도 제대로 믿는다고 생각하지 않는다. 흔히 말하는 중은 중이라도 절 모르는 중이라는 말처럼 법당에 가는 횟수가 손가락으로 꼽을 정도이다.

하지만 스스로 정해놓은 규칙이 있다. 가능하면 법 일은 지킨다. 법당으로 들어서는 순간부터 세속의 잡념을 지우려고 한다. 하지만 어렵다. 무아의 경지에 들어가기에는 나 같은 속인으로서는 불가능이라는 말이 어울린다. 진정으로 구하는 바를 얻기 위해서는 '욕심부터 버려야 한다.'라는 평범한 진리를 여태 실천하지 못하고 있다. '인간이기 때문에 그렇다.'라는 궁색한 변명이나 하면서.

수련회에 참석한 사람들에게 경전을 나눠주었다. 모두 득도하라면서 "인연이 있으면 다시 만납시다."라며 악수를 청했다. 얼떨결에 잡은 그 손은 아주 작고 어린애 손처럼 보드러웠다. 문득, 이 사람이 구하고자 하는 바는 무엇일까 궁금해졌다.

기도에 들어가면 전화조차 거절한다는 그 사람, 심지어 처자식이 전화를 걸어와도 받지 않는다는 그 사람, 며칠 전 법사 편에 엽서를 보내왔다.

원하는 바를 꼭 이루라는 한마디가 적힌 엽서.

나에게 주어진 일에 순응하며 살아가야 함에도 자꾸 겉돌게만 된다. 어제의 잘못을 오늘 다시 저지르지 말고, 오늘의 부족함을 내일에는 꼭 채우리라 다짐한다. 쉽지는 않다. 가족과 이웃을 위해 필요한 역할을 제대로 했는지 자책하며. 부처님 오신 날인 오늘 두 손 모은다. 나라와 이웃과 가족을 위해.

농부의
느낌표

작년, 사박 오일 일정으로 일본을 다녀왔다. 이 글은 감귤 농가와 도매 시장, 행정, 과수연구소를 둘러보고 온 농부의 느낌표이다.

첫날 일정은 오이타 도매시장이었다. 규모는 작았다. 오이타 현에만 도매 시장이 19군데였다. 요네무라 상무가 친절하게 맞아주었다, 오이타 도매시장에 들어온 감귤들, 크기는 M 이상 사이즈뿐. 그날, 최고가는 10킬그램 한 상자에 1,700엔, 감귤 상자 디자인이 심플했다. 품질과 브랜드에 따라서 가격 차이가 심하게 났다.

일본은 2S, S 사이즈는 눈을 씻고 찾아봐도 없다. 우리가 선호하는 작은 감귤을 일본에서는 만들지 않고 있었다. 수확하는 인력이 덜 들어 좋겠다 싶었다. 감귤은 맛이 달달했다. 경매사에게서 한라봉을 하나씩 선물 받았다. 한라봉은 3kg에 3,300엔. 상자에 6~7개가 담겨 있다. 크리스마스와 연말연시 선물용이었다. 차로 와서 K 실장이 당도를 재어보니 12브릭스. 신맛은 전혀 없다. 과일의 여왕 자리를 놓치지 말아야 할 제주 한라봉을 재배하는 농업인으로서 긴장된다.

세 시간 동안 꼬불꼬불한 길을 달려서 찾아간 세기구치 관광농원, 농부는 노랗게 염색한 꽁지머리에 콧수염을 기른 튀는 모습. 복합영농을 하며 체험과 직판을 하는 곳, 허름한 직판장, 농촌의 현실을 보는 듯하다. 하지만 나는 안다. 아버지의 뒤를 이어 농부가 된 서른 살의 총각. 십 년 후에는 일본 6차 산업의 모델 관광농원으로 바뀔 것임을.

아소를 거쳐 구마모토현 농림수산정책과를 방문하기 위해 서둘렀다. 다케다 반장이 우리를 반겨주었다. 일본의 농업정책과 브랜드 관련 내용을 놓칠세라, 숨소리도 크게 낼 수 없었다. 일본은 FTA 관련 자금이 농민에게 지원되지 않고 있었다. 경사진 곳의 농로 개설은 행정에서 지원을 고려하고 있었고, 과원을 다른 품종으로 갱신할 때, 삼 년 동안 소득이 없으므로 행정에서 자금이 지원되고, 여성 농업인이라는 용어조차 일본에는 없었다. 다만 취업농이라고 해서 농사를 짓겠다는 사람은, 3년 동안 농가에 가서 농사일을 배운다. 3년을 견뎌야 농업을 할 수 있게 지원하고 있었다. 우리나라의 귀농귀촌과는 판이하게 달랐다.

일본은 현에서 만든 품종은 그 현에서만 재배가 가능했다. 부지화는 국가가 만들어서 일본 전역에 재배가 되고 있었다. 제주의 한라봉이 일본으로 수입되면 어떻게 하겠느냐고 물었더니, 얼굴이 붉어졌다. 한국에 일본 한라봉이 들어가면 당신들은 좋아하겠느냐는 것처럼.

구마모토 감귤 농가를 찾았다. 차는 길에 세워두고 순례자처럼 오르막을 오르고 또 올랐다. 매서운 바람이 우리와 동행했다. 구십도 경사지에 타이펙을 깔고, 제주의 성목 이식처럼 계단마다 심어진 감귤나무들. "이런 디 농사 지으렝허민 안 허크라." 나도 모르게 입 밖으로 툭 튀어나와 버린

말. 너무 편하게 감귤 농사를 짓고 있는 나와 제주 농부들.

세찬 바람 속에서 일행을 맞은 노인, 팔십삼 세가 믿기지 않게 꼿꼿했다. 2만 평의 경사진 감귤밭, 조기 성원화하는 곳으로 우리를 데려갔다. 2년생 궁천이 심어져 있었다. 해마다 6분의 1씩 어린 묘목으로 교체하고, 경사지여서 휴폭은 콘크리트를 쳤다. 미하야는 당도 올리는 시험을 하고 있었다. 노인의 열정은 어디에서 오는 걸까? 정신이 번쩍 든다.

수확된 감귤을 전량 직거래로 팔고 있었다. 감귤 5킬로를 팔아달라고 했더니, 주문량이 밀려서 미안하단다. 대신 10번 과를 하나씩 갖고 가라고 했다. 설탕 맛이 아닌 꿀맛이었다. 노인의 정성과 우직함의 꿀맛을 만든 비결. 고객은 농부의 진심을 안다.

사가로 이동해서 여장을 풀었다. 룸메이트인 감귤출하연합회의 G는 사근사근하고 똑소리 나는 여자. 여정 내내 그녀가 있어 적적하지 않았다. 행정에서 동행한 K는 어른들 모시느라 고생이 많았다. 난 참 좋은 사람을 얻은 행복한 농부다.

4일째 방문한 곳은 사가현 과수시험장. 이나토미 부장이 사가현의 과수 동향에 대해 PPT로 설명해주었다. 작업복을 입은 특이한 모습. 사가미인이라는 브랜드로 출하되는 감귤, 작년 12월 1일 출범식을 한 '귤로장생'처럼 최고의 브랜드였다

일본의 농업 현실도 녹록지 않았다. 농가 소득은 해마다 줄어들고, 농업 소득이 도시 근로자 소득 기준에 미치지 못하고, 농가 빈집들이 늘어나고, 농업을 포기하는 사람이 늘어나고, 고령화에 후계자는 없고, 우리와 별로 다르지 않았다. 이나토미 부장이 작업복에 장화, 허리에는 전지가위를

찬 모습이 눈에 선하다. 일본 농업 현실도 막막하다. 하지만, 이나토미 부장처럼 묵묵히 연구하며 자리를 지키는 분들이 있는 한 농업의 맥은 이어지리라.

오후, 일정에 없던 감귤 농가를 방문했다. K 회장의 인연으로 찾게 된 일본의 또 다른 감귤 농가. 극진한 대접을 받았다. 사십사 년 된 감귤 나무, 이만 천 평의 과수원, 가지마다 주렁주렁 달린 감귤, 틀에 찍어 낸 듯 M 사이즈만 달렸다, 예정에 없었지만 제주에서 온 우리를 위해, 여주인은 밤새 정성을 다해 만든 수제 쑥떡을, 따끈한 차와 일본 과자를 곁들여 내왔다. 어디를 가나 농부는 순박했다. 해맑은 미소를 내내 짓던 농부의 아내. 귀찮은 내색 없이 정성을 다해 대접하는 모습에서 일본 농업의 미래를 본다.

일본도 인력난이 심했다. 외국에서 세 명의 노동자를 데려다 쓰고 있었다. 출하는 공영도매시장과 직판장에 나누어서 하고 있었다. 소량의 대과는 동네 부녀회 주스 만드는 곳에, 20킬로에 100엔에 넘기고 있었다. 돈을 받는다는 개념이 아니라 폐기물 처리 비용 명목이었다. 유통센터 마당에서 천덕꾸러기로 전락한 비상품 감귤, 일본에서는 볼 수가 없었다. 나무에서 상품만 만들어서 상품으로 제값 받는 일본의 농부들, 제주 농부와 다른 점이다.

이동하면서 알게 된 사실, 꽃가루가 날려 알레르기를 유발한다는 삼나무와 편백, 전나무. 봄마다 국민들이 알레르기로 고통받고 있다며 울창한 삼나무를 백 년에 걸쳐서 베어내는 일본, 얄미우면서도 부러웠다. 그리고 부끄러웠다. 상품 감귤도 제값 받고 팔지 못하는 우리 현실이.

90도 경사진 계단식 밭에 타이펙 깔고 감귤 농사지을 수 있을까. 감귤

나무에 2S, S, M, 2L, L 상품만 달리게 할 수 있을까. 신맛과 부피과 없이 감귤을 꿀맛으로 만들 수 있을까. 개방화 시대에 해야만 한다. 제주 감귤 농부로 살아남으려면.

일상을
추억하며

베트남에서 애용하는 건강식품은 뭇금, 레몬, 아티초크, 동충하초, 제비집이다. 이 다섯 가지는 코로나19 예방에도 효과가 있다고 한다. 몸의 면역력도 높여준다고 한다. 우리는 생강을 차로 마시거나 양념으로 쓰는 등 다양하게 활용한다. 생강의 매운맛인 진저롤(Gingerol)과 쇼가을(Shogao)은 몸을 따뜻하게 하며 각종 성인병을 예방해준다.

생강을 얇게 저며서 설탕에 절인다. 생강 청이 우러나면 도톰하게 썰어놓은 레몬에 발라 말린다. 베트남어로 뭇금이라고 하는 유명한 간식이다.

오월이면 베트남은 우기가 닥친다. 이때 애용하는 식품이 뭇금이다. 차로 끓여 마시면 몸이 따뜻해지고 면역력이 증강된다.

베트남은 꿀이 흔하다. 우리는 과일 청을 만들 때 설탕을 쓴다. 베트남에서는 설탕 대신 꿀을 애용한다. 오렌지에 꿀을 넣어 갈아 마신다. 그들이 애용하는 달달한 청량음료다.

아티초크는 베트남 고산 지대인 달랏의 대표 식품이다. 현지에서는 아티소로 불린다. 아티소를 우려서 차로 마신다. 삶아서 국을 끓여 먹고 설탕에 살짝 절였다가 무쳐서 낸다.

동충하초는 베트남에서 선물로 인기가 많다. 현지 생산량이 많지 않아 한국산 동충하초를 수입한다. 한국산이 뛰어난 품질을 인정받아 베트남에서는 최고 브랜드가 됐기 때문이다.

제비집은 약 백 년 전부터 음식에 활용되었다. 그 당시에는 왕들만 먹을 수 있었다. 지금은 일반화되어 보양식으로 자리매김하였다. 제비집 음료도 있고 다양하게 쓰인다.

하노이와 다낭을 다녀왔다. 그때는 베트남 건강식에 대해서는 아예 몰랐다. 힐링 여행이 아닌 비즈니스 건으로 갔으니 미식이나 건강식에 눈을 돌리지 못했다. 대신 커피는 원 없이 마셨다.

베트남은 브라질에 이어 커피 원두 2위 생산국이다. 커피 원두 3대 품종은 흔히 아라비카(Arabicas), 로부스타(Robustas), 리베리카(Libericas)를 말한다. 현재 세계 커피 생산량의 약 80%를 아라비카 커피가 점유하고 있다. 리베리카는 가뭄에 약하고 생산량이 많지 않다. 로부스타는 날씨에 예민하지 않아 동남아에서 잘 자란다. 구수하면서 쌉싸름하고 쓴맛이 있어 인스턴트 커피에 주로 이용된다. 베트남도 로부스타 품종을 주로 재배하고 있다.

베트남에서는 커피를 테이크아웃 하면 컵 홀더 대신 비닐봉지를 씌워 준다. 오토바이를 타는 교통문화를 고려한 아이디어였다.

루왁커피(luwak coffee)를 다낭에서 시음했다. 루왁은 연간 생산량이 400~500kg에 불과하다. 이런 희소성 때문에 100g에 10만~40만 원을 호가

한다. 명품 커피의 대명사다. 동물단체는 루왁커피는 명품 커피가 아니라 동물 학대 커피라고 말한다. 어디든 명암은 있게 마련이다. 호불호를 따지는 것은 어리석은 일이다. 각자 취향대로 선택하면 된다. 내가 싫다고 해서 남도 싫을 거라는 예단은 상대에 대한 예의가 아니다. 그렇다고 무작정 남을 따를 수도 없다. 그 사이에서 선택이 이루어지고 그 선택이 쌓이면 나라는 사람이 어떤 사람인지가 설명된다.

인간의 탐욕은 어디까지일까. 커피 열매를 먹은 사향고양이(luwakt)의 대변에서 채취한 원두가 바로 루왁 커피의 원재료다. 루왁 커피가 건강에 더 좋은 것도 아닌데도 특별함 때문에 고가로 팔린다. 주로 인도네시아와 필리핀에서 생산된다. 세상은 아는 만큼 보이는 것. 루왁 커피는 그날 이후 뇌에서 지웠다.

베트남의 거리는 온통 오토바이 천국이었다. 출퇴근 시간에 우리나라는 자동차가 꼬리를 물고 그곳에선 오토바이가 끝없이 이어진다. 베트남은 남자들의 세상이었다. 나무 그늘에 자리를 깔고 누워 담배를 피우는 남자들이 심심찮게 보인다. 거리의 찻집에서 길을 향해 놓여 있는 의자에 앉아 커피 마시는 사람도 남자뿐이다. 간간이 보이는 여자는 가게 주인이거나 종업원이다. 아침 출근 시간에 아내와 자녀를 태워다 주고 남자는 빈둥거린다.

경제는 대부분 여자가 책임진다. 세 겹 벌이까지 뛴다. 열일하는 그네들은 당찼다. 우리나라였으면 한창 멋을 부리며 대학에 다녔을 그녀들. 하지만 일하는 여자나 빈둥거리는 남자나 얼굴엔 미소가 넘쳤다. 그늘이라고는 없었다. 따뜻한 남쪽 나라의 여유가 넘쳐났다.

노을이 지는 해변에서 본 이색적인 풍경은 그네들의 낭만이었다.

퇴근하는 아내와 자녀를 오토바이 뒤에 태우고 해변으로 간다. 삼면이 바다인 다낭, 어디서든 해수욕을 할 수 있다. 수영복으로 갈아입고 바다에서 일몰을 보며 파도타기를 하다 돌아가는 가족들. 얼굴에는 고운 웃음이 피어났다. 비치 의자에 앉아 두리안을 먹는 우리가 오히려 생뚱맞았다.

그들은 많이 가져서 행복한 게 아니라 낙천적이어서 행복한 것 같았다. 더 가지려는 욕심보다 가족이 함께하는 소소한 일상이 있는 그들. 체제가 사회주의여도 그들은 아랑곳하지 않았다. 밖에서 우리가 보는 시각하고는 달랐다. 활기차고 생동감이 넘쳤다.

우리 남과 북은 언제쯤 적대감이 풀릴까. 강대국의 눈치를 언제까지 봐야 할까. 우리 일을 우리가 하지 못하고 남에게 의존해야 할까. 다낭에 오 일 동안 머물며 머리에서 떠나지 않고 나에게 수없이 던졌던 질문들. 색다른 음식을 먹어도 멋진 경관을 봐도 나를 얽매던 상념들.

코로나19도 베트남은 멈추게 하지 못했다. 하지 말라면 하지 않았고 가지 말라면 가지 않았다. 우리처럼 나 하나야 괜찮겠지 하며 나대지 않았다. 세계가 팬데믹 상황에서 개인부터 안전을 지키는 것이 모두를 안전하게 하는 시발점이다. 생계가 급한 건 어쩔 수 없다. 그 외는 모두를 위해서 자중하기를.

철부지 어른 때문에 애꿎은 학생들만 고생이다. 기업도 소상공인도 자영업자도 시름이 깊다. 사회적 거리 두기 3단계로 가면 셧다운이다. 그 상황으로 가지 않기를, 모두 한마음 한뜻으로 뭉쳐 위기를 극복할 수 있기를.

코로나19에는 우리 신토불이 농산물이 좋다. 지역에서 제철에 나는 싱싱한 식자재로 안전한 음식을 만들어 먹는 게 애국이다. 농촌을 살리고 가족 건강도 지키며 이 어려운 시국을 이겨내자. 힘들어도 서로서로 다독이며 보듬고 함께 건강하기를.

세계 여행은 다시 갈 수 없어도 괜찮다. 일상이 얼마나 소중했는지 알게 해준 코로나19 바이러스. 평범한 일상으로 하루속히 돌아갈 수 있기를.

아침
산책로에서

연일 불볕더위가 기승을 부린다. 한낮의 수은주는 삼십 도를 오르내린 지가 며칠째다. 가만히 앉아 있어도 콧등에 송골송골 땀이 맺힌다. 온몸이 더위 땜에 축 늘어졌다.

몸이 더위를 먹는 게 작년 다르고 올해 다르다. 여태까지 관리는커녕 혹사만 시켰다. 지금까지 한 게 수영을 하는 정도였다. 그것도 일주일에 한 번이다. 남들은 웰빙 바람을 타고 게이트볼, 그라운드 골프, 파크 골프하면서 열심이다. 난 언제나 한 박자 늦다. 더는 미루면 안 될 것 같아 아침마다 걷는다.

내가 걷는 코스는 바다를 낀 산책로다. 오밀조밀한 해안선을 따라 걷노라면 온 세상이 내 것인 듯하다.

모퉁이를 돌아 나왔다. 가파른 나무 계단을 거꾸로 오르는 사람이 보인다. 꽤 오래 걷기를 한 것 같다. 나도 첨엔 서너 계단을 오르자 헉헉댔다. 일주일을 버텼다. 이제는 요령이 붙어서 한 계단씩 성큼성큼 오른다. 헐떡거리며 오르다 보면 중간쯤에서 한숨 돌리는 사람들이 보인다. 그들 표정이 하나같이 밝다.

부지런히 계단을 올라 바다 쪽을 본다. 파도는 오늘도 검은 바위를 애무한다. 때론 성정이 사나워선지 집채만 한 너울을 몰고 오지만 바위는 끄떡 않는다. 오직 그 자리에 떡 버티고 서서 파도의 투정을 본체만체한다. 아픔을 겉으로 드러내는 게 아니라 가슴으로 감싸 안는다.

대자연 앞에 미약한 자신이 얄밉다. 어제도 그에게 쓸데없는 투정을 부렸다. 의도와는 다르게 마음 상하는 말만 톡톡 튀어나왔다. 그걸 잠자코 듣던 그는 저 바위를 닮았다. 변함없이 그 자리에 서서 온몸으로 아픔을 감내하는 바위.

이마에 흐르는 땀을 훔치며 발걸음을 옮긴다. 향긋한 냄새. 절벽 위에 산나리가 활짝 웃고 있다. 무리를 지어 피어있는 걸 보면 한 가족인 것 같다. 바닷바람과 밝은 햇살을 먹고 자라서인지 선명한 주황색이다. 저 꽃은 인간으로 치면 선견지명이 있었던 것 같다. 일찌감치 경치 좋은 곳에 터전을 잡았으니까.

길섶에 탐스럽게 열린 산딸기를 한 알 따서 입에 넣는다. 달착지근한 맛, 입안에 가득하다. 야생 식물은 누가 돌보지 않아도 철 따라 꽃이 피고 때가 되면 열매를 맺는다. 묵묵히 제 소임을 한다. 이에 비하면 난 참으로 이기적이다. 조그만 일에도 툴툴거리며 입이 튀어나오고. 상대의 진심을 알지 못해 조바심을 낸 적이 많다. 기다리다 보면 될 것을. 잠시를 참지 못해서 허둥지둥거린다. 언젠가는 제자리로 돌아온다는 것을 자연이 일러주고 있다.

소나무에서 발산되는 산소는 날 편안하게 이완시킨다. 구부러진 길을 돌고 오르막과 내리막을 걷다 보니 외돌개 잔디광장에 다다랐다. 풍상에 휘어진 소나무에 기대어 시야에 들어오는 풍경. 범섬이 가슴에 와 닿고 수평선이 아스라하다. 수평선 끝에 가려진 세계는 어떤 곳일까. 일 년에 두 번씩은 미지의 세계에 도전한다. 평생 섬을 벗어나지 못하는 이들에 비하면 꿈을 키우는 내가 행복하다. 행복은 먼 곳에 있는 게 아니라 가까이에 있다. 그런데도 주위에 눈길을 주기보다 먼 곳에서 찾으려고 했다. 그럴수록 더 도망가 버리고 남은 건 실체가 없는 허수아비였다. 이젠 마음을 다스려야지. 신기루를 쫓기보다 가까이 있는 것들을 사랑하며 살아가야겠다.

오늘 따라 잔잔한 바다는 후덕한 여인을 닮았다. 그 위에 한가로이 떠있는 조각배는 월척의 기쁨 따위 던져 버린 듯하다. 물길이 가는 대로 몸을 맡긴 모습이 유유자적하다. 주인이 누군지 궁금해진다. 이른 아침 조각배를 띄워놓은 것을 보면 멋을 아는 사람 같다. 저 멀리 새섬을 싸고도는 희부연 물안개가 신비함을 더한다. 뭍으로 나오기를 거부하며 서 있는 범섬은 한 폭의 동양화다.

너른 바다를 향해 두 팔을 벌리고 심호흡을 크게 해본다. 상큼한 바다 냄새가 내 마음을 청정하게 한다. 오욕칠정을 씻어내려고 애쓰지 않아도 이 순간만큼은 허허롭다. 그렇다. 애증도 한순간일 것이다. 주위 사람들과의 껄끄러움도 조금씩 지워버려야겠다. 내가 잘했니 네가 잘했니 하며 실랑이를 하는 유치함은 저 수평선에 날려 버려야지.

잔잔한 수면을 기웃거리는 갈매기 한 쌍이 운치를 더한다. 아침먹이를 사냥하러 나온 것 같다. 저들에게 큼직한 물고기가 걸려들었으면 좋겠다.

아침 식탁이 가난하지 않길 빌어본다.

　부지런히 움직인 사람은 벌써 갔다가 오고 있다. 그만 돌아가야겠다. 더 머뭇거리다간 아침을 거르게 생겼다. 돌아오는 발걸음이 날개를 달았다.

얼짱 몸짱

요즘 얼짱이라는 말이 유행하고 있다. 원래 짱이란 말은 일본에서 애칭으로 쓰이던 것이다. 우리나라에는 노 대통령 선거 유세 때 인터넷에 노짱이란 말이 슬그머니 등장하더니, 어느새 빠르게 퍼졌다. 그래서 얼짱, 몸짱, 노짱, 그저 모든 게 짱 짱 짱이다.

나는 주위에서 얼짱 얼짱하기에 얼간이라는 말이 연상되어서 좋지 않게 생각했다. 그런데 그게 아니었다. 어떤 명사에서 뒷글자를 빼고 짱이란 말을 갖다 붙이면 최고가 된다는 걸 최근에야 알았다.

재미있는 세상이다. 시대가 변하면 신조어가 생겨 그 말이 사전에 등재되기도 하지만 구습에 젖은 나에겐 이런 것들이 생경하다.

어느 모임에서의 일이다.

나이 지긋한 남자가 자신의 연애 경험담을 자랑스레 늘어놓았다. 그 상대가 얼짱 몸짱이라며 너스레를 떨었다. 그제야 얼짱은 얼굴이 예쁜 사람을 지칭하는 거로구나 하고 멋쩍게 웃었다.

어느 자리에서나 좌중을 휘어잡는 사람이 한 명은 있게 마련이다. 기세가 등등한 그 남자는 느닷없이 나에게 얼짱 몸짱이라고 추켜세웠다. 아무리 술 마시고 분위기 띄우느라 하는 말이지만 닭살이 돋았다. 좌중에서는 배꼽 잡으며 웃다가 나더러 한턱 내라고 난리를 피웠다.

나는 미인이 아니다. 그 축에 끼지도 못한다. 그러니 당연히 얼짱이 아니다. 가끔 초면인 사람에게서 "어디서 많이 뵌 것 같습니다."라는 말을 많이 듣는다. 이런 인사를 받으면 내 얼굴이 얼마나 평범하면 그럴까 싶어 샐쭉해진다.

이 말은 두 가지 의미로 해석된다. 하나는 이웃의 수더분한 아주머니 같은 인상이라는 뜻과 다른 하나는 낯설지 않아서 편안하다는 것이다. 이런 얼굴인데 얼짱이라니 아부나 아첨도 지나치면 주책이라는 걸 모르는 것 같다.

나는 몸짱도 아니다. 하긴 키가 크고 마른 체형이기는 하다. 하지만 키가 크고 마른 사람이 몸짱이라면 이 세상에 몸짱 아닌 사람은 드물 것이다.

가끔 친구들과 만나면 "넌 몸매 관리를 어떻게 하니?" 하며 묻는다. 나는 특별히 운동을 따로 해본 적이 없다. 친구들은 내가 몰래 헬스를 다니는 줄 안다. 아니다. 친구들이 고스톱을 칠 때 과수원과 비닐하우스에서 바삐 몸을 놀린다. 그들이 찜질방에서 땀을 뺄 때 난 수영을 즐긴다. 친구들은 더운 곳에 앉아 땀을 흘린다. 난 오히려 차가운 물에서 사지를 모두 움직인다. 찜질방에서 땀을 흘리고 나면 시원하다는데 난 현기증이 나고 가슴이 답답하다. 그리고 급한 경우가 아니면 엘리베이터는 사절이다. 고층 계단을 오르내리며 다리 운동을 열심히 한다. 그러니 살이 찔 새가 없다.

하지만 이런 체형이 불만이다. 나이가 들면 살도 적당히 쪄야 넉넉한 인상을 준다. 오륙십 대 여자가 날씬한 몸매를 갖고 있다는 것은 축복이 아니라 세월을 거스르는 증표다.

십 대와 이십 대는 생기발랄한 청순미, 삼사십 대는 요염한 원숙미, 오륙십 대는 그 나이에 맞게 얼굴에 주름살도 서너 가닥 잡히고 곱게 늙어가기 위한 준비가 되어 있어야 우아하다.

몸매도 마찬가지다. 오륙십 대 아주머니가 이십 대 아가씨처럼 쭉쭉빵빵이길 바란다면 주책이다. 바람 부는 날 곱게 늙은 노인이 백발을 휘날리며 먼 곳을 응시하는 모습을 보면 부럽다. 나도 그렇게 우아하게 늙어가고 싶다. 내면과 외면이 멋지게 늙어가고 싶다.

이렇게 내 얼굴과 몸매에 불만이 많다. 한데 망발도 유분수지. 얼짱 몸짱이라니 가당찮다.

나는 얼짱 몸짱보다 영혼이 맑은 사람이고 싶다. 그런 사람의 벗이었으면 좋겠다. 맑은 물소리와 소나무 가지에 부는 바람을 즐기며 겨울 바다의 고즈넉함을 탐하고 싶다.

데라다 도라히코와
열애에 빠졌다

짝사랑 1

이방인과 열애 중이다.

그를 만나기 이전, 한 남자를 지독히 사랑했다. 짝사랑이었다. 그는 하늘 저 위에서 별이 되어 밤마다 나를 지켜본다.

그 남자의 방에는 읽을거리가 가득했다. 중학생이었던 그는 《학원》외에 한국문학전집, 세계문학전집을 끼고 살았다. 학교 공부는 언제 하는지 참 신기했다.

아주 어릴 때부터 책을 갖고 노는 게 또래들과 어울리는 것보다 더 재미있었다. 그런 동생이 기특했는지 그 남자는 내게 한글을 가르쳐 주었다.

그 남자의 방에 책상다리로 앉아 시간 가는 줄 모르고 책과 놀았다. 여덟 살 때 연애소설을 신나게 읽었다.

'레이코'라는 여주인공이 또렷이 떠오른다. 레이코 음마! 레이코 음마! 하며 그녀를 따르던 어린 딸의 목소리도 들리는 듯하다. 나중에 훨씬 나중에 알고 보니 내가 읽은 게 그 유명한 《빙점》의 스토리였다.

그 남자의 방을 치우며 그의 유품인 노트를 보았다. 달필로 써 놓은 시를 읽으며 이유 없이 목이 메었다. 그는 떠났다. 나의 짝사랑은 현재 진행형이다.

짝사랑 2

문인들 대부분은 글을 쓰겠다는 꿈을 키우던 사람들이다. 그들은 어릴 적부터 글재주가 뛰어났다. 나는 전혀 아니었다. 글을 쓰겠다는 포부도 글재주도 없었다. 그런데 《세계의 명수필》에 실린 〈도토리〉를 읽는 순간 숨이 멎을 뻔했다. 이방인은 고리키, 톨스토이, 랭보, 이상과는 달랐다.

그와의 만남은 내겐 신선한 충격이었다. 휴면 상태였던 나를 자극한 셈이다.

이방인과 교류하기 위해 평생교육원을 다니면서 참 행복했다. 꼭 글을 쓰겠다는 욕심을 품었다면 도중에 그만뒀을 것이다.

다양한 수필을 만나는 즐거움에 이 년이란 세월이 후딱 지나갔다. 시나 소설과는 다른 글의 세계에 푹 빠져들었다.

A 교수가 아니었으면 글을 쓰지 않았을 것이다. 워낙 글쓰기를 싫어하던 나를 채근해준 것이 고맙고, 글을 쓰기 전에 인간이 되라는 말이 아직도 귓가에 쟁쟁하다.

시간만 나면 〈도토리〉를 읽고 또 읽었다. 이렇게 이방인과 나의 열애는 시작되었다.

열애

그를 만나기 위해 겁도 없이 일문학을 복수 전공했다. 무식하면 용감하다고 하지 않던가. 재작년에는 그의 수필집을 사려고 일본을 다녀왔다. 그러나 이미 고전이 되어버린 책들은 쉽게 모습을 드러내지 않았다. 하는 수 없이 빈손으로 돌아왔다.

그렇다고 포기할 수 없었다. 친구를 물고 늘어졌다. 일 년 만에 '데라다 도라히코슈' 5권의 주인이 되었다. 일본의 고서점을 여러 군데 뒤진 끝에 겨우 구했다고 그는 투덜댔다.

'데라다도라히코슈'를 군데군데 읽은 친구는 나를 걱정했다. 고어들이 많이 쓰여서이다.

아무튼 그와 만나려면 인내심이 필요하다. 그의 고교생 시절로 돌아가 그가 탐독하던 나쓰메 소세키와 아쿠타가와 류노스케, 톨스토이, 도스토예프스키와 조우한다.

늘 이들은 낯설다. 더구나 그 문학적 소양을 공유하려면 진땀이 흐른다. 그래도 그의 백 년 전 삶은 나를 들뜨게 한다.

열정을 쏟는다는 것, 그것도 맹목적으로 빠져들어 그와 동일인이 된다는 것.

과학자이면서 수필가로서도 한 획을 그은 사람을 만나는 즐거움. 나를 수필의 매력에 푹 빠지게 만들고 글을 쓰게 만든 그 사람.

지인들이 왜 하필 수필이냐고 가끔 물어온다. 아무나 쓰는 수필, 남이 알아주지도 않는 글을 고집하는 내가 답답한 눈치다.

그들에게 사랑의 주체를 말할 수 없었다. 근데 이젠 들켜버렸다.

따스한 햇볕이 유리창에 부서져 내린다. 둘이서 오후의 고운 햇살을 즐기고 있다.

데라다 도라히코가 나작나직 속삭인다.

예술을 하며 과학을 이해하고 좋아하는 사람도 없진 않지요? 관찰력이 과학자와 예술가에게 필요한 것이긴 해요. 그와 동시에 상상력도 둘에게 꼭 필요하다고 봐요.

주: 마지막 단락은 '데라다도라히코슈'에서 인용.

보랏빛
화분

책상 위에 놓인 앙증스런 화분 속에 그가 숨어 있다.

몇 주 전 늦은 오후였다, 그는 장난기 가득한 얼굴을 하고 한 손으로 왼쪽 가슴에 화분을 안고 왔다. 그걸 보며 레옹의 마틸다가 떠올랐다. 영화의 마지막 장면에서 화분을 들고 계단을 내려오던 단발머리 소녀. 그 화분에 심어진 꽃 이름이 뭔지 몰라 부끄러움을 무릅쓰고 여럿에게 물어보았다.

이 작은 화분에 심어진 꽃도 이름을 모른다. 그에게 물어보려다가 그만두었다. 그 역시 모르면 그 또한 낭패이기에. 가까운 꽃집에 물어보면 되겠지만 차일피일 미루고 있다.

사실 이름을 몰랐다고 해서 나쁠 것은 없다. 내가 그 실물 자체를 인정하면 될 뿐이다. 그래도 꽃이 알면 서운해할 것 같다. "내가 그의 이름을 불러 주었을 때 그는 나에게로 와서 꽃이 되었다"라고 노래한 시인도 저승에서 펄쩍 뛰겠다.

책상 위에 턱을 괴고 가만히 들여다본다. 아주 작은 초록색 잎사귀 사이로 보라색 꽃이 화사하다. 여섯 가닥의 꽃잎들 가운데는 노랗고 하얗게 암술과 수술 구분 없이 옴폭 패었다. 그 모양이 배꼽티 사이로 살짝살짝 드러나는 배꼽처럼 요염하다.

꽃의 깜찍한 모습에 취해서 보고 또 본다. 그런데 이 꽃은 여섯 가닥 틈새로 꽃잎 하나가 들어설 만큼 틈이 넓은 게 특이하다. 그게 또 다른 궁금증을 자아내게 한다.

아침에 와서 보면 꽃잎들이 책상 위 유리에 떨어져 있다. 밖이었으면 바람에 날려가 버리거나 금방 시들어 형체가 없었을 것이다. 이것들은 내가 치울 동안 화분 주위에서 달콤하게 잠을 잔다. 그 모습이 한복을 조신하게 입은 여인네 같다.

유리 위에 점점이 놓인 게 어항 안을 유영하는 금붕어를 닮았다. 그 위에 햇살이 비추기라도 하면 보랏빛 꽃잎들은 금빛 비늘처럼 눈이 부시다.

다른 일을 제쳐두고 꽃들을 헤아려본다. 오늘은 두 송이가 더 피어 나를 반긴다. 어떤 날은 전날보다 서너 개 더 피었거나 덜 피었거나 한다. 그런 후엔 물을 준다. 처음엔 멋모르고 며칠 물을 뿌리지 않았다. 그랬더니 맥없이 축 늘어졌다. 요즘은 매일 조금씩 물을 준다. 그러면 잎사귀와 꽃이 금방 생기를 되찾는다. 나도 따라서 활력이 생긴다.

떨어진 꽃잎들을 보고 있으면 낙엽 진 오솔길을 바스락대며 걷던 기억이 주마등처럼 스친다. 불현듯 관음사 벤치로 달려가고 싶어진다. 하지만 그곳에 앉아 릴케의 가을날을 읊조리던 사람은 하늘나라의 별이 되었다. 이름 모를 꽃이 피고 지기를 거듭하며 이렇게 나를 옛 추억에 젖게도 한다.

한 가지 아쉬움이 있다면 향기가 없다. 하긴 화사한 자태에 그것까지 바란다면 지나친 욕심이다. 그는 일부러 향기 없는 꽃으로 고르진 않았을 것이다. 무심결에 샀을 터이다. 아니면 나에게 향기로운 여인이 되라는 무언의 암시일 수도 있다.

혹시 이걸 들고 오며 자기 마음도 알아주길 바라진 않았을까. 모란꽃에 나비가 그려있지 않아서 향기가 없겠다고 미리 알아챈 선견지명은 내겐 없다.

무심코 가져온 걸 혼자 착각하고 있는지도 모른다. 어쨌든 좁은 가게 안을 환하게 하고 매일 나를 즐겁게 해주는 것으로 족하다.

나도 이 이름 모를 꽃처럼 남을 즐겁게 해줄 수 있다면 좋겠다. 고아(高雅)한 향기까지 갖추어서.

그곳에
그가 있다

꽃들이 길가에서 계절을 즐기고 있다.

자주색, 하얀색, 분홍색 꽃들이 무리 지어 깔깔댄다. 바람 따라 이리저리 흔들거린다. 가끔은 지나가는 자동차를 흘끔 쳐다보기도 한다. 쌩쌩 달리는 차 안의 사람도 꽃의 향연을 만끽하고 있다.

가을 하면 떠오르는 꽃. 신이 제일 먼저 시험 삼아 만들었다는 꽃. 향기도 없고 화려하지도 않다. 사람을 유혹하는 요염함도 없다. 기다랗고 가느다란 줄기에 여덟 가닥 꽃잎을 매단 채, 아무리 거센 비바람이 몰아쳐도 드러눕지 않는다. 쓰러질 듯하다가 도로 일어서서 방긋방긋 웃는다. 혼자보다 여럿이 무리 지어 한들거려야 더 운치가 있는 꽃이다.

가을이면 온 들녘을 수놓는 꽃. 언제부터인가 여름에도 피어 지조 따위는 팽개친 줄 알았다. 그게 아니었다. 자료를 뒤져보았다. 여름용으로 육종한 코스모스였다. 그것도 모르고 계절을 거슬러 핀 꽃을 원망했다. 여름보다 산들바람과 맑은 가을 하늘 아래 피어나야 더 어울리는 꽃. 겉은 수수해도 속이 아름다운 사람을 닮았다. 그래서 더 정겹고 길을 가다가도 발길이 멈춰진다.

신이 제일 마지막에 만든 국화처럼 고고하지도 않고, 라벤더처럼 은은한 향도 없는 소박한 자태. 넓은 거실 테이블 위 화병보다 듬성듬성한 검은 돌담을 따라 피어 있거나, 고즈넉한 시골길에 있어야 더 어울리는 꽃이다.

환한 달밤에 한들거리는 꽃들은 가히 환상적이다. 무릉도원 같기도 하고 달빛과 어울려 가을밤의 전설을 노래하는 듯하다. 그런 밤이면 일강정 고향 집 할머니 옛날이야기가 자분자분 들려온다. 또래들과 술래잡기하던 기억이 난다. 오래전에 세상을 등진 정아랑 일본에 산다는 순이와 두런두런 이야기 나누고 싶어진다. 땀이 밴 갈옷을 입은 어머니 얼굴도 떠오른다. 형형색색의 꽃 한 다발을 당신이 애지중지하는 흰자기병에 꽂아놓으면, "고장이 밥 멕여줌시냐." 힐난하셨다.

이후에도 나를 기억해 주는 사람이 있을까. 모두에게 잊힌다는 것은 서글픈 일이다. 누군가에게 기억된다면 그 삶은 헛되지 않았다. 좋은 것만이 아니라 나쁜 일로라도 잊히고 싶지 않다. 좋은 기억으로만 남겠다는 것은 욕심이다. 한세상 살면서 선한 일만 한 사람은 드물 테니까.

지난여름, 미야자키에 피어 있던 코스모스는 온통 하얀색이었다. 유키 선생께 나의 유년 시절과 고향 이야기를 들려줬다. 극한 대립에 두 동강 났지만 슬프도록 아름다운 바닷가 마을, 원담이 있고 새벨 바다 속에는 산호초가 장관을 이루는 곳. 왕구리 덕, 두러물, 안강정, 빌레코지, 중덕, 구럼비, 멧부리 모래밭, 이웃 모두가 삼촌이었고 남의 일 나의 일이 따로 없었던 정겨운 동네.

경제 논리와 개발이라는 명목에 사라질 운명에 놓인 가장 제주다운 것들, 가슴 졸이며 먼발치로만 바라봐야 하는 마을, 이국에서 마음을 털어놓을 수 있어서 감사했다. 하나가 나뉘어 둘이 되고, 누군가는 좋아하고 누군가는 슬퍼하고, 좋아하다 슬퍼지고, 슬퍼하다가 좋아하고. 둘이 함께 춤을 덩실덩실 추지 못하고 서로 옳다고 목청을 돋운다. 맞다 다 옳다. 다만 둘의 생각이 다를 뿐이다. 틀린 게 아니라 다를 뿐이다. 그 다름을 인정해야 한다. 그래야 하나가 된다. 예전처럼.

선생은 안광을 빛내며 카랑카랑한 목소리로 말했다. 변하는 것을 두려워하지 마라. 다만 그 변하는 게 백 년 앞을 내다봐야 한다. 그 과정에서 양심과 영혼까지 팔아서는 안 된다. 대립이나 갈등은 자신의 이익을 위해 만들고 키우는 거다. 국가의 백년대계를 내다보며 공동의 이익을 위해서 움직인다면 좋겠다. 식물은 자연을 거스르지 않고 서로 상생한다. 이곳과 서귀포에 피어 있는 코스모스는 같은 종이다. 꽃 색깔이 다를 뿐.

나는 크게 웃었다. 오후의 햇살이 눈부셨고 멜론 향이 후각을 자극했다.

같다는 것은 동질감이다. 때론 같다는 이유가 구속일 때도 있다. 자신의 의지와는 상관없이 타인에게 맞추어야 하기 때문이다. 소속된 곳에서의 같음도 중요하다. 이 경우 구성원의 다양성을 존중하고 인정하는 게 바람직하다. 가을 벌판을 수놓은 형형색색의 꽃처럼.

가을은 내게 바람이게 한다. 얼굴을 간질이는 산들바람으로, 매서운 하늬바람으로. 향기와 멋을 동반하고 와서 요동치게 만든다. 사람은 꽃을 닮을 수 없을까. 사람도 꽃을 닮아서 내가 만난 인연들이 내게 향기를 입히고 나 또한 누군가에게 향기를 덧입힐 수 있으면 좋겠다. 인연의 향기를 서로에게 입혔으면 좋겠다.

　폭풍우에도 끄떡없는 코스모스이고 싶다. 어떤 시련이 닥쳐와도 절대 쓰러지지 않는 꽃, 바람에 흔들거리면서도 생글생글 웃는 꽃. 강인함과 유연성을 닮고 싶다. 큰 우주가 되고 싶다.

제4부

오색딱다구리와
휘파람새 소리와 함께

자유인의 꿈

사람은 누구나 자유를 누리며 살아가기를 원한다. 이념에서든 종교에서든 하는 일에서든지 간에. 그러나 저마다 가진 욕심 때문에 그렇게 하기가 쉽지 않다. 게다가 권력과 명예와 재물에 대한 욕구를 거부하기는 더욱 어렵다.

연말에 친구가 나에게 부와 명예, 권력 셋 중에서 하나를 고르라면 어느 것을 택하겠느냐고 물었다. 난 명예를 갖고 싶다고 했다. 친구는 에이 바보, 권력을 가지면 부와 명예는 따라오는데 하며 깔깔댔다.

나는 권력을 원하지 않는다. 능력이 그에 따라가지도 못하지만 내게 주어진다고 해도 사양하겠다. 왜냐하면 내 이름에 오명을 덧씌우고 싶지 않다. 따지고 보면 명예도 다 부질없는 허욕에 불과하다. 그저 자기에게 주어진 대로 최선을 다하고 살면 그만일 텐데 그게 다 무슨 소용이겠는가.

새해 첫날 해돋이를 보려고 오름을 올랐다. 이른 새벽, 양 볼에 와 닿는 싸한 기운이 발걸음을 가볍게 했다. 들꽃 향기는 기분까지 상쾌하게 했다.

오름 정상에서 장엄하게 위용을 드러낼 붉은 해를 기다리며, '올해는 진정한 자유인이 되게 하여 주십시오.'라고 순례자처럼 두 손을 모아 빌었다. 내가 원한다고 되는 게 아니고 뼈를 깎는 성찰이 있어야 한다는 걸 잘 안다. 새해 첫날 마음가짐이 그대로 이어지길 소망했다.

지금까지 구속된 삶을 살지 않았다. 그러나 온전한 자유를 누리며 살아보지 못한 것도 사실이다. 사람들은 일상에서 벗어나는 게 자유라고 여긴다. 나는 정반대다. 내가 추구하는 자유는 구속의 반대어로서의 의미가 아니다. 하는 일에서든 사랑에서든지 온 심혈을 기울여 심취해 있을 때 난 진정한 자유를 느낀다.

남을 미워하고 시기하고 헐뜯지 않는 자유인, 상대방의 아픔과 상처까지도 포근하게 감싸 안을 줄 아는 자유인이길 원한다. 화해와 용서로 주위 사람들을 끌어안는 포용력도 갖춘 그런 자유인. 부와 명예, 권력을 떠나 진정한 자유인으로 올 한 해를 살아가고 싶다.

맑은 기운을 가슴 가득 안고 오름을 내려왔다. 새해의 고운 햇살이 온 대지에 내려앉고 있었다.

조상 탓이오

점집에 가던 날,

추적추적 봄비가 내렸다. 평화마라톤 대회가 열리고 있어서 차 진입이 어려웠다. 우산을 가져가지 않아서 비를 맞으며 걸어갔다.

이른 새벽, 비에 젖은 생쥐 꼴을 하고 물어물어 찾아간 점집, 꽤 용하다는 보살은 첫 대면부터 생뚱맞았다. 헝클어진 옷매무새며 부스스한 얼굴로 내 아래위를 훑는 표정을 보는 순간, 괜히 왔구나 하는 후회가 앞섰다.

그냥 가버릴까 하다 그녀가 가리키는 곳으로 들어갔다. 허리를 구부정하게 구부리고 들어간 방, 남쪽 벽엔 그녀의 신전이 모셔졌다. 자그마한 상 위엔 상평통보 비슷한 게 아홉 개 제멋대로 뒹굴고 있었다. 사발에 담겨 있던 쌀은 어지럽게 널려 있었다. 그 사발 위에 복채를 얹었다.

"대주 나이가 뭿이라."

"신묘생이우다."

"이 사름 직업은 소리 나는 거 몰앙 뎅겸신게."

남편은 농부다.

"청춘에 죽은 귀신 잇인게. 이 구신덜 잘 풀워줘사크라."

묵묵부답인 난 안중에도 없다.

"집인 뭿이라."

"나마씨……."

내 나이를 듣더니,

"근심을 돌안 살암신게. 무사 경 살미라. 경허고 물 장시 허멍 소나이덜 신딘 얼마나 시달려실거라."

아닌 밤중에 홍두깨도 유분수다. 한세상 살며 고달프지 않은 사람이 어디 있으랴. 천구백오십~육십 년대를 산 사람치고 편하게 산 사람은 그리 흔치 않다. 돈이 많으면 많은 대로 없으면 없는 대로 근심거리는 달고 사는 게 세상 사는 이치가 아니던가. 그리고 물장시라니.

"물에서 비명횡사혼 형제도 잇인게. 이 사름도 잘 풀어줘사 집이 펜안허크라. 잘 셍각허여."

잠자코 듣다가 더는 참을 수 없어 한마디 툭 던졌다.

"어떵허연 우리 시댁허곡 나 친정 영혼덜 경 나쁘게 골암수과? 어떤 조상덜이 후손덜 못되게 허젠 허코마씨. 다 잘되게 허젠 헴실거우다. 난 경 믿어마씨."

보살은 내 말에 대꾸가 없다. 아들 나이를 말하라고 분위기를 바꾼다. 큰아들 땜에 혹시나 해서 왔는데 더 듣고 싶지 않다. 아들의 의지를 믿지 못하고 들으러 온 내가 잘못이다. 이런 나도 문제다. 엉뚱하게 조상 탓이라고 하며 푸닥거리를 해야 한다는 건 억지다. 많은 순진한 여자들이 이런 말에 현혹되어서 피해를 보았을 것이라는 생각에 눈앞이 아찔하다.

이런 사탕발림에 넘어간 동생도 그중에 한 사람이다. 동생은 남편이 밖으로만 나돌자 이곳저곳 용하다는 데는 다 찾아다녔다. 순진한 동생은 그들의 말만 믿고 거금을 들여 푸닥거리와 부적, 하라는 것은 다해봤지만 남편은 집을 나갔다.

그때 동생을 다독여주지 못하고 남들보다 더 심하게 몰아세웠다. 하긴 통했다는 사람의 말에 현혹되어서 형제들 말은 안중에도 없었다. 그런 동생이 미련하게만 보였다. 얼마나 힘들었으면 그랬는지 헤아려보지를 못했다. 포근히 안아주기라도 할걸. 가슴이 아리다.

기대심리가 작용해서 여기에 온 나도 바보다. 나도 동생처럼 기댈 곳을 찾고 있었는지도 모른다.

이렇게 기댈 곳을 찾은 사람들에게 삶의 철학을 설득력 있게 제시하면 얼마나 좋을까. 나쁘면 피해를 막을 방법을 일러주고 좋으면 자만하지 않도록 주의를 줄 수도 있을 텐데. 오늘도 보살이 내게 조상만 들먹이지 않았으면 그곳을 웃으며 나왔을 것이다.

점집에 가서 앞날을 미리 엿보려 했던 자신이 미워진다. 미래는 베일에 가려져서 더 신비롭다. 내일이 되면 이승을 하직한다는 사실을 알고 있다면 오늘을 후회 없이 살려고 노력할 수 있을까. 죽음에 초연하지 못할 것이다.

긍정적인 사고를 지니고 살아가는 게 쉽지 않다. 하지만 좋은 일이 계속되면 뒤에 나쁜 일이 올 것을 예측하여 그 일에 대비하고, 나쁜 일이 닥치면 그 뒤에 좋은 일이 오리라는 것을 기다리며 살아가야겠다.

음침한 그곳을 나왔다.

비는 어느새 그쳤다. 서쪽 하늘에 쌍무지개가 떴다.

한 지붕
여섯 가족

　오늘로 백 일이다.

　넓은 유리창 밖으로는 수수꽃다리가 화사하다. 연보라색 옷을 입고 수줍게 손을 흔든다. 꽝꽝나무는 물이 올랐다. 삼색 버들은 봄바람에 살랑살랑 춤을 춘다. 섬동백은 붉은 꽃송이를 툭 떨구어내고 푸른 하늘과 졸고 있다. 우묵사스레피와 관종나무, 섬기린초, 흰 동백꽃이 서로 마주 보며 웃는다. 연분홍색 방울을 옹기종기 매단 박태기나무. 새색시 수줍은 볼을 닮았다. 오름 정원이 시야 가득 들어와 동면이던 나를 깨운다. 봄이 왔다는 것을 제각각 다른 모양과 형태로 알려주고 있다. 언제 봐도 생명 있는 것은 경이롭다.

　인정 많고 아름다운 고향에서 지내게 되었다. 수병들이 왔다 갔다 하는 풍경이 아직은 낯설다. 겉은 평온해 보이지만 그렇지 않은 곳, 평화활동가들이 현수막을 들고 위병소 앞과 로터리에 서 있는 장면이 생경한 곳. 해군 부대가 들어서기 전에는 일강정이라는 소리를 들으며 서로 오순도순 살아가던 동네, 십여 년이 흘렀어도 여전히 그때의 앙금이 상혼으로 남아있는 아픈 마을.

　민간인이 구럼비 발파 8주년을 기념한다며 영내로 무단진입한 일이 있었다. 해군제주기지전대는 유사시 즉시 출동할 수 있는 막강한 전투력을 보유한 부대이다. 이런 부대 영내로 침입한 민간인. 국가 안보를 무너뜨리는 행위를 보며 아연실색했다. 평화는 그냥 주어지지 않는다. 누구도 넘볼 수 없는 막강한 국방력이 있어야 가능하다. 안보가 뒷받침되는 국력은 필수 요건이다. 국민 모두 한마음 한뜻으로 국가와 군을 믿고 지지해야 하는 이유이다.

　구럼비는 마음속에 있다. 어릴 적 조무래기들과 놀이터였던 곳으로. 멧부리도 그렇다. 아버지와의 아름다운 추억이 깃든 공간. 마을 포제를 지내기 위해 합숙하던 곳. 행실이 반듯한 젊은이 여남은 명과 일주일을 지냈던 곳, 모래밭 위에 천막을 치고 숙식을 스스로 해결했다. 여자들은 접근 금지였다. 유교 예법과 제례의식을 가르치던 아버지는 어떤 모습 어떤 표정이었을까. 포제를 마치고 합숙이 끝나는 날. 어머니가 차려주신 음식을 등에 지고 갔다. 김이 모락모락 나는 하얀 쌀밥에 옥돔국, 옥돔구이, 갖가지 나물 반찬들. 오밤중이었는데도 무섭지 않았다. 멧부리에는 아버지가 계셨으니까. 다 가슴에 묻었다. 불현듯 그 시절이 떠오르면 어쩔 수 없이 그리운 분과 만난다. 마음으로 가슴으로만. 이따금 강정천 동쪽 길을 아들과 걸으며 멧부리 쪽은 애써 외면한다. 어쩌겠는가. 나라가 있어야 나도 있는데. 나라를 지키는 군대가 있어야 하는데.

　오 년 전, 캄보디아를 다녀왔다. 베트남이 공산화되면서 피난 온 난민들이 사는 톤레샵 호수를 보았다. 어느 나라를 가도 받아주지 않은 온순한 사람들. 총리의 장기집권을 위해 마련된, 서럽고 가난한 삼백만 인이 사는 수상가옥. 그들은 평생 캄보디아 땅을 밟지 못한다. 건기 때면 수심이 1m 50㎝ 이하로 내려가서 일 년에 대여섯 번은 옮겨 다녀야 하는 운명. 온몸이 아렸다. 황톳빛 메콩강물에 그물을 던져 고기를 잡고 그 물로 씻고 빨래하고, 맹그로브 숲을 오고 가며 풀꽃 반지를 끼워주고. 맨발로 이 배 저 배 다니며 원 달러 원 달러 천연덕스럽게 외치는 어린이들. 그 애들의 새까맣고 초롱초롱한 슬픈 눈매가 아프게 박혀있다. 그들에게 자유 민주 국가가 있었다면 물 위에서 사는 처지는 안 되었을 터이다. 대한민국이라는 나라가 있어서 감사하다. 국력이 있어서 참 다행이다. 아직 절반이지만, 그 절반이 하나가 되기 위해 막강한 군이 무적 해군이 있어 감사하다.

강정의 해군제주기지전대 옆에는 김영관 복합문화센터가 있다. 영외에 지어진 함정 모형을 한 현대식 건물이다. 수영장, 피트니스센터, 복지관, 삼층에는 숙소도 있다. 숙소는 군인이나 군 가족이 이용하며, 수영장과 피트니스센터는 해군과 강정 주민들만 이용할 수 있다. 군과 민의 상생 차원에서 지어진 건물이다.

이곳 잡화점 입점을 위해 왔을 때 기존에 입점해 있던 분들은 의아한 눈으로 나를 바라봤다. 당혹스러웠으나 곧 평정심을 찾을 수 있었다. 자기들 울타리에 다른 사람이 들어오면 누구든 경계하게 된다. 의문은 곧 풀렸다. 강정 사람만 입점해 있는 곳. 이곳에도 삼팔선 같은 게 있었다. 사람과 사람 사이를 막아놓는 경계선, 같은 색깔과 같은 생각만의 울타리를 만들어 놓은 듯한 공간, 같은 마을 사람인데 나와 생각이 다르다는 이유로 그어진 선, 서로의 생각이 틀린 게 아니라 다르다는 것을 불편하게 여기는 열려있지만 닫힌 울타리, 그런 공간에 오도카니 서 있는 나. 그래도 난 강정초등학교 19회다. 정당한 절차를 거쳐서 공정하게 들어왔다.

몇몇 민영 업체와 차 담화를 했다. 그전 가격보다 배로 입점했다는 것을 알았다. 그들은 이구동성으로 나를 걱정해주었다. 갈수록 장사가 어렵다는 거였다. 미리 알았으면 그런 사정을 알려 줄 걸 그랬다면서. 고마웠다. 한식당 사장은 선배 아들. 카페 사장은 후배. 치킨집 사장은 좋아하는 삼촌 딸, 피자집 사장은 선배 사위, 이리저리 얽힌 아는 사람들이다. 차라리 모르는 사람이 나을 수도 있다. 그러나 고향 사람은 눈을 흘겨도 밉지 않고 다 예뻐 보인다.

장사가 안 되는 데에는 다 이유가 있다. 환경이 불결하거나, 서비스가 좋지 않거나, 맛이 없거나, 하는 사업에 대한 전문 지식이 없거나, 이 사업에서 꼭 성공해야겠다는 집념과 열정이 없기 때문이다. 개선하지 않으면 갈수록 어렵다.

환경이 불결하면 깨끗하게 하면 된다. 맛이 없으면 왜 맛이 없는지 고민한다. 원재료를 최고로 좋은 것을 쓰고 있는지. 주방장 솜씨 때문인지, 원인을 찾아 테스트하며 고친다.

사업을 하려면 경영을 알아야 한다. 조그만 사업도 경영이다. 경영을 모르면 사업에서 성공할 수 없다. 외부 요인에 의지하며 하는 장사는 불확실하다. 내부 요인을 알고 뼈를 깎는 혁신이 답이다. 고객이 뜸하다고 문을 닫은 가게에는 거짓말같이 손님이 오지 않는다. 다시 문을 열어도 마찬가지다. 손님이 봤을 때 장사를 접은 가게로 안다.

작년 크리스마스 날 잡화점을 열었다. 매달 셋째 넷째 주 일요일 이틀

휴무를 빼면 오전 아홉 시에 문을 열고 오후 일곱 시에 닫는다. 밖으로 나서면 산책길 군데군데 조명등이 운치 있다. 바닷바람에 갯내음이 잔디 구장을 넘어와 나를 반긴다. 소소한 일상이 행복으로 안기는 초저녁, 갈등과 반목은 범섬을 돌아 대서양으로 기약 없는 항해를 떠났다. 세 업체는 정상 영업이다. 코로나19 여파이긴 해도 다른 업체는 들쑥날쑥 안타깝다.

코로나19로 인해 비상시국이다. 전 세계가 한 번도 경험하지 못한 일을 겪고 있다. 아이엠에프 때는 금융만 위기였고 지금은 금융, 경제 그 외 모든 면에서 혼돈의 시기이다. 이럴 때 살아남는 자가 경쟁력이 있다고 한다. 위기가 곧 기회이기도 하다. 가만히 있으면 기회는 찾아오지 않는다. 가게 문을 열고 내일을 준비해야 한다.

나는 책을 읽는다. 경영에 관한 책이다. 주위가 조용해서 오히려 집중할 수 있어서 좋다. 글을 쓰고 정리한다. 이십 년 동안 하지 못한 숙제를 하고 있다. 이른 새벽, 농장에 가서 감귤 한라봉 나무와 눈을 맞춘다. 비닐하우스 문을 열면 한라봉 하얀 꽃봉오리가 나를 반기고 귤나무는 새순이 나오기 시작했다. 감귤나무 아래에는 광대나물, 별꽃, 오랑캐꽃, 클로버, 쑥, 냉이, 민들레가 서로 어울려 봄을 노래한다. 벌은 꿀을 찾느라 윙윙 분주하고 노랑나비 한 쌍은 비발디의 사계 중에서 봄에 맞춰 춤을 춘다. 자기만 잘났다고 으스대지 않고 서로 제 할 일 하며 조화롭게 농장을 꾸며주고 있다.

한 지붕 여섯 가족도 다 잘 되었으면 좋겠다. 백지장도 서로 맞들면서. 이웃과 소홀하면 안 되겠기에 신경을 쓴다. 가을에 풍성한 수확을 그리며 봄의 수고를 아끼지 않는다. 적당히는 안 통한다. 요행을 바라는 순간 파멸로 간다. 혼자만 어렵고 힘든 게 아니다. 어떻게든 견뎌 살아남기를.

코로나19로 인해 마스크 대란이 왔다. 마스크를 들여다 팔면 돈이 되겠다는 생각이 퍼뜩 났다. 마스크를 여기저기 알아보았다. 그러다 고개를 가로저었다. 남의 불행을 나의 행복으로 잇지 않기로 했다. 가족농업을 하면서 정한 신념이 있다. 고객에게 먹을거리를 갖고 절대 장난치지 말자. 국가가 위기 상황일 때 한탕은 절대 안 된다.

정직하면 단기간에 큰돈은 벌지 못한다. 큰돈을 버는 것도 좋지만 오래가는 것이 더 중요하다. 정직은 최고의 자산이다. 눈앞의 이익만 바라보지 않는다. 신뢰를 잃어 한순간에 무너지기보다는 고객과 함께 오래오래 아름다운 인연을 만들어 간다. 그 과정은 더디다. 결과도 늦게 나타난다. 조금 더디면 대수인가. 백 년, 이백 년, 삼백 년, 가업을 이어가는 게 목표다.

대마도를 갔었다. 가이드에게 조르고 졸라서 일인 기업을 만났다. 소규모 기업이 일본에는 많다. 백 년 기업은 수두룩하고 이백 년, 삼백 년, 사백 년 기업들이 존재하는 이유가 궁금했다. 가이드는 큰 기대는 하지 말라고 했다. 두 시간 정도 꾸불꾸불 산길을 올라간 곳은 대마도 앞바다가 훤히 보이는 언덕이었다. 낡은 소형 트럭에서 커피 등 음료수를 팔고 있는 한적한 곳이었다. 나를 데려간 곳은 붕어빵 파는 낡은 트럭. 찹쌀로 만든 붕어빵이 한 개에 천 원이었다. 스물일곱 개가 차롱착에 누워있었다. 어떤 이는 비싸다며 차에 휑하니 올라버렸다. 이만 칠천 원을 주고 거기에 있는 붕어빵을 모두 샀다. 가이드는 나더러 운수대통했다며 크게 웃었다. 다 팔려서 없을 줄 알았다고 한다. 붕어빵을 매일 일정한 개수만 만들어 와서 팔고 있었다. 오전에 다 팔리면 오후에 간 사람은 허탕을 치게 마련이다.

삼 대째 가업을 이어서 하는 장사, 사십 대의 부부는 진심을 팔고 있었다. 붕어빵 재료인 찹쌀과 팥은 대마도에서 재배한 것만 쓴다. 간혹 대마도 산 팥이 부족하면 북해도에서 가져온다. 북해도 팥이 대마도 팥하고 맛이나 질이 비슷해서 고집한단다. 일본 최남단에서 북쪽 끝에 가서 팥을 가져오는 진심을 깐깐한 소비자는 안다. 선대로부터 내려온 경영 수칙을 그대로 이어받아 실천하고 있는 부부, 햇볕에 그을려 까매진 얼굴과 투박한 손. 수수한 옷차림이었지만 너무나 멋지고 아름다웠다. 삼 대째 똑같은 맛을 내는 찹쌀 붕어빵. 그들의 자존심이었고 긍지였다. 가까운 지역의 찹쌀과 팥을 쓸 수도 있고 이윤을 많이 남기려고 외국산을 쓸 수도 있다. 그러면 본래 맛이 안 난다며 우직하게 가업을 이어가는 그들의 경쟁력은 철옹성이었다.

세월이 흘러도 한결같은 부부, 찹쌀 붕어빵이 가지런히 놓인 대차롱이 눈에 선하다.

나태해질 때마다 그들을 떠올린다. 한결같은지. 정직한지. 하루하루가 전장 같은 현실에서 나를 일깨워주는 대마도 부부의 장인 정신. 많은 고객을 단시간에 만드는 것도 나쁘지 않다. 그러면 그만큼의 위험을 감수해야 한다. 나는 우리 농산물이 아니면 안 사겠다는 고객을 고집한다. 우리 가족의 정성과 애정의 가치를 아는 사람만 우리 고객으로 모시고 싶다.

'우리 가족과 함께할 고객은 행복한 고객이다.'라는 신념이 있다. 행복한 고객은 그 행복의 가치를 누릴 줄 안다. 가치에 합당한 비용을 떳떳하게 낸다. 가치를 모르는 사람은 안타깝지만 돌아서야 한다. 뒷모습이 아름답지 않아도 괜찮다. 그럴 수밖에 없는 처지를 이해하고 존중한다. 세상에는 다양한 사람들이 모여 살아가고 다양한 가치관이 충돌하기도 하고 변형되기도 하면서 돌아가니까. 내 수준과 기준에 맞는 곳으로 가면 된다. 몸에 맞지 않는 옷은 불편하다. 억지로 맞춰 입어도 결국 버리게 되어있다.

오래가려면 정직이라는 미덕이 필요하다. 부족한 부분을 보완하며 고객이 오는 길에 친절과 신뢰의 샛노란 장미를 심으면 좋겠다. 세상에 쉬운 길은 없다. 남이 만들어 놓은 길은 밋밋하다. 나만의 것, 나만의 길을 하얀 도화지에 그리는 싱그러운 봄. 한 지붕 여섯 가족이 함께 가는 길은 꽃길이 아니다. 그래도 함께 만들자, 서로서로 손잡고. 희망의 씨앗을 심자. 서로의 마음에. 머지않아 활짝 꽃피울 그날을 위해.

특별한
휴가

구월도 중순으로 접어들었다. 아침저녁으로 제법 선선한 바람이 분다. 밤이면 귀뚜리 합창이 정겹다. 감귤과 한라봉은 쑥쑥 커가고 있다. 비닐하우스 안 온도가 섭씨 28도에 멈춰있다. 거미줄의 주인장인 거미와 옆 가지의 방아깨비는 서로 이웃인데도 시큰둥하다. 꽃등에는 나를 제 친구인 줄 아는 모양이다. 주위를 맴돌며 신났다.

한라봉 나뭇가지에 다닥다닥 붙은 루비깍지, 손으로 털어내었다. 베달리아무당벌레를 하우스 안에 풀어 놓아야겠다. 농사를 지으려면 벌레와 곤충들과 잘 노는 게 좋다. 징그럽다거나 무서워서 피한다면 자연 친화적 농업은 일찌감치 포기하는 게 낫다. 내가 먹을 것을 그들에게도 나눠 줄 여유가 있어야 한다.

가을은 행복의 계절이다. 길가에 하늘거리는 코스모스, 빨간 고추잠자리, 물감을 풀어놓은 듯한 파아란 하늘. 들녘에는 감귤이 가을볕에 황금빛으로 영글어 가고, 농부의 마음은 어느새 수확의 기쁨에 들떠있다.

지난여름 갔었던 울창한 숲길을 걷고 싶다. 산새들의지저귐에 귀가 즐겁고, 지천에 널려 있는 야생화들은 눈을 맑게 해주고, 나뭇등걸에 아무렇게나 걸터앉아 책을 펼치면 세상 부러울 것이 없겠다.

지인에게서 전화가 걸려왔다. 그분 콘도를 하루 쓰라고 한다. 우리 아들들을 위해 배려한 것이다. 마음을 먹고 생각을 바꾸면 될 일들, 미적거리다 시기를 놓치고 끙끙 앓는 미련함, 이젠 당당해지기로 했다. 마저 하지 못한 일을 마무리하고 그곳으로 향했다. 꿈은 꾸는 자의 것. 그것도 간절히 원하면 이루어지는 것.

올레 길을 걸으며 많은 이야기를 나누었다는 아들들. 형제간의 우애를 더욱 돈독히 다졌으리라. 저녁은? 고개를 절레절레 흔드는 막내. 늦은 저녁을 먹으러 야외 주점으로 갔다. 환상의 야외 정원, 친구가 근무하던 데라 여러 번 갔었다. 그때는 라이브 공연도 볼거리였는데 아쉬웠다. 사람이 바뀌면 분위기도 다르고 시스템도 바뀐다. 모든 것을 부정하는 건 혼란스럽다. 지속 가능한 것은 이어가면 좋을 것 같다.

자리가 마땅치 않아 원탁에 둘러 앉았다. 네 명이 앉기에는 무리였다. 아르바이트하는 웨이터가 자리를 옮겨줬다. 라이브 공연 무대로 쓰던 곳이다. 탁자는 넓지만 어두컴컴했다. 어두운 데서 식사할 수 있을까, 조금 걱정스러웠다. 다행히 누군가가 와서 불을 우리 쪽으로 돌려줬다. 조금의 배려가 우리를 환하게 했다.

상큼한 바닷바람을 반주로 행복한 만찬을 즐기려던 우리, 식사를 시키고 기다려도 감감무소식. 큰아들은 그만 들어가자고 한다. 우리 네 식구가 인내심을 시험당했다. 어찌하는지 보려고 계산대에 나란히 서야 밥을 들고 오는 직원. 뭐라고 한마디 하려다 그만두었다. 서비스를 현장에서 몸소

배운 날이니까.

둘째가 씩씩거리며 신용카드를 집다가 떨어뜨렸다. 마룻바닥 틈새로 잠수해버린 신용카드. 직원은 무표정으로 쪼그리고 있는 나와 둘째를 힐끔거리며 지나갔다. 제대로 된 직원이라면 계산하고 난 후, 카드를 계산대 위에 놓지 말고 손님에게 돌려줘야 한다. 카드 분실 신고하느라 난리를 피웠다. 그 밤 고스트의 장난에 놀아난 것은 아니었는지.

멋진 방에서 바라본 수평선과 쪽빛 바다가 지옥의 바다처럼 여겨졌다. 친정아버지와의 추억을 연상하며 푸근했던 마음이 낭떠러지로 추락해 버렸다.

과일을 깎으며 "좋은 일에는 항상 마가 끼는 법이다. 즐거운 일이 있으면 그 뒤에 슬픈 일이 뒤따라온단다." 말은 그렇게 하면서도 기분이 매우 언짢았다. 다행히 배려를 곡해하는 건 사람의 도리가 아님을 아들들이 알아주어서 안도했다.

살아가다 보면 힘든 일이 닥칠 때가 있다. 그 고비마다 참아내야 한다. 두렵다고 피하다 보면 수렁에서 헤어나지 못한다. 긍정적인 마인드를 가지면 발전한다. 늘 웃는 얼굴은 보는 사람을 미소 짓게 만든다. 이렇게 살다 보면 하는 일도 웃을 일만 생긴다. 부정적인 생각을 가지면 거기서 끝이다. 보이는 게 모두 나쁘게만 보이니 하는 일도 시원치 않다. 그러고 보니 나에게는 매사 감사한 일뿐이다. 가족의 우애를 다지게 해준 그분이 고맙다.

초가을 달빛이 고요하다.

청계천의
불륜

늦가을에 배낭 하나 달랑 메고 집을 나섰다. 시월의 마지막 밤을 넘긴 지 이틀 후였다. 계절이 주는 쓸쓸함과 황량함은 어디로든 떠나라고 유혹한다.

중문에서 리무진 버스를 기다린다. 이른 아침이어서인지 관광단지가 너무 적적하다. 택시기사 아저씨는 합승을 권한다. 빨리 가야 할 이유도 없어서 거절했다. 차창으로 스치는 은빛 물결의 출렁임에 눈이 즐겁다. 아스라이 가파도가 멀어져 간다. 섬 속의 또 다른 섬. 어머니와 삼촌들의 숨비소리가 들리는 듯하다.

두 시 가까이가 되어 김포에 도착했다. 먼저 가서 기다린 일행들과 지하철로 이동했다. 생경함에 익숙하지 못한 나. 빨리빨리 그리고 약삭빠름. 정체성에 혼란이 온다. 이런 나를 챙겨준 분들께 감사하다. 청계천 근처에 짐을 풀었다. 룸메이트는 눈매가 서글서글하고 함박웃음이 트레이드마크인 M 팀장이다. 누가 봐도 샘이 날 애교가 만점인 여자.

서울의 밤을 밋밋하게 보낼 수 없어서 숙소를 나왔다. 인사동으로 갔다. 내 나이쯤 되면 옛것이 예사로 보이지 않는다. 마음에 담아 두었던 모습들을 실컷 눈요기했다. 오래전 친구는 그랬다. 잊히는 것은 슬픈 일이라고. 그래, 돌아가면 만사 제쳐두고 엽서를 보내야겠다. 생각만 해도 신이 난다. 나를 기억해줄 고운 얼굴들이 떠올라서이다.

조계사 경내 몽골 천막이 을씨년스럽다. 목탁 소리와 불경 소리가 묘한 하모니를 이룬다.

도심의 사찰 위로 낙엽이 하나둘 떨어진다. 노란 은행잎은 망설임 없이 속세를 하직하고 있다. 아직도 나무에 매달려 있는 게 송구스럽다고, 욕심이라고 고개를 꺾고 있다.

시장과 백화점을 도느라 녹초가 되었다. 족히 육 킬로미터는 걸은 듯했다. 숙소로 돌아와서 깊은 잠에 빠져들었다.

창가에 하나둘 불이 켜진다. 살아 있음을 느끼는 순간이다. 매캐한 냄새, 끈적끈적한 기분, 스산함이 뒤섞인 서울의 어둑새벽. 출근길을 서두르는 사람들의 활기찬 모습을 보며 도시의 아침을 맞는다. 청계천 광장 분수대 앞에는 인파들이 끊이지 않는다.

우체국쇼핑 팔도특산물 전, 제주체신청 부스 내. 서귀포 감귤 홍보관 앞에 줄지어 선 사람들. 감귤을 상자에서 쏟아놓는 즉시 동이 나고 만다. 점심시간 회사 직원들이 일렬로 늘어선 모습은 장관을 이루었다. 그들은 이구동성으로 말했다. 감귤이 기가 막히게 맛이 좋단다. 자신들이 서울에서 사 먹었던 감귤 맛하고 이 맛이 왜 다르냐고 물었다.

일일이 설명하느라 진땀을 뺐다. 그들은 얄팍한 상술에 더는 놀아나지 않을 것이다. 요즘 소비자들은 현명하다. 눈 가리고 아웅해봤자 생산자만 손해다. 소비자의 니즈에 따라가지 못하면 살아남지 못한다.

감귤 홍보는 예정된 시간보다 일찍 마쳐야 했다. 감귤이 바닥났기 때문이다. 더 달라고 내미는 손, 손, 손들. 정리하는 과정에서 아쉬움이 남았다. 노인이 어린애처럼 감귤을 달라고 칭얼댔다. 주위를 두리번거리더니 감귤 가지 담은 상자에서 눈을 떼지 않는다. 일행이 선물하려고 놔둔 것인데, 잽싸게 가지 하나를 집어 들었다. 그걸 매정하게 뺏는…. 돌아서며 욕을 해대는 어르신. 돌아가신 부모님이 어른거렸다. 눈가가 흐려진다.

지인에게 주려고 공항에서 낑낑대며 들고 간 열매 달린 가지를 봉투째 건넸다. 그제야 화색이 도는 노인, 건강하게 오래 사시라고 인사를 드렸다. 멀어지는 노인의 어깨에 삶의 무게가 걸쳐 있었다.

잠은 다리 밑이거나 지하철에서 웅크린 채 자고 있을 것이다. 다섯 번은 보통이고 각 부스를 수도 없이 돌며 얻어 가던 사람들. 이 겨울을 어떻게 날까. 부석부석하고 핏기 없는 얼굴과 앙상한 손바닥, 그들에게 내가 해 줄 수 있는 일은 뭘까.

감귤 1번과와 10번과를 청계천 광장에 보내면 어떨까. 사회 저소득층에 보내도 좋지 않을까. 비상품 감귤 유통 단속 비용을 운송료로 해서 말이다. 감귤농축액도 소비 부진으로 재고량이 쌓였다는데. 그러나 기대하지 말자. 한갓 꿈일 뿐이다.

정든 것들과 이별해야 하는 시간이 다가온다. 차마 보내기는 싫지만 떠나보내야 한다. 그들과 나, 맨몸으로 찬바람과 눈보라를 꿋꿋이 견뎌내야 한다. 새봄이 올 때까지 인내하며 기다려야 한다.

올겨울에 소외된 이들과 불륜에 빠져보는 것. 상상만 해도 아름답고 행복한 일이다.

세상에서
가장 아름다운 선물

살아가면서 다양한 사람들을 만난다. 때론 아름다운 인연으로 어떤 때는 피하고 싶은 만남으로. 아름다운 인연은 그 자체로 보석처럼 빛이 난다. 껄끄러운 인연은 가능하면 피하고 싶다. 다만, 그 관계에서 깨달음을 얻으면 오히려 인생의 스승이다.

바람이 불면 바람 부는 반대 방향으로 허리를 숙여 바람이 멎길 기다린다. 꼿꼿이 서 있으면 오히려 역풍을 맞는다. 부딪쳐서 후회하는 어리석음은 한 번으로 족하다.

꽃들은 아름답다. 코스모스는 화려하지 않아서 좋다. 우주, 조화, 질서를 뜻하는 무거운 이름을 갖고 있지만 빨강, 분홍, 여러 빛깔의 수수한 아름다움을 지닌 가녀린 꽃이다. 줄기 끝에 달린 채로 흔들리면서도 꽃을 지탱하는 심지를 지닌 코스모스는 거센 비바람에도 쓰러지지 않는다.

바람이 폭우를 동반하여 코스모스의 조화를 깨기도 하지만 정작 코스모스를 쓰러지게 하는 건 사람이다. 사람이 꽃을 꺾어 버리기 전에는 더불어 소곤거리며 들녘을 수놓는다. 우아한 한들거림은 자신을 지탱하는 슬기이다.

책상 위, 하얀 왕고들빼기와 분홍색 이름 모를 꽃이 주위를 환하게 한다. 꽃에서 풍기는 자연의 향기는 심신을 편안하게 해준다. 마릴린 먼로가 애용했다는 샤넬 No. 5보다 더 은은하다.

길을 걷다 스치는 사람에게서 나는 진한 향수 냄새는 머리를 지끈거리게 했다. 감기일까 하며 병원도 들락거렸는데 그게 아니었다. 유난히 냄새에 민감한 내 체질을 잠시 망각했다. 온 들녘에 흐드러지게 핀 찔레가 내뿜는 향기에 유혹된다. 달콤한 향기는 비너스의 화살을 맞은 듯 몽롱하게 한다. 아주 오래오래.

사람도 마찬가지다. 겉은 수수해도 내면이 향기로운 사람이 있다. 겉모습이 화려하다고 내면이 아름답지 않은 건 아니다. 그 사람의 겉만 보고 전체를 속단하는 건 심각한 오류다. 우연히 둘을 다 갖춘 사람을 만나면 횡재한 기분이다. 레몬 향처럼 상큼하다.

사람과의 관계에서 이 부분이 제일 고민하게 만든다. 첫인상에서 그 사람의 전체를 읽어내기에는 가려진 부분이 너무 많다. 보이는 부분이 좋아서 만남을 이어가다가 전혀 아닐 때는 당혹스럽다. 그 사람의 진심이 조곤조곤 다가오면 희열을 느낀다.

며칠 전 경기도 평택에서 아름다운 사람들이 찾아왔다. 조그만 일이 인연이 되어 만난 사람들이다. 미혼모 쉼터에서 일하는 분들이다. 오면서 미혼모들이 직접 만든 야생화 책갈피와 쿠키를 가져 왔다. 그들을 보내고 꺼내 보며 뭉클했다.

선물은 정성이 우선이다. 오래전부터 내가 정한 규칙이다. 야생화를 따서 말리고 붙이고 하나하나 손으로 마무리하고. 쿠키를 만들며 들인 그들의 진심이 담긴 마음. 값을 매길 수가 없다. 우리가 받은 선물은 나중에 알고 보니 VIP들에게 보내는 거였다. VIP는 우리가 아니라 미혼모들이다. 그들이 다음 세대를 짊어질 것이므로.

들녘에는 초여름이 초록 물감을 풀어 놓았다. 푸름은 희망이다. 유월은 생동감이 넘치는 초록 세상이다. 파란 희망의 계절에 귀한 인연을 만났다. 그 인연은 세상에서 가장 아름다운 선물과 동행했다. 나눔과 배려는 그 어떤 것들보다 소중하고 귀한 가치다. 인간이 지녀야 할 최소한의 양심이며 덕목이다. 세상에서 가장 아름답고 행복한 유월을 당신에게 보낸다.

인연의 덫

아침부터 비가 내린다.

여름인데도 온몸이 으슬으슬 춥다. 기침이 계속 나온다. 독감예방 접종도 했는데 면역력이 떨어진 모양이다. 입맛도 없다.

유리창에 흐르는 빗물을 본다. 비 오는 날은 마음이 심란하다. 책을 펼친다. 한 줄도 눈에 들어오지 않는다. 컴퓨터에선 '비처럼 음악처럼'이란 노래가 쉬지 않고 흐른다. 머리도 텅 비어버렸다.

세상이 싫어진다. 자신도 싫다. 흔적도 없이 사라지고 싶다. 요즘 나는 나의 연결 고리들을 하나씩 떼어 놓는 연습을 하고 있다.

그림을 그린다. 웃고 있는 나와 성난 나를. 그것도 싫증이 나서 라이터를 웃는 얼굴에 대고 불을 붙여본다. 양심은 연기에 질식했고 철면피와 가식은 불 속에서 뛰쳐나온다. 더는 쓸모없는 라이터를 휙 던져버린다.

하얀 종이 위에 네모, 삼각형, 동그라미. 그 위에 위아래와 좌우로 줄을 그린다. 얼기설기 얽힌 선 안에 일그러진 내가 갇혀 있다. 언젠가 보았던 추상화처럼 의미를 알 수 없는 그런 표정, 자세히 들여다본다. 이번에는 하하하 미친 듯이 웃고 있다. 마음속에 비가 내린다.

"무사 경 웃으멘?"

앞집 여자다.

"점심 어떵허연? 골으나마나 안 먹어실거라."

혼자 잘도 주절댄다.

쿨럭쿨럭, 또 시작이다.

"병원 가주게."

내가 병원에 가는 걸 몹시 싫어한다는 걸 뻔히 알면서 재촉한다. 약 먹는 것도 주사 맞기도 싫다. 이럭저럭 그냥 견디다 보면 어느 순간 낫는다. 그때까지 무식하게 기다린다.

"안 먹는 따믄 감기도 제기 낫지 안 헴주."

혼잣말로 중얼대다 그녀는 문을 열고 빗속을 뛰어간다.

따뜻한 아랫목이 그립다. 솜이불을 머리까지 뒤집어쓰고 깊은 잠을 자고 싶다. 다시 깨어나지 못하도록 누군가가 최면이라도 걸어주었으면 좋겠다.

어머니가 불러주던 자장가 '웡이자랑 웡이자랑' 소리가 귓전에서 맴돈다. 아니다. 잠을 자선 안 된다. 여러 갈래의 꿈속 이야기들이 날 시험한다. 아무래도 이 빗속을 달려봐야겠다. 차 키를 만지작거린다. 드르륵하는 소리에 뒤돌아본다.

"이거 먹어. 쓰레기닮뎅 말앙 비벼근에."

그녀는 거무스름한 커다란 냄비를 내게 쓰윽 들이민다. 갓김치에 밥, 시뻘건 고추장, 계란 두 개가 보기에도 먹음직스럽다.

앞집 여자는 혼자 산다. 전깃불도 없는 허름한 창고가 그녀의 보금자리이다. 머지않아 남편과 함께할 수 있다는 꿈에 부풀어 있는 그녀. 남의 이목이 두려워 새벽녘에 두부를 사 들고 가겠단다.

"나 가블크라. 꼭 먹어."

그녀가 가고 난 후 수저로 뒤적뒤적거리다 한술을 떴다. 목이 멘다. 그녀보다 많은 것을 가졌으면서도 괜한 엄살만 피우고 있는 나. 그에게 먼저 손을 내밀기가 두렵다. 냄비 속으로 눈물 한 방울이 톡 떨어진다.

그가 느닷없이 "도무지 이해할 수 없어." 하며 볼이 부었던 날. 눈물샘이 터진 것 같았다. 알량한 욕심이 그를 저울질하고 있었다. 여태까지 내 자존심이 남아 있었던 걸까. 인연은 억지로 떼어낸다고 되는 게 아닌 모양이다.

내가 한없이 작아 보인다.

사랑싸움

사 년째 감귤 값이 바닥시세를 벗어나지 못하고 있다. 내년에는 또 내년에는 좋아지겠지 하면서 버텨왔는데 올해도 마찬가지다. 감귤 값 폭락은 시장 개방과 생산량이 증가한 게 주원인이고, 소비자의 소비패턴 변화도 한몫했다. 거기에다 우리 부부를 포함한 감귤재배농민 모두에게 책임이 있다. 그래도 자꾸 부아가 치민다.

잔소리를 거의 하지 않는 편인데 감귤 문제에서만큼은 남편과 툭하면 티격태격한다. 오늘 아침만 해도 그렇다. 감귤을 공판장으로 보내려고 창고로 갔다. 창고 가득 쌓여있는 감귤을 보니 또 울화가 치밀어 올랐다. 그이에게 옹알옹알했다. 폐기처분 신청하자고 그렇게 말했는데 이제 어떻게 할 거냐고 막 쏘아댔다. 잠자코 듣던 그이는 신청하려고 갔는데 농협은 네 시에 마감했고, 다른 곳에서는 다섯 시에 신청을 마감했단다. 자기더러 어떡하란 말이냐며 외려 버럭 소리를 지른다. 나는 한술 더 떠서 그렇게 미리 서두르라고 하지 않았냐며, 놔두면 누가 그냥 가져가기나 합니까? 라고 언성을 높였다.

그이는 더 말해봐야 득이 될 게 없음을 아는지라 묵묵히 차에 감귤을 싣는다. 나는 씩씩거리며 상자를 날랐다. 감귤을 선과해서 도매시장에 보낸다고 해도 돈이 우리 통장으로 들어오기는커녕 오히려 감귤 값이 형편없으니 돈을 부치라고 할지도 모른다. 그게 걱정이다. 차라리 감귤을 밭에 버리는 게 낫지 않겠냐고 말해도 그이는 요지부동이다.

우리 과수원에서 가꾸고 있는 품종은 궁천조생이 팔십 퍼센트, 고림조생이 이십 퍼센트가 된다. 화학 비료를 쓰지 않아서 감귤 맛이 새콤달콤하다. 그런 탓에 그이는 자부심이 대단하다. 하지만 그런 남편이 어떤 때는 꽉 막힌 사람이라는 생각이 든다.

지난해, 고림조생은 따면서 팔자고 했다. 그런데 가격이 문제였다. 다른 집보다 더 받아야 하고 일반조생하고 같이 취급하면 안 된다고 했다. 도저히 안 되겠다 싶어서, 그럼 선과해서 도매시장에 보내자고 해도 대꾸도 안 했다. 저장하면 더 받을 수 있다며 창고로 감귤을 실어 날랐다.

궁천조생도 마찬가지다. 맛있고 때깔도 좋아서 수확 전부터 상인이 밭으로 찾아왔다. 오래 거래하던 상인이 가져간다고 해도 다 따놓으면 가져가라며 보내버렸다. 아니면 터무니없는 가격을 올려 불렀다. 이러니 거래는 성사되기 어렵다. 감귤로 밥을 해 먹을 수도 없고 왜 저러나 싶어 발만 동동 구른다. 연말이 지나고 일월도 중순으로 접어들었다. 그이를 달달 들볶았다. 그이도 말은 안 하지만 속이 타는 눈치였다. 남편의 마음을 모르는 게 아니다. 조금이라도 더 나은 가격에 팔고 싶은 속내를 어찌 모르겠는가. 그래도 그이가 바보스럽다는 생각에 이맛살이 찌푸려진다.

대부분 극조생은 서둘러 따서 하루라도 더 일찍 시장에 내야 좋은 가격을 받는다. 그이는 이게 안 된다. 나 역시도 마찬가지다. 나무에서 농부의 정성과 태양의 애정을 듬뿍 받고 익어야 한다는 것이다. 한번 소비자에게 나쁜 이미지를 주게 되면 전 감귤 농가에게 피해가 돌아간다는 그이. 나도 동감한다. 하지만 결과가 그게 아니어서 속이 부글부글 끓어오른다.

말보다 몸으로 실천하는 그이. 비상품 감귤도 나무에서 따내고, 최상품의 감귤을 생산하려는 그이가 자랑스럽다. 그런데 우리에게 돌아오는 것은 허탈뿐이라 애가 탄다. 제값을 받으려면 농부의 의식 전환이 먼저 되어야 한다는 그이. 백번 옳은 말이다. 그러나 현실은 어디 그런가. 돈만 된다고 하면 품격조차 팽개치는 농부가 있다. 품격을 이야기하는 것조차 낯이 뜨겁다. 올해 같은 실수를 내년은 되풀이하지 말아야겠다. 묵묵히 땅을 가꾸고 고집스럽게 자기에게 주어진 소명을 다하는 진짜 농부 그이처럼.

오늘 저녁에는 남편이 좋아하는 돔 매운탕을 끓여서 반주를 곁들여 내야겠다.

뿌리를
찾아서

　맑은 날이다. 바람도 간들간들 분다. 나들이하기에 더없이 좋은 날이다. 오늘 동행을 수락한 것은 나를 찾기 위해서이다. 아니, 무력감에서 탈출하려는 필사의 몸부림이다.

　허겁지겁 집결지에 도착했다. 출발 십 분 전이다. 도민 기획 '제주 여성의 공간 탐구'의 리더인 C 시인과 입구에서 마주쳤다. 사무실에서 티타임 후 버스에 올랐다. 모르는 사람들이라 차에 타도 서먹서먹했다. 다행히 G 작가가 일행이다.

　첫 방문지인 와흘리 본향당으로 가는 중이다. C 시인의 해박한 해설에 귀를 쫑긋 세운다. 특이하게 여신이 먼저 좌정했다, 어떤 연유인지 남신이 제단을 차지해버린다. 아내를 내치고 남편이 집을 차지한 설정이 흥미롭다.

　그 당시 제주 사회의 반영이 아닐까 하는 생각이 든다. 유교 이념에 충실한 가부장적인 남성 우월주의의 전형. 여성이 아무리 똑똑해도 남성에게 순종하며 살아야 했던 삶. 그러나 한쪽으로 비켜 앉은 여신이 좌정한 나무는 남신의 신목보다 더 우람하고 잎도 무성하다.

여신의 신목은 제주 여성을 상징적으로 보여준다. 남자는 집에서 애를 보며 빈둥거려도 아내는 밭일과 물질을 하며 가정경제를 책임지지 않았던가. 시집가기 전에도 물질해서 번 돈으로 오빠와 남동생을 공부시켰다.

남신이 좌정한 제단은 말끔했지만 여신 쪽 신목에는 지전들이 너울너울 춤을 춘다. 노랑 색동저고리와 빨간 치마도 입혀놓았다. 설빔으로 바치는 최고의 정성이라고 한다. 예전 헐벗고 굶주렸던 시절에 고운 옷 한 벌은 최고의 공양이었다.

여신이 살았던 삶을 상상하니 시샘이 난다. 이 여인은 그때 얼마나 당당했던가. 애가 넷이나 딸린 과부가 총각과 살림을 차리다니. 나에게 신력이 주어진다면 그럴 수 있을까. 제우스신처럼 소낙비로 변해 누군가를 적실 수는 없을까. 고개를 절레절레 흔든다.

초와 향이라도 갖고 올걸 하며 후회했다. 기자 지성이 영험하다는 곳이지만 내 소원도 들어줄지 모를 텐데 하는 아쉬움 때문이다. 나는 빌 것이 많은 제주 아낙네다. 자식들 잘되고, 돈도 더 많이 벌고, 형제간에 우애도 돈독하고, 늦게 시작한 공부도 계속하고, 좋은 글을 쓰고 싶고, 우아한 노년생활을 소망한다. 욕심이 너무 많아 여신이 들어주지 않을 것 같다.

군것질거리로 가져간 초콜릿을 제단에 올렸다. 초콜릿 드시고 한 가지 소원만이라도 들어주시기를 빌었다.

이 마을 사람들은 행복한 삶을 사는 것 같다. 삶이 지치고 힘들 때마다 신과 독대하여 마음속 깊이 숨겼던 아픔과 소망을 고백할 수 있기 때문이 아닌가 싶다. 오늘은 어제와 내일을 이어주는 징검다리다. 이곳에 모신 신은 조상이자 우리이며 후손이다. 신화를 허무맹랑한 것이라고만 할 게 아니다. 우리가 이어 가야 할 문화이며 가치이다.

정월 신과세 굿을 하면서 마을 공동체는 결속된다. 이 마을에 사는 남녀노소뿐만 아니라 다른 곳에 시집간 여자들까지 마을 굿에 참석한다. 저절로 굿판은 교류의 장이 된다. 현대인은 폐쇄된 공간에서 산다. 하지만 이날은 나만의 공간에서 나와 이웃과 만난다. 신과 인간이 공존하는 곳, 내 자신도 신이 될 수 있는 곳, 본향당을 나오며 여기가 나의 이상향 같다는 생각이 떠올랐다.

환해장성은 시간이 촉박해서 버스로 지나쳤다. 옆자리의 G 작가는 깨알 같은 글씨와 씨름 중이다. 역사와 문화의 연결고리, 신화와 AI의 연결고리, 지금까지 사람들이 지나왔던 길에 우리가 가는 길이 있을 듯하다. 함께 걸을 때 길은 만들어지기에 우리 모두가 같이 길을 찾아가고 있다.

성읍민속마을에 도착했다. 제주에서는 흔치 않게 성곽이 보존된 곳이다. 동, 서, 남문은 개방되고 북문은 폐쇄되었다. 관가가 있던 자리이다. 반상제도에 억울하게 희생된 사람도 있었을 것이다. 숙연해진다. 요즘도 부자와 서민은 존재한다. 인류의 보편적 가치인 평등한 삶을 누릴 권리는 모두에게 주어진다. 하지만 현실은 그렇지 않다. 평등하지 않은 채 역사는 반복되며 흘러간다.

세 채의 초가집을 둘러보며 씁쓸하다. 복원하면서 원형을 훼손시켜 버렸다. K 교수의 설명을 들으며 내내 맘이 쓰리다. 어릴 적 보던 초가와는 너무 다르다. 지붕도 이상하고 흙벽돌은 네모반듯하다. 보기 좋게 하려고 그런 것 같다. 제주 현무암을 원형대로 쌓은 옛 초가가 사무치게 눈에 밟힌다.

마당으로 들어서면 눈에 들어오는 호령창도 잘못되었다. 대문과 판박이로 만든 것을 보니 기가 막히다. 고증을 한 사람도 문제고 주민들에게도 책임이 있다. 이 집 후손은 더 그렇다. 이곳 주민들은 오로지 돈벌이에 혈안이 되어 있는 듯하다. 슬픈 현실이다.

제삿날마다 호령창 옆에 앉아 선조들의 이야기를 들려주던 친정아버지가 사무치게 그립다. 요즘처럼 어른들끼리 화투판을 벌이고, 아이들은 각자 스마트폰에 빠져들지 않았었다. 사촌들이랑 옹기종기 모여앉아 졸린 눈을 비비며 말씀을 듣다 보면 자정은 금방이었다. 어른에게서 집안의 내력과 예법을 자연스레 익혔다. 어머니가 내온 무시루떡과 탕쉬는 꿀맛이었다. 나는 어머니 손맛을 물려받지 못했다.

B집 안을 기웃거리다 들어가 보았다. 설명해주던 교수는 뒤를 따라오다 나가 버린다. 도저히 보존 초가라고 할 수 없다. 마루며 방이며 온 집 안에 거미줄이 쳐져있다. Y시의 전통 가옥들은 관광객 숙소로 인기가 많다. 깨끗하게 꾸며진 그곳 전통가옥과 돈벌이 도구로 전락한 이곳 보존초가가 극명하게 대비된다. 허탈하다.

J집 마당에는 몰방애가 있었다고 한다. 그 당시 마을에 한 곳 정도 몰방애가 있었던 점을 감안하면 천석꾼이었던 것 같다. 물팡도 물구덕 세 개는 부려놓게 컸다. 하지만 지금은 뒤뜰에 대나무만 무성하다. 부귀를 누린 집안에 영락이 애잔한데 연분홍 봉선화는 곱게 피어 우리를 반긴다. 대나무에 스며드는 바람 소리가 발길을 붙잡는다.

다른 지방의 전통가옥이 여성 공간인 안채와 남성 공간인 사랑채로 공간을 분리한 데 반해 제주 초가에선 경제력이 강한 세대가 사는 안거리와 경제력이 약한 세대가 사는 밖거리로 공간을 분리했다. 하지만 제주의 초가 내부 구조에서도 남녀차별은 나타난다. 상방은 주거생활의 중심이자 관혼상제, 가족 집회, 손님 접대 등의 기능을 충족시키는 남성 중심의 공간이다. 상방은 가장 높은 지위를 지닌 문전신이 머무는 곳이기도 하다. 그리고 여성 전용공간인 챗방과 고팡, 정지가 있다. 집으로 들어올 때도 남자는 난간을 거쳐 대문으로 들어오고, 여자는 정지문으로 들어왔다. 남녀의 착석 위치도 구별되어 상방 뒤쪽에는 여자들이, 앞쪽에는 남자들이 앉는다. 상방 뒤쪽은 정지, 챗방, 고팡, 장항 등 여성전용 공간과 연결되고, 앞쪽에는 큰구들이 위치하고 있어 제사 때는 큰구들과 상방을 이용하기 때문에 주로 남자들이 자리를 잡는 곳이다.

제주 여인들은 생활력이 강해 집안의 경제를 책임졌지만, 여러 면에서 남자들과 차별된 삶을 살았다.

제주는 특이하게 안거리에서 부모가 살다가 노쇠해지면 자식에게 안거리를 물려주고 밖거리로 옮겼다. 안거리와 밖거리엔 정지가 따로 있었다. 이는 경제단위가 다르다는 것을 의미한다. 제주에서는 자식이 부모를 봉양하지 않았다. 자식과 부모 간에도 수를 눟었다. 일방적인 거래와 희생은 있을 수가 없었다.

간혹 육지 분들은 불효막심하다고 흉을 보기도 한다. 문화의 차이에서 생긴 오해이다. 자식은 부모를 봉양하진 않지만 같은 마당에 살면서 부모의 건강을 살피고, 부모는 조언을 하되 간섭하지는 않는다. 서로에게 매이지 않는 실용적인 문화다. 핵가족화된 현세대에 맞는 세대갈등을 해소할 수 있는 문화이다. 제주 선조들은 이처럼 선견지명이 있었다. 오몽해질 때까지는 자식에게 의지하지 않으려는 제주 사람들의 자주성과 독립정신이 자긍심으로 다가왔다. 집은 그 지역의 풍토에 맞게 지어야 한다는 걸 새삼 느꼈다. 그게 곧 문화의 반영이란 것도.

어느새 시간이 많이 흘렀는지 배에서 쪼르륵거리는 소리가 들린다. 이런 사정은 아랑곳없이 한 곳을 더 거쳐야 할 모양이다. 관청 할멈이 좌정한 사당이다. 할망은 조선 시대에 목사가 부임해 오면 같이 살았던 현지처이다. 임기가 끝나 목사는 돌아가고 여인은 제주에 남는다. 남자는 정을 잊지 못해 비단이며 패물들을 자주 내려 보낸다. 주민들이 어려운 일을 이 여인에게 하소연하면 한양 남자에게 전해서 해결해 주었다.

불교에서는 스님이, 교회에서는 목사가 신의 중계 역할을 한다. 여인은 민과 관의 중계자였다. 할망은 불교나 교회와 달리 인간 사이의 중계자로서 상징성이 특이하다. 신이 아니고 평범한 인간, 할망의 손지 사랑은 각별하다. 손지가 할망에게 응석부리면 다 들어준다. 나도 할망에게 빌어본다. 할머니! 우리 부부 소소한 일에 신경 곤두세우게 하지 말아 주옵소서.

유난히 패물을 좋아해서 구슬 할멈으로 불리기도 한다는 분. 벽에 걸린 보랏빛 한복을 곱게 입고 환하게 웃는 것 같다. 덩그러니 놓인 두 개의 기와, 남자와 여자의 상징이며 부부화합의 상징이다.

혼인지에 도착했다. 도시락을 받으려고 줄을 섰다. 난민의 행렬인 듯하다. 잔디밭에서 삼삼오오 앉아 먹는 점심은 꿀맛이다. 관리인은 이곳에 많은 투자를 한다며 자랑이다. 전통혼례도 올리고 피로연 장소도 새로 만든다고 열을 올린다. 그러나 지금 있는 그대로 두면 좋겠다는 욕심이 생긴다. 자꾸 원형을 잃어가는 데 대한 아쉬움이다. 하지만 이곳에서 혼례를 치르고 혼인지 설화처럼 신방을 차린다면 멋진 추억이 될 듯도 하다.

삼신인과 벽랑국에서 온 세 여자가 신방을 차렸다는 굴을 보며 의아했다. 저 안에 누웠으면 등이 아팠을 것 같다는 내 말에 C 시인은 한번 누워보라며 등을 떠밀었다. "같이 누울 사람이 없어서…"라는 내 대답에 한바탕 배꼽을 쥐었다.

둥그스름하고 움푹 팬 모양이 클리토리스를 닮았다. 풍만한 둔부를 연상시키기도 한다. 대지의 어머니로서의 부드러운 곡선미를 느낀다. 직선은 날카롭고 불안하다. 곡선은 완만하고 여유롭다. 그 부드러움으로, 그 풍만함으로 사냥하던 거친 남자를 품어주던 신방이다. 보잘것없어 보이는 이곳이 삼성 신화를 열어가는 소우주였다. 세 쌍의 할망은 새 시대가 왔음을 알리는 서막이었다. 물고기를 잡고 짐승을 사냥하던 시대가 가고 곡식을 기르고 가축을 사육하는 농경 사회가 시작되었다.

마지막으로 간 곳은 해녀 박물관이다. 전시된 사진을 보며 향수에 젖었다. 물질을 끝내고 불턱에서 언 몸을 녹이는 삼춘들. 그때 불을 피우느라 유난히 볼이 빨갛던 순이는 잘살고 있는지 궁금하다.

이층으로 올라갔다. 철사로 만든 해녀 조형물이 기다리고 있다. G 작가는 해녀 뱃속에서 유영하는 고기들을 보며 혀를 찬다. 제주 여자가 자립심이 강하다는 걸 강조하려는 의도는 좋은데, 잠녀가 경제 도구로 인식되는 게 문제라고 말한다. 고된 물질을 하고 나와 맨몸으로 선 그녀들. 돈의 노예로 비췄다면 너무 비약일까. 그녀들 노동이 제주를 일으킨 원동력이 되었다. 그러나 돌아서는 발걸음이 무겁다.

조천 바닷물이 쪽빛이다. 가마우지가 바위에 홀로 앉아 있다.

농부의 일상

오락가락하는 장마 날씨. 오래간만에 쨍하고 해님이 웃는다. 하늘을 쳐다보지 못할 정도로 무덥다. 농부에게는 고맙다. 궂은 날씨에 하지 못한 병해충 방제를 할 수 있겠다. 고온다습한 날씨는 각종 병해충에겐 최적의 조건이다. 보름 전에 말끔하게 예초해 놓은 과수원, 그이의 수고는 온데간데없고 온갖 풀의 낙원이다.

감귤나무가 푸른빛을 뽐내는 칠월. 작년에 체험객을 맞느라 늦게까지 놔두었던 감귤나무가 올해는 쉬겠다고 통보해왔다. 한 줄 건너뛴 감귤나무는 이쁜 초록 자식들을 키우고 있다. 열매 달린 나무가 부러운지 아니면 '괜찮아, 나는 내년엔 너보다 더 이쁘고 맛난 열매를 키울 거야.'라고 다짐하는지. 열매가 달리지 않은 나무가 빤짝빤짝 빛나는 눈길을 보낸다.

감귤이 달린 나무, 아주 작은 것과 잎사귀에 스친 열매를 솎아내고 있다. 궤양병이 터를 잡은 잎이 수두룩하다. 작년에 어찌어찌하다 보니 다 따내지 못했다. 서둘러야겠다. 한눈팔다 과수원 전체가 저들 세상이 된다. 다 딴 것 같아도 다음 날 가보면 또 있다. 그대로 두면 열매에 옮겨가서 아픈 감귤이 되어버린다. 치료시기를 놓쳐버려 한숨짓는 환자의 가족과 다르지 않다.

초봄에 석회보르도액을 두 번 뿌려주었다. 지난해의 병반이 남아 있어서 균이 빗물을 타고 퍼졌다. 태풍이 지나가면 24시간 이내에 적용 제재를 살포해야 한다. 게을러서가 아니다. 태풍은 비를 동반하기 때문에 시기를 놓치기 일쑤다.

감귤이 달리지 않은 나무는 여름 순이 무성하다. 이듬해 결과모지를 위해 이 순을 잘 관리해야 한다. 귤굴나방과 진딧물은 연한 순을 잘도 찾아온다. 우리가 끼니때를 놓치지 않듯이. 어린잎에 진을 쳐서 즙을 빨아 먹고 기생한다. 귤굴나방과 진딧물은 충이다.

귤굴나방은 잎, 가지 과실에도 산란하지만 주로 잎맥 부분에 산란한다. 여름 순과 가을 순에 피해가 심하다. 유충은 감귤 잎 표피를 뚫고 들어간다. 하얀 실 같은 유충이 통통하게 자라면서 감귤 잎에 세계지도를 그린다. 잎은 쭈글쭈글해지고 탄소동화기능을 상실한다. 피해 잎은 궤양병균이 침입하여 궤양병이 발생하기 좋은 조건이 된다.

비가 오다 잠시 멈추면 재빨리 방제 작업을 해준다. 늑장을 부리면 궤양병균과 씨름해야 한다. 경기에서 지면 의미가 없듯이 균과의 씨름에서 반드시 승리하려고 사투를 벌인다. 코로나19 방역하는 분들이 사투를 벌이듯이 물러서지 않고 방패막이로 차단한다.

진딧물도 연한 순 뒷면을 찾아 둥지를 튼다. 나무 아래에서 개미가 일렬로 오르내린다. 이런 나무는 잎에 진딧물이 다닥다닥 붙어있다. 이 두 녀석은 공생한다. 진딧물 분비물을 개미가 먹는다. 진딧물은 개미에게 양식을 제공하고, 청소까지 시킨다. 영악한 친구다.

진딧물은 겨울눈 부근에서 알로 월동한다. 봄부터 부화하여 간모(幹母)가 된다. 간모는 모두 암컷이다. 봄부터 2~3세대 경과 후 유시충이 생겨 여름기주로 옮겨간다. 여름기주에서 단위생식으로 세대를 되풀이한다. 10월 중순부터 유시충이 생겨 다시 월동기주로 날아온다. 여기에서 산란성 암컷이 되면 여름기주에서 날아온 수컷과 교미 후 겨울눈 부근에서 수정란을 낳는다. 양성생식을 한다.

1년에 10세대까지 발생할 수 있다. 1일 낳는 알은 6개, 암컷 한 마리가 평생 50~60마리의 알을 낳는다. 산자(새끼)의 수명은 봄, 여름엔 약 17일, 가을인 경우는 27일이다. 평상시 날개가 없다가 아사가 의심되면 날개가 생긴다. 날개가 있어서 다른 나무로 이동한다. 특이하게 알과 새끼를 낳는다. 방심하면 순식간에 진딧물 세상이 되고, 그대로 두면 나무 전체가 시커멓게 된다. 열매도 진득진득한 액을 뒤집어쓰고, 숯검정이 되어버린다.

진딧물 천적은 꽃등에, 진디벌, 무당벌레, 진디혹파리, 풀잠자리이다. 진딧물을 방제하려고 식물보호제를 쓰면 천적들도 사멸된다. 해충과 익충이 동시에 사라진다. 지속 가능한 농업을 해야 하는 이유가 여기에 있다. 현실과 이상 사이에서 갈등하게 된다. 딜레마다.

인간이 안전하고 건강하려면 땅과 나무가 건강해야 한다. 다 가지려고 하면 안 된다. 경제를 조금 내려놓아야 지속 가능한 농업을 할 수 있다.

몇 년 전, 시커먼 한라봉을 물로 씻고 또 씻은 쓰린 기억이 있다. 맛은 차이가 없다. 궤양병, 창가병. 진딧물을 뒤집어써도 똑같다. 그러나 볼품이 없다.

소비자는 입으로 먹기 전에 눈으로 먼저 보고 산다. 못생겨도 안전하고 맛만 좋으면 되지 않느냐고 한다. 그래도 시각적 요소를 무시하지 못한다. 시장의 요구와 소비자 트렌드를 재빨리 파악해서 상품을 만들어 가는 여정 또한 순탄하지 않다. 그래도 물러서지 않고 나아가야 하는 것이 농부의 숙명이다.

시장에 내놓기도 부끄럽다. 지저분한 귤을 누가 사겠는가. 무농약이나 유기농은 예외다. 그 외는 지저분하면 외면한다. 외관도 미끈하고 맛도 좋으면 금상첨화다. 시장에 내놔도 소비자에게 떳떳하다.

지난해에는 창가병 때문에 곤욕을 치렀다. 한 해 감귤 재배 시작은 창가병 방제다. 월동 병해충은 날씨가 따뜻해지면 기지개를 켠다. 영상 10도에서 13도 사이가 되면 월동 병해충이 활동하기 시작한다. 복숭아꽃 피는 시기도 이즈음이다. 농부의 발걸음이 날개를 다는 것도 이때다.

2-6식 보르도액에 기계유유제를 섞어서 뿌려주고 한 달 후, 창가병 방제를 했다. 시기를 놓치면 일 년 농사가 허탕이 되기 쉽다. 작물보호제 비용은 배로 들어가고 방제하기도 어렵다. 과원을 미리 예찰하고 기상 여건과 온도를 수시로 살피며 재빠르게 움직였다. 아프고 쓰린 기억을 되풀이하지 않으려고 종종댔다. 실패에서 얻은 교훈이다.

농업에서 적자가 생겨도 농업 경영주는 물러날 수가 없다. 마음 독하게 먹고 흑자로 전환하기 위해 신발 끈을 다시 조여 맨다. 농사도 과학을 접목해서 지어야 하는 시대가 되었다. 기후 온난화로 온도는 점점 상승하고 있다. 갑작스런 폭우, 극심한 가뭄, 장기간에 걸쳐서 내리는 비,폭설 등을 피할 수는 없다. 진짜 농부는 응급 사태에 재빠르게 대응한다. 손을 놓고 뒷짐지지 않는다.

작년에는 팔월 한 달 내내 내린 비로 인해 노지 감귤 맛이 밍밍했다. 일조량이 부족해서 당을 축적하지 못했기 때문이다.

비나 태풍, 가뭄과 우박, 천재지변은 인간으로서 어쩔 수가 없다. 그러나 병해충은 방제할 수 있다. 예찰해서 적기에 예방하면 방제 횟수를 줄일수 있다. 우리는 방제 횟수가 일 년에 여섯 번이다. 다섯 번 하고, 네 번으로 갔다가 되돌아와서 다시 여섯 번이다. 네 번으로 끝내려는데 쉽지 않다. 방제를 안 하고 농사를 지을 수 있다면 얼마나 좋을까. 꿈같은 생각일지도 모른다. 꿈이 현실이 되는 날을 준비하며 기다려본다. 이런저런 핑계를 대면 영원히 하지 못한다.

이세리아깍지벌레는 방제하지 않는다. 조그만 통을 들고 다니며 나무에서 손으로 떼어낸다. 삼 년을 했더니 말끔하다. 깍지벌레가 보이면 자동적으로 손이 가 있다. 처음에는 징그러워서 고개를 돌리며 손을 놀렸다. 지금은 룰루랄라 하며 한다.

농부라는 직업은 종합예술인이다. 인내하면서 해야 하는 종합예술이다. 만인의 연인이어야 하고 자애로운 어머니여야 한다. 아프다는 가녀린 소리가 들리면 오밤중이라도 달려가야 하는 자애로운 어머니이자 때때로 엄한 역할도 마다하지 않고 해야 한다. 나무에 햇볕이 골고루 잘 들도록 전지 전정을 해줘야 하기 때문이다. 고해성사하듯 나뭇가지의 생살을 절단한다. 아프니까 청춘이 아니라 아프면서 성숙한다.

새순을 틔우고 하얀 꽃을 피우고 황금 열매를 키워내는 감귤나무로.

주: 진딧물, 귤굴나방,《삼고 해충학》에서 일부 인용함.

제5부

푸르름으로
가득한 세상

시창작론
첫 강의 시간

교수가 들어오기 전
강의실은 엄숙하다
지난 시간에 써 놓은
문학이란 두 글자
혼자서 춤을 춘다
듬성듬성 앉은 학우들
이 빠진 사발을 닮았다
책상 위에 걸터앉은
교수
시어와 담화
혼자서 중얼중얼
안경 너머로 드러나는 두 눈동자
시공간을 넘나든다
저 눈빛과 어조는

.

.

.

랭보와 사르트르

아쿠타가와 류노스케

이

상

봄은 멀고 꿈은 아득하다

사월의
기도

벚꽃이 활짝 웃고 있습니다. 개나리, 민들레, 제비꽃, 유채꽃. 온 섬이 꽃으로 수를 놓았습니다. 노랑나비는 팔랑팔랑 봄을 날갯짓합니다.

꽃길을 걸어봅니다. 살랑대는 봄바람, 나의 머리에도 어깨에도 길에도 하얀 꽃비가 내립니다. 꽃비는 나의 호주머니에서 사월과 술래잡기를 합니다. 왁자지껄한 상춘객들 점퍼, 봄 색깔입니다. 사월은 곱기도 하지만, 아픈 계절입니다. 무자년 사월, 삼촌은 봐도 못 본 척, 들어도 못 들은 척하며 그 시절을 살았습니다. 어디를 둘러보아도 암울했던 흔적은 없습니다.

서귀포 칠십리 시공원에는 봄빛이 완연합니다. 천지연 폭포 물빛, 푸른 물감을 풀어 놓은 듯합니다. 절벽 위, 나무마다 초록빛이 반짝입니다.

정지용 시인의 백록담 위로 봄 햇살이 춤을 춥니다. 시비는 나비들의 놀이터가 되었습니다. 노란 햇살과 나비, 영혼을 일깨우는 시어들, 한 폭의 수채화입니다. 자연 그대로의 멋, 사월이 주는 선물입니다.

봄볕과 놀던 가이아가 미소 짓고 있습니다. 가이아님! 사월에 많은 것을 바라지 않습니다. 아주 작은 소망 하나. 삼십이 년 만의 폭설은 제주 땅에 다시는 없었으면 합니다. 폭설로 인해 제주 경제가 위축되고 농부님들 화병이 도지는 일, 원치 않습니다. 풀피리를 불어 주십시오. 비발디의 사계 중에서 봄을 들려주십시오.

대지에 풍요의 씨앗을 뿌려 주십시오. 적당히 비를 내려주시고, 태풍이 아닌 산들바람이 불어오게 하소서. 바람은 또 다른 바람으로. 반목이 아닌 화해의 바람, 미움이 아닌 사랑의 바람, 멸시가 아닌 칭찬의 바람, 혼자가 아닌 더불어 가는 바람. 이 모든 바람이 희망으로 피어나기를 소망합니다.

태평양을 건너와 서귀포 칠십리 시공원에 활짝 피어난 봄. 저 동토의 땅으로 보냅니다. 서귀포의 봄 향기를 가득 담아서.

머지않은 날, 이곳에서 봄의 교향악을 함께 부를 날을 손꼽아 기다립니다. 그날이 하루빨리 왔으면 좋겠습니다.

눈 그리고
경제

첫눈이 펑펑 내린다. 솜 같은 함박눈이다.

내가 사는 도순 마을에는 십일월 이십삼일에서 이십오일 사이에 첫눈이 내린다. 올해는 윤달이 있어서인지 작년보다 한 달하고도 이십 일이나 늦게 내렸다. 어르신들 말에 의하면 윤달이 드는 해는 절기가 늦다고 한다. 다른 요인으론 기후변화 영향도 있는 것 같다.

농부는 늦게 내린 눈이 고맙다. 서둘러서 감귤을 따낸 농가는 한시름 놓는다. 일손을 구하지 못한 고령의 영세 농가는 한숨이 절로 나온다. 수확하지 못한 감귤에 눈이 내리면 상품 가치가 없어진다. 거름 주고 병해충 관리하고, 여름 내내 풀과의 전쟁을 치르고. 자식처럼 키운 열매를 속울음 삼키며 버려야 한다. 한 해 농사를 망쳤다는 허탈감은 이루 말할 수 없다.

기온이 영하 3도 이하로 내려가면 감귤이 얼어버린다. 매끈하던 감귤이 퉁퉁 불어버린 걸 보면 미안하고 안타깝다. 육지에서 온 분들은 땅이 있어서 부럽다고 한다. 맞다. 한라산이 뒷동산인 과수원이 있어서 좋다. 다만 작년처럼 일 년 수고의 대가가 제로일 때는 암담하다.

요즘에는 남의 일을 하러 다니는 분들이 오히려 낫다고들 한다. 오죽하면 그런 말이 나돌까. 나도 감귤 수확 전 남의 일을 하러 다녔다. 겹벌이를 뛴 셈이다. 통장이 비지 않아서 좋았다. 연말에 좋은 일에 쓸 거여서 기쁨은 배가 되었다. 조그만 정성에 웃음꽃이 필 풍경에 절로 신바람이 났다. 어려움은 더 춥게 다가온다. 따뜻한 온기로 채울 수 있기를 소망했다.

작년 농가 부채가 눈덩이처럼 불어났다. 감귤 값 폭락에 천덕꾸러기가 된 감귤을 보며 생살을 도려내는 고통을 맛본 제주 농부들. 시장은 이상하게도 값이 올라가면 불티나게 팔리고, 값이 폭락하면 매기조차 한산하다. 생산량이 줄어도 값이 오르지 않을 때가 있다. 맛이 좋으면 잘 팔린다. 작년은 맛이 떨어지고 생산량도 많았다. 다행히 우리는 좋은 고객들이 있어서 위기를 넘겼다. 함께 가야 할 고마운 분들이다.

농사는 결코 쉬운 직업이 아니다. 자연과 함께 가야 하는 고달프고 어려운 여정이다. 감귤과 한라봉 농사를 사십오 년 동안 지으면서 터득한 사실이 있다. 농부의 역할은 삼십 퍼센트밖에 안 된다는 것을. 칠십 퍼센트는 하늘이 짓는다. 삼십오 년 전 우리 부부는 자연을 거스르는 농사를 짓다가 다 내려놓을 뻔했다. 세상에서 가장 행복한 농부로 살아가기까지 이십 년이란 세월을 투자했다. 우리 부부와 아들 셋, 온 가족 똘똘 뭉쳐 한마음 한뜻으로 버텼다. 경제를 모르고 자연을 얕잡아본 대가를 톡톡히 치렀다.

우리 집은 지난주에 감귤 한라봉 수확을 다 마쳤다. 첫눈이 서설이라며 웃음꽃을 피우고 있다. 경자년에 해야 할 일을 다시 점검해 본다. 우리의 목표와 지향점, 제대로 가고 있는지 보완해야 할 부분은 없는지 각자

의견을 말하는 이 순간이 좋다. 목소리를 크게 내지 않으면서 분명한 소신을 밝히는 자리다. 서로의 의견을 듣는 자세가 흐트러짐이 없다.

눈의 경제적 가치에 관해 이야기한다. 농부의 관점에서는 여름 가뭄을 해소해준다. 병해충의 밀도를 줄여준다. 병해충 방제에 들어가는 식물보호제 비용을 절감시킨다. 게다가 병해충 방제 인력을 줄일 수 있다. 이렇게 되면 생산 원가가 줄어들어서 농가 소득이 올라간다.

농부는 할 일이 많다. 자연의 이치를 알아야 하고, 시장 흐름을 알아야 하고, 세계 경제동향을 파악해야 한다. 도시에서 살다가 지치면 '농촌에 가서 농사나 지어야지.' 하는 사람을 보면 할 말을 잃는다. 귀농했다가 몇 년 안 되어 다시 돌아가는 사람은 농사와 농부를 얕본 사람들이다. 모든 일이 그렇지만 농사일은 대충대충 하면 금방 티가 난다.

농사는 아무나 할 수 없다. 우주의 원리를 알고, 땅의 소중함을 알고, 동식물과 자연과 함께 살아가야 할 소명을 지닌 사람만이 할 수 있는 게 농사다.

하얀 눈을 보며 화를 내는 사람은 많지 않을 것이다. 아이들과 눈사람 만들기, 눈싸움하기, 눈썰매 타며 동심의 세계를 여행하는 즐거움, 눈이 있어야 누릴 수 있는 행복이다.

온 세상이 하얀색인 날은 복잡한 세상사를 내려놓을 수 있어서 좋다. 곱고 달콤했던 유년의 뜰에서 무성영화 같은 장면들을 추억한다. 친정 부모님, 형제들, 동네 친구들, 아련한 그리움과 애틋함, 다시 돌아갈 수 없는 평화의 공간 등을 그려보며 가슴이 따뜻해진다. 이 겨울, 첫눈이 아니었으면 불러내지 못할 장면들이다.

육지로 시집간 친구는 나를 추억할까. 둘이 자주 가던 곳, 미나리 캐고 빨래하고 참게와 미꾸라지 잡던 물 맑은 꿩망 앞 용천수, 덫에 걸린 암꿩을 둘이 사투 끝에 포획해서 가슴에 안고 의기양양하게 집으로 돌아왔다. 옷은 너덜너덜하고 얼굴에 생채기가 난 여식을 보며, 아버지는 불호령을 내렸다. 산짐승은 집에 들이지 않는다는 거였다. 서럽게 울며 꿩을 제자리로 가져가 날려 보냈다. 꿩은 날아가며 '제나 잘콴다리' 했을 것이다. 내가 살려줬는데, 하긴 아버지가 생명의 은인이다. 기억에는 그대로인데 지금은 옛 모습이 온데간데없다. 다 잊어버려도 좋다. 다 없어져도 좋다. 세파에 떠밀려 유랑하지 않기를 바랄 뿐이다.

모든 것을 부정적으로 생각하면 긍정은 설 자리가 없다. 긍정으로 바꾸려면 미리 대비하고 대처하면 된다. 그래야 위험 요소를 줄일 수 있다. 가만히 있다가 날벼락을 맞아서는 안 된다.

눈의 부정적인 면은 난방비가 많이 든다는 것이다. 따뜻함의 반대인 추움에서 오는 부대 비용들이 추가된다. 노면이 얼어 교통사고가 늘어난다. 미끄러져서 골절상을 입기 쉽다. 폭설이 쌓이면 섬인 제주는 심각하다. 항공기는 뜨지 못하고. 촌각을 다투는 비즈니스우먼(맨)들은 난감해진다. 비닐하우스는 눈의 무게를 견디지 못해서 쓰러진다. 열풍기를 들여놓지 못한 농가는 작물과 과일이 동해를 입는다. 텅 빈 가슴이 되어 아무것도 할 수 없는 상황이 오지 않기를 간절히 또 간절히 빈다.

나에게 좋은 것이 남에게는 폐가 되고, 남이 좋은 것이 나에게 다 좋을 수는 없다. 그래도 이해하고 배려하며 공존해야 한다.

영화 '러브레터'가 등장했다. 큰아들은, 가슴이 아파 이 편지는 차마 보내지 못하겠어요. 이 추억들은 모두 당신 거예요. '오겡키데스카?' 하며 '와타나베 히로코' 역을 내레이션한다. 안부를 물어주는 장면이 연상되어 애잔하다. '후지이 이츠키' 눈빛 연기를 둘째 아들이 재현했다.

초원의 빛이여! 꽃의 영광이여! 다시 그 시간은 돌이킬 수 없어도 슬퍼하지 말고 그 속에 숨어 있는 힘을 찾아내리. 월마가 되어 낭송한 나. 첫눈 오는 날, 단란한 풍경, 눈이 만들어 낸 끈끈한 가족애. 새 식구가 들어와 더 다복하고 아름답기를, 더 결속되고 평화롭기를, 더 조화를 이루어 서로 배려하기를.

두 영화 모두 눈이 배경이 된 명장면들. 오래도록 뇌리에 각인되어 있다. 이 모든 게 눈이 내려야 가능한 일. 눈은 유형의 경제로 이어진다.

'불편하니까 안 해도 된다.'라고 하면 해야 할 일은 어떤 게 있는가. 안 하면 경제는 없다. 셧다운 되면 안 된다. 불편해도 힘들어도 움직여야 경제가 돌아간다. 경제를 움직이는 힘은 사람, 자원, 가치, AI이다. 이 넷에 이천이십년을 올인한다.

사랑으로

칼날같이 예리한 하늬바람이 옷깃을 파고든다. 간간이 눈발까지 날려 농부의 마음을 종종대게 한다.

나무에서 눈을 맞으면 감귤은 껍질이 부풀어 올라 상품 가치가 떨어진다. 올해 감귤은 예년보다 맛이 좋다. 하지만 풍작이어서 가격은 곤두박질친다. 하루쯤 따내면 수확을 마무리할 수 있었다.

눈이 오기 전에 마치려고 부지런히 손을 놀렸다. 삼 일째 내리는 눈이 얄밉다. 열매를 매단 채 한겨울을 견디는 감귤나무, 내 맘은 아랑곳하지 않고 의연하다.

눈이 많이 내리면 풍년이 든다고 한다. 월동하는 해충 밀도를 줄여주어 농사에도 도움을 준다. 하지만 없는 사람에게 겨울은 지옥이다. 많이 가진 자들은 폭설이 내리든 말든 개의치 않는다. 추운 겨울 난방비며 김장 걱정도 할 필요가 없다. 없는 사람에겐 그나마 여름이 천국이다. 어디에서건 눈을 붙여도 상관이 없다. 오갈 데 없는 이는 추위를 견디려고 약주라도 마셨다가 찬 데서 자버리면 동사하기 딱 알맞다.

그래도 나는 겨울이 좋다. 온 세상이 은세계가 된 풍경을 보면 철딱서니 없이 신이 난다. 수확하지 못한 감귤 걱정도 잠시 잊게 된다. 밀린 집안일을 뒤로하고 지인들에게 보낼 편지지며 엽서를 사려고 마트에 갔다. 입구에는 구세군 종소리가 추운 마음을 녹여주고 있었다. 그 앞에서 멈칫했다. 애써 고개를 돌리며 지나쳤다. 필요한 물품들을 고르면서도 신경은 온통 밖에 가 있었다. 무엇에 쫓기듯 필요한 것들을 다 사지도 못하고 나와버렸다.

들어갈 때와는 달리 어린 학생 둘이 종을 흔들고 있었다. 매서운 바람을 개의치 않고 사랑을 울리고 있었다. 저 냄비에 돈을 넣긴 해야겠는데, 액수가 문제였다. 고민하다 지폐 몇 장을 넣고 도망치듯 지나왔다. 나눔에 인색한 자신이 부끄러웠다. 어쩔 수 없었다. 경남 밀양의 노인은 평생 운영하던 식당을 처분한 돈 전액 4억을 좋은 일에 기부했다고 한다. 생각이 가벼운 사람은 좋은 일을 하면서도 티를 내고 진중한 사람은 그 깊이만큼 속내를 드러내지 않는다.

후배 중에 H가 있다. 작년 이맘때, H는 감귤 몇 컨테이너가 필요하다고 했다. 괜히 기분이 좋아진 나, 시내 나가는 길에 배달까지 자처했다. H는 키가 작달막하고 거동이 불편하다. 하지만 오랜만에 본 그는 더욱 씩씩했고 얼굴에 웃음꽃이 피어났다. 그에게 감귤을 이렇게 많이 뭐 할 거냐고 물어봤다.

"제주시에 가정 가젠 마씨. 고찌 가민 좋으쿠다."

그러잖아도 학교에 가는 길이고 호기심도 발동해서 승낙했다. 그를 따라간 곳은 탑동 근처 허름한 슬레이트집이었다.

"아는 집?"

"예!"

"누게네?"

"지현이네 집이우다."

"조카?"

"아니마씨."

"게민?"

"알구젱헌 거 하난 먹구젱 헌것도 하쿠다. 양!"

더 묻다가 이상한 사람 되겠다 싶어 그만뒀다. H가 지현아! 하고 부르자 웬 노인이 얼굴을 내밀었다. 노인은 몇 년 만에 만난 자식을 반기듯 우리를 맞아주었다.

"지현이넨 마씨?"

"가인 방학허난 아르바이트 가고 아신 놀레 간."

우리가 갖고 간 감귤이며 양념 통닭을 받으며 어쩔 줄 모르는 노인. 꿔다 놓은 보릿자루처럼 멍하니 섰다가 먼저 나와 버렸다.

얼굴이 화끈거렸다. H는 소년 소녀 가장인 오누이와 정을 나누고 있었다. 누나인 지현이는 고등학교를 졸업하고 직장에 들어가게 되었다고 싱글벙글했다. 그 오누이를 이십 년이 넘게 후원하고 있었다. H도 그리 넉넉한 편이 아니다. 그런데도 일정 액수를 떼어내 좋은 일에 쓰고 있었다. 알고 보니 그는 작은 거인이었다.

남을 돕는 일이 어디 그리 쉬운가. 마음만 먹는다고 되는 것도 아니고 실천에 옮기기는 더욱 어렵다. 없는 사람은 없어서 못 하고, 있는 사람은 있어서 평계가 생긴다. 지갑의 무게를 자꾸 측정하게 되는 습관부터 버려야겠다. 액수가 작으면 대수인가. 형편대로 베풀며 정을 나누다 보면 추위쯤 이길 수 있을 것이다. 혼자는 춥고 외롭다. 며칠 남지 않은 올해, 따뜻한 마음이 자선냄비에 가득했으면 좋겠다. 사랑으로.

다랑쉬 오름
그리고 환영幻影

　어젯밤에도 잠을 설쳤다.

　무거운 머리를 식히려고 마당으로 나왔다. 하늘도 잔뜩 찌푸렸다. 이런 날 집에 있어도 일이 손에 잡힐 것 같지 않다. 다랑쉬 오름으로 가기로 했다.

　친구와 처음 그곳에 간 게 삼 년 전이었다. 둘 다 초행이어서 들어가는 입구를 찾지 못해 애를 먹었다. 가시덤불에 긁히고 가파른 길을 헉헉대며 올랐다. 오늘은 다르다. 수많은 사람이 다져놓은 길을 따라 편안하게 오르고 있다.

　1992년 4·3사건 희생자 유골 11구가 발견된 다랑쉬굴이 있는 곳은 어느 쪽일까. 오름 주변 유격대원들의 요충지는 어땠을까. 이런저런 생각을 하며 묵묵히 발길을 옮겼다.

　올라올 때의 피로는 정상에 서면 눈 녹듯이 사라져 버린다. 시야에 가득한 은빛 물결, 주변의 올망졸망한 오름의 자태들. 그것들은 보는 각도에 따라 풍만한 여성의 젖가슴, 혹은 둔부로, 때론 어머니의 품속처럼 포근하게 다가온다. 이곳이 그 참혹함을 간직한 곳이라는 흔적은 어디에도 남아 있지 않다.

자연의 아름다움에 동화되어 마음이 한없이 넓어진다. 내가 지닌 것, 갖고 싶은 것들이 지금의 내겐 관심 밖이다. 돌 틈도 마다않고 자라나 꽃을 피운 보랏빛 들꽃의 다소곳함, 바람 따라 이리저리 흔들리는 억새의 향연, 오름 자락에서 한가로이 풀을 뜯는 조랑말에 넋을 뺏겨버렸다.

가을 들녘에 서면 누구든 시인이 된다는 말이 실감난다. 그러나 무딘 가슴은 시는커녕 수필 한 편 쓸 영감조차 떠오르질 않는다.

배 안에서 전쟁이 났다. 륙색에서 요깃거리들을 주섬주섬 꺼냈다. 융단처럼 고운 잔디 위에 차린 식탁은 풍성하다. 갖고 내려가기가 귀찮아 감귤까지 다 먹어치웠다. 눈꺼풀이 자꾸 감겨 잔디 위에 벌렁 드러누웠다.

꿈을 꾸었다.

나는 비를 맞으며 어딘가를 가고 있다. 저쪽에서 슬픈 표정을 한 여인이 날 물끄러미 바라본다. 여인의 온몸은 피투성이다. 옆구리에서 흘러나오는 새빨간 피가 멈추질 않는다. 그 피의 섬뜩함에 놀라 현실로 돌아왔다.

찌푸린 하늘에서 내리기 시작한 빗방울이 내 머리 위로 떨어진다.

꿈속에서 본 사람, 막내 고모와 흡사했다. 훤칠한 키에 둥그스름한 얼굴, 고집스러운 듯 앙다문 입술, 행동이 민첩했었다는 여인. 그때 고모는 결혼한 지 일 년도 안 된 새댁이었다. 열아홉 꽃다운 나이. 신혼의 단꿈을 꾸고 있을 새도 없이 시대의 조류에 휘말렸다.

나의 친정집은 바닷가 마을이다. 그래도 언제 산사람들이 들이닥칠지 몰라 전전긍긍했다. 낮에 밭에서 일하면서도 밤새 이웃의 안부가 염

려되던 그 시절. 고모의 제사 전날 밤, 아버지가 내게 들려준 얘기는 충격이었다.

고모는 해가 휴식을 취할 때도 고모부 대신 성담을 지키러 갔다. 일주일에 두 번. 새벽에 돌아오다 산사람에게 죽창으로 허리를 찔려 집까지 기어서 왔다. 밖으로 자꾸 빠져나오는 창자를 집어넣으며 이를 악물었을 모습에 눈시울이 붉어진다. 피투성이 몸으로 돌아온 이레 만에 고모는 저세상으로 갔다. 의료시설이 지금만 같았어도 살 수 있었을 텐데 하곤 더 말을 잇지 못하던 아버지. 방에 뉘어 놓고 새 헝겊으로 동여매기를 수도 없이 반복했고. 온 방 안은 피비린내로 가득했던 그 정경. 다시금 몸서리쳐진다.

왜 잊고 싶은 기억이 되살아났을까. 이 평화로운 곳에서. 하지만 겉으론 평온한 듯 보이지만, 억울한 원혼들이 오름 둘레를 돌며 칼춤을 추고 있을지도 모른다. 그들의 후손들도 나처럼 악몽에 시달리고 있진 않을까.

고모를 찌른 산사람을 모르진 않는다. 그러나 어떤 형태로든 보복은 안 된다는 아버지의 신신당부를 지키느라 입을 다물고 있다. 무덤까지 가져가야 하리라.

나마저 저세상으로 가면 진실과 기억은 묻힌다. 역사 속으로 묵묵히 사라져 갈 것이다. 그러나 자꾸 악몽에 시달리는 나. 이젠 그만 헤어나고 싶다.

화해와 용서는 말처럼 쉽지 않다. 다만 인간으로서 최소한의 양심이 아쉽다. 지금에 와서 보면 피해자만 있고 가해자는 없다. 그러나 결과가 있으면 원인이 있게 마련이다. 그 원인을 제공한 사람들은 이제 양심선언을 해야 할 때가 되었다. 진정으로 용기 있는 자는 먼저 손을 내미는 사람이다.

이제 와서 그들을 탓할 사람은 아무도 없다. 그 시대의 사람들 모두 시류의 희생양들이었으니까.

주위가 어두워지고 빗방울이 점점 굵어진다. 후드득후드득 떨어지는 빗방울도 나의 발길을 재촉하지 못하고 있다.

사월의
노래

　몸에서 마음이 빠져나가려고 소란을 피운다. 난감하다. 억지로 그를 붙잡아봐야 며칠 못 간다. 사월에 몸이 혼자 할 수 있는 일은 없다. 책을 펼쳐도 자판을 두들겨도 음악을 들어도 온통 백지다. 쪽빛 바다가 보고 싶다. 운동화를 찾아 신고 가게를 나선다.

　상춘객으로 북적이던 거리. 만개했던 벚꽃이 지고 어느새 푸르름으로 가득하다. 꽃망울이 달렸던 밑동을 노랑나비가 팔랑거린다. 노오란 햇살은 내일을 위해 손을 흔들고 차츰 사위가 어둑어둑해진다.

　성천포 저녁노을이 슬프도록 아름답다. 지난주에 보았던 수월봉의 낙조도 사월의 색깔이었다. 바다는 말이 없다. 조용해서 더 불안하다. 잔잔한 수면에 돌멩이를 힘껏 던져본다. 물수제비는 잠을 자고 바다 속으로 잠수하는 돌멩이. 같은 동작을 되풀이해도 미동도 않는다. 오히려 이런 행위가 주접을 떠는 꼴이 되고 만다. 바다의 넉넉함에 미안해진다.

　방파제 끝으로 걸어간다. 손전화의 벨 소리가 작은 생각을 흩어놓는다. "저어~ 거기로 가려고 하는데요." 아주 가늘면서 예쁜 목소리가 귀를 간질인다. "성판악에서 버스를 타려고요." 느릿느릿 낮은 톤이다.

누굴까. 기억이 없다. 서로 잘 모르는 상태에서 자신을 밝히지 않으면 난감하다. 전화 거는 쪽은 알고 있어서 본론만 말하는데, 받는 쪽에서는 생경하여 당혹스럽다. 그래도 자신이 누구라고 밝힐 때까지 기다려 주는 것. 상대에 대한 배려이다.

"그이가 제주 가면 꼭 찾아가라고 했어요." 하며 남편 이름을 말해준다. 아! 인테리어 하는 분, 오 년 전 하얀 눈이 곱게 내리던 날이 떠오르고, 선한 눈빛을 한 자그마한 체구의 남자가 바로 눈앞에 와 선다. 조용조용 말하던 그 남자의 목소리가 들려온다. 부부는 닮는다더니 목소리까지 비슷했다.

인연의 소중함이 새삼 느껴진다. 그 후 종종 안부를 물어오고, 지역 특산물도 잊지 않고 보내온다. 많은 사람에게 빚을 지고 살아가는 나다. 낯을 심하게 가려서 쉽게 다가서지는 못하지만 마음을 트면 카멜레온은 되지 않는다.

좋은 사람이 주위에 많으면 행복한 삶이다. 그것은 곧 나의 경쟁력이며 자산이다. 인간관계는 상대적이어서 대부분 나에 의해서 결정된다. 내가 상대를 불편하게 여기면 그도 그럴 것이다. 활짝 웃는 얼굴에는 돌멩이를 던지지 못한다.

간혹 껄끄러운 상대가 있기는 하다. 껄끄럽다는 느낌이 들면 다가설 때가 아니라는 경고 메시지다. 이때는 서로의 거리를 두어야 편하다. 상대방의 표정, 말하는 태도, 평소의 행동을 종합해보면 잠깐의 인연인지 오래 갈 인연인지 드러난다.

억지로 꼬인 문제를 풀어 봐도 오래가지 않아 다시 틀어진다. 가까이에서 볼 때와 떨어져서 보는 상대는 또 다르다. 곁에서 드러나지 않았던 장단점이 거리를 두면 또렷하게 보인다. 이 단계까지 오지 않기를 바라지만 희망 사항이다.

그녀와 만나기로 약속을 한 날이다. 바다 냄새가 진하게 묻어나는 곳, 초등학교 담장에 앉아 한 여자가 책을 읽고 있다. 직감으로 그녀인 걸 알았다. 손을 잡았다. 참 따뜻하다. 남색 반바지에 하얀 모자, 하얀 후드 셔츠, 연한 분홍 립스틱 사이로 하얀 치아가 가지런하다. 뭔가 힘든 일이 있구나 하는 느낌이 다가왔지만 묻지 않았다. 그녀를 꼭 안아 주었다. 어머니가 자식을 안아 주듯이.

전날, 안부를 물을 때 "생각만큼 쉽지 않아요." 하던 가는 목소리가 오버랩된다. 편히 가라는 말밖에 할 수 없었다. 무엇이 바쁜지 따뜻한 밥 한 끼 대접하지 못했다. 그녀가 좋아하는 시큼한 귤만 가슴에 안기고 차에 올랐다.

돌담 안에는 파란 보리가 물결을 이룬다. 엄동설한을 견딘 생명력이 대지에 넘실댄다. 사월의 바람에 이리저리 흔들리다 금방 일어선다. 우리네 인생사도 저와 다르지 않다. 쓰러졌다 일어서고의 반복. 그러면서 자신만의 길을 만들어 가는 것. 사월의 노래는 가슴에 묻고, 리히텐슈타인 그림 속의 여자보다 더 행복한 눈물을 흘리는 역사를 만들어 가는 거다.

노인과
계란

부엌 쪽 문이 소리 없이 열리면서 낯익은 얼굴이 보인다. 아래채에 사는 노인이 계란을 가지고 왔다. 이제 제발 그만 가져오라고 만류하는데도 불구하고 몇 개만 모이면 어김없이 들고 온다. 내가 오히려 노인께 드려야 되는데 이러면 죄송해서 어쩌느냐고 말씀드리면 도리어 별말을 다 한다면서 나보다 더 쩔쩔맨다.

노인은 작년 이맘때 우리 집으로 이사를 왔다. 우리 집으로 오기 전에는 사위 내외와 함께 뒷집에서 살았다. 그런데 아무래도 사위 내외와 함께 사는 게 불편한 모양이었다. 집을 구하려고 해도 적당한 곳이 없다면서 수심이 가득한 얼굴로 다니는 게 참 딱해 보였다. 나는 남편과 의논하여 창고로 쓰던 아래채 초가집에 노인을 들이려고 했으나 집이 워낙 낡아서 마음이 걸렸다. 일단은 노인에게 물어보기로 하고, "할아버지만 괜찮으시면 저희 집에서 사세요." 하고 말씀드렸다.

이렇게 해서 우리 집으로 오게 된 할아버지. 내가 여가가 생겨 집에 있는 날이면 찾아와서 이런저런 얘기를 나누곤 한다. 노인의 고향은 육지이며 슬하에는 딸 둘만 두었다고 했다. 뒷집에 사는 딸이 막내라는 것도 할아버지와 얘기하면서 알게 되었다. 나는 노인에게 "사위 내외가 좋은 분들이어서 다행입니다."라고 말씀드렸더니, 사위 내외가 아무리 잘해줘도 마음이 편치 않다고 했다. 그리고는 아들네 집에서 먹는 밥하고 사위 집에서 먹는 밥은 다른 거라며 먼 하늘을 올려다보는 노인의 눈시울이 붉어졌다. 괜히 쓸데없는 얘기를 해서 노인의 심기를 불편하게 해 드렸나 싶어 당황했고, 노인의 모습에서 이십 년 후의 나를 보는 것 같아 착잡했다.

사위는 노인에게 딸보다 더 신경을 쓴다. 그래도 노인은 아들이 없는게 못내 서운한 모양이다. 사람 사는 게 모두 같을 수는 없다. 마음먹기에 따라서 얼마든지 자유로울 거라고 믿는다. 그런 나로서는 노인에게 불만이 없는 것도 아니다. 하지만 친정아버지를 보는 것 같은 착각에 빠지기도 하면서 노인과 곁에서 살게 되었다.

그러던 어느 날, 노인이 느닷없이 닭을 키우려고 하는데 아주머니 의향은 어떠냐고 물어왔다. 나는 처음엔 망설였다. 아무리 거리가 조금 떨어지기는 해도 집 밖으로 나서면 닭똥 냄새가 날 것이고, 특히 여름이면 파리 떼가 극성을 부려서 한가로운 여름날을 망쳐 놓을 게 뻔했기 때문이었다. 하지만 소일거리를 찾는 노인의 청을 무시할 수 없어서 승낙했다.

며칠 후, 노인은 토종병아리 열다섯 마리를 사 왔다. 그중에서 다섯 마리는 아주머니네 병아리라며 내 몫으로 챙겨주셨다. 나는 웃고 지나쳤다. 노인은 닭들이 알을 낳기 시작하자 한 줄이 되면 우리 집으로 들고 왔다. 닭 모이는 빵 부스러기와 한약재 찌꺼기를 모아다 준다. 노인 덕분에 우리 식구들은 지난가을부터 영양가 높은 보약 계란을 먹게 되었다.

닭똥 냄새와 파리 떼들의 극성을 걱정했던 생각은 기우였다. 노인은 일주일에 두 번씩 닭장을 청소한다. 닭똥은 유기질 거름이 되어 우리 집 과수원에 뿌려진다. 더구나 이른 새벽 수탉이 '꼬끼오' 하며 목청껏 우는 소리는 우리 집에서만 들을 수 있는 멜로디다. 수탉의 울음소리를 듣고 있으면 잊고 있던 아득한 고향의 기억들이 떠올라 내 영혼마저 맑아진다. 그래, 좀 더 원숙해지자. 그러면서도 세태에 휘말려 어쩔 수 없이 속물근성을 버리지 못하는 나. 이 순간만은 위선과 가식을 털어버리고 원래의 나로 돌아가고 싶어진다.

사람은 살아가면서 많은 사람들에게 알게 모르게 신세를 진다. 나는 더더욱 그러하다. 받은 것만큼 베풀어주지 못하는 게 죄스러우면서도 늘 마음뿐이다. 실천에 옮기지 못하고 그냥 지나쳐 버린다.

노인에게만 해도 그렇다. 헐어버리려고 했던 낡은 집을 내준 것뿐인데 노인은 내가 준 것보다 더 큰 사랑을 주신다. 그냥 스치듯 지나가는 무심한 일상에서 기쁨이 배로 돌아오는 것은 할아버지의 따스한 마음 때문이리라.

서로 오가는 끈끈한 정 때문에 손해 보는 게 많다고 하는 사람도 있지만, 그 정이 있기에 세상은 살아볼 만한 것이 아닐까. 할아버지의 정이 스며있는 따끈한 달걀을 받아 놓고서 오늘은 무슨 요리를 할까 행복한 고민을 해본다.

유월의
단상

바람 한 점 없는 날이다. 창밖으로는 차들이 쌩쌩 지나간다. 밭모퉁이에 서 있는 우람한 소나무 두 그루, 소음에도 아랑곳하지 않고 의연하다. 돌담 아래 영산홍은 귀를 닫고 얼굴을 붉힌다. 개머위도 큰 잎을 비비며 눈웃음을 보낸다. 전봇대에 앉아 목청을 돋우던 까치가 아침 식사 준비를 하러 갔는지 조용하다. 참새 한 마리가 감귤나무 주위를 두리번거린다. 엊저녁에 내린 비로 벌레들은 나무 밑이나 풀 속에 숨어 버렸을 텐데. 이 녀석은 오늘 참 난감하겠다.

식당 사장이 하귤나무 주위를 서성거린다. 얼굴에 수심이 가득하다. 도중에 포기할까 걱정이다. 어렵더라도 손을 놓지 말고 이번에는 튼실하게 뿌리를 내렸으면 하는 바람이다. 고향 후배여서 더 안쓰럽다.

사람이 북적거려야 흥이 난다. 축 처진 어깨에 날개를 달아주는 재주가 있었으면 좋겠다.

키 큰 사람이 시야를 가린다. 낯이 익다. 어디 불편한 데 있으면 말하라던 이다. 황당하기도 하고 미심쩍어서 웃기만 했던 기억이 난다.

제주시에 숙소를 정해 놓고 온 아침, 동백처럼 붉다. 할아버지에게 마음을 보내는 것을 보며, 훈훈해진다. 어르신 연세가 아흔이란다. 할아버지의 사랑을 받은 손자가 그 사랑을 다시 보내고 있다.

애정을 먹고 자라면 커서도 반듯하다. 키만 늘리지 않고 가지도 적당히 늘어뜨려서 그늘을 만들어 준다. 바람에 흔들리면서도 늘 푸른 자태를 뽐낸다. 새들에게는 둥지를 내어 준다. 바람의 휴식처가 되기도 한다. 산소를 내뿜어 탁한 공기를 정화시킨다. 가진 것에 교만하지 않고 낮은 데로 눈을 돌린다.

엊그제 젊은 여자와 신경전을 벌였다. 남자까지 가세해 무조건 깎아달라며 목소리를 높였다. 마트에서는 몇 그램 값도 당연히 지불하면서 농장에서는 거저 얻어가려고 기를 썼다. 올해 사상 최대의 기름값 폭등에 농가의 시름은 깊어간다. 이런 사정을 저들이 알까. 제발 다른 데 가서 사라며 내보냈다. 얼굴색이 싹 변하더니 문을 탕 닫고 나갔다. 몇 번 양보하려다가 억지를 부리는 바람에 마음을 닫았다. 싸구려로 내동댕이쳐진 농심, '고객은 왕'이라는 신념도 천리만리로 줄행랑쳤다.

가치관의 차이다. 속고 있지 않을까 하는 얄팍한 계산 때문에 무조건 깎고 본다. 그 원인은 우리 스스로가 조장했다. 아무리 정직하다, 진심이다, 말해도 믿어주지 않는 이상 도리가 없다. 불신의 벽은 허물어져야 한다. 그 과정에 시간이 걸리더라도 멈추지 말아야 한다. 열린 사고를 지니자. 내가 상대를 믿지 못함은 자신을 부정함이다. 부정은 또 다른 부정을 낳는다. 진심이 통하지 않는다고 서운해할 것도 없다. 시간이 흐르면 안개가 걷히듯 응어리도 풀려간다.

다른 이에게 그늘이 되어 주고, 조금 더 가진 사람이 베풀고, 대가를 바라지도 말고, 그저 받지도 말고, 내가 소유하고 있는 것을 나누며 이 어려움을 헤쳐 나가기를….

사회 구성원의 다양성을 인정하는 여유도 부리고, 상대를 신뢰할 때 행복지수는 올라간다.

서로에게 희망이라는 믿음이 있어야 한다. 희망이 없는 사회는 끔찍하다. 어려워도 나아지리라는 믿음으로 서로를 다독이자.

해가 바뀌어도 나아진 것은 없다. 오히려 상황은 더 심각하다. 기대가 너무 높진 않았었는지 돌아볼 일이다. 친구, 남편, 애인이 잘해 줄 거라는 기대 때문에 번번이 무너져 본 기억을 누구든 갖고 있다. 웃으며 먼저 손을 내밀자. 신뢰를 건네주는 삶을 꿈꾸며.

사수포구에서

구월의 첫날입니다. 끝이 보이지 않을 것 같은 더위도 한풀 꺾였습니다. 첫날의 느낌은 각별합니다. 시작한다는 것은 설렘의 연속입니다. 사랑으로 맺어진 새 출발도 산뜻합니다. 새로운 것이어서 그렇습니다. '첫'이라는 단어가 주는 상큼함 때문입니다.

아침 일찍 서둘렀습니다. 새 각오로 일하려고 집을 나섰습니다. 가게에 도착하는 순간 좌절하고 맙니다. 지독한 작물보호제 냄새가 눈살을 찌푸리게 합니다. 한나절을 버티지 못하고 문을 닫았습니다. 들떴던 마음도 어디론가 증발해버렸습니다.

그냥 집으로 갈 수 없어 버스에 몸을 실었습니다. 선배를 찾아가기로 맘을 정했습니다. 전화하지 않아서 자리에 없을지 모릅니다. 미리 걱정하지 않기로 했습니다. 뵙지 못하면 여름 끝자락의 바닷가를 보고 올 것입니다.

그분은 반갑게 맞아주었습니다. 부드러운 미소를 띤 모습을 뵈니 응석이라도 부리고 싶어집니다. 지성의 번뜩임이 연륜에 묻어나 푸근함에 무게를 더합니다. 카푸치노를 타주며 삶의 진리를 들려줍니다. 풍부한 거품에서 스며나는 향긋함, 오후의 나른함을 날아가게 합니다. 부드럽고 달콤한 거품이 혀에 감깁니다. 머리가 깨질 듯하고 메슥거리던 속이 조금은 가라앉았습니다.

어둑어둑해지자 저녁을 먹으러 가자고 합니다. 제가 산다고 했더니 누가 사면 어떠냐고 합니다. 속이 아픈 후배까지 불러서 셋이 밥을 맛있게 먹었습니다. 다른 때는 음식을 남깁니다. 오늘은 그릇을 깨끗이 비웠습니다. 귀여운 강아지들 먹을거리가 걱정입니다. 생선뼈와 제가 남긴 밥을 주섬주섬 비닐봉지에 담습니다. 강아지들 배도 채우고 음식 쓰레기도 줄이고 있습니다.

바다를 보러 가자고 합니다. 말없이 따라갔습니다. 사수포구에 도착했습니다. 남탕과 여탕이 있는데 남탕만 요금을 받는다고 써 놓았습니다. 무슨 사연이 있는지 궁금했습니다. 두 분도 모른다고 합니다. 아마 열심히 일한 여자에게 목욕은 공짜인가 봅니다. 남자들은 우리도 열심히 일했는데 하며 툴툴거릴 것 같습니다.

삼발이 옆에 아무렇게나 걸터앉았습니다. 방파제 끝에는 빨간 등대가 외롭게 반짝입니다. 칠흑 같은 밤 한줄기 불빛으로 어두운 밤바다를 밝혀주고 있습니다. 누군가가 삶이 고달파 여길 찾아오면 벗이 되어주는 것 같습니다.

저도 밤바다를 찾은 적이 있습니다. 집을 나왔는데 갈 곳이 없었습니다. 홀로 깜빡이는 등댓불을 보며 마음을 고쳐먹었습니다. 다른 이에게 등대이고 싶습니다. 분에 넘치게 받았으니 빛이 되어주고 싶습니다. 막다른 골목에 서 있을 때, 지치지 말라고 용기를 내라고 손을 내밀어 주었으니 저도 베풀며 살고 싶습니다.

한치잡이배 집어등 불빛이 대낮 같습니다. 그들은 부나비와 같나 봅니다. 빛을 쫓아 와서 생을 마감하는 녀석들 은빛만큼이나 투명합니다. 나의 생도 저러길 빕니다. 타인에게 상처 주지 말고 받지도 말고 그랬으면 좋겠습니다.

조류 따라 밀려가고 밀려오는 파도보다는 대해(大海)이고 싶습니다. 오대양 육대주를 넘나들며 보물섬, 제주 서귀포 일강정을 자랑하겠습니다. 슬프도록 아름다운 나의 고향 일강정.

낚시하는 남자를 따라온 여자가 연신 휴대폰을 들여다봅니다. 세월을 낚는 남자 옆에서 지루한가 봅니다. 새끼 고양이가 귀를 쫑긋 세우고 앉아 있습니다. 식당에서 가져온 음식 찌꺼기를 줍니다. 경계의 빛도 없이 덥석 물고 잽싸게 자리를 뜹니다. 이어 여러 마리가 떼를 지어 나타났습니다. 더 줄 것이 없는데 말입니다.

이들도 염치없는 인간을 닮았습니다. 애정과 존경을 줘도 더 달라고 보채는 사람 말입니다. 물질적인 거야 남기나 하는데, 무형의 것은 받고 나서 아니라고 하면 그만입니다. 더 줄 것이 없는데 줘야 하는 상황은 참 난감합니다. 굶주림을 참지 못해 날카로운 발톱을 세울지도 모릅니다. 푸른 섬광을 보니 섬뜩합니다.

이들은 행락객이 버린 음식으로 살아가나 봅니다. 위험을 무릅쓰고 우리 앞에 웅크린 비쩍 마른 고양이들, 말없이 밀려가고 밀려오는 파도는 안중에도 없습니다. 다시 이곳을 찾았을 때는 건강한 엄마 아빠가 되어 있었으면 합니다.

사람들이 버린 음식 찌꺼기라도 새끼에게 배불리 먹이면서 말입니다. 모래가 바닷물에 씻겨 가듯이 흩어지지 말고 한 가족이 오롯이 있길 바랍니다.

이들 중에 연인도 있을지 모릅니다. 오늘 이야기의 주제가 불륜이었으니 불현듯 이런 생각이 듭니다. 불륜은 도덕적이지 못한 거 맞습니다. 숨어서 몰래 하는 사랑은 타락했다는 비난도 견뎌내야 합니다. 하지만 그것도 사랑입니다. 사랑이라는 이름에는 애틋함이 묻어납니다. 사랑이라는 단어를 떠올리면 가슴이 훈훈해집니다. 누군가를 애태우며 기다리고 그리워하는 것은 사랑이 주는 아름다운 특권입니다. 열정을 쏟을 대상이 있다는 것은 축복입니다.

아내의 자리를 지킬 수 있어서 다행입니다. 그래도 열정은 지니고 살아가렵니다. 어떤 일이 닥쳐도 어머니의 자리는 포기하지 않겠습니다. 잔인한 날은 내려놓겠습니다. 사수포구에.

겨울 나그네

그녀가 떠난 지 어느새 칠 년째로 접어든다. 혹시나 하고 들여다본 하얀 슬레이트집은 적막감이 감돈다. 마당에는 은행나무 한 그루가 집을 지키며 서 있고, 얼기설기 쌓은 돌담 위에는 동박새 한 마리가 앉아있다.

이른 봄, 한라봉을 접목하려고 접수를 다듬고 있었다. 우리 집 파수꾼인 똘똘이가 날뛰며 짖었다. 그녀가 집으로 왔다. 검정 솔을 단정히 두르고 프리지어 꽃다발을 한 아름 안은 낯선 여자가 마당에 서 있었다. 혹시 잘못 찾아왔나 해서, 누구세요? 하고 물었다. 그녀는 활짝 웃으며, 저 오인자 선생님이시죠. 축하합니다. 신문에서 봤어요. 하면서 꽃과 케이크를 내밀었다.

그녀는 우리 뒷집에 이사 온 피아노 선생님이었다. 나는 날이 밝으면 나갔다가 땅거미가 지면 돌아오는 생활의 반복이다. 주위에 누가 가고 오는지는 도통 관심 밖이다. 그런 탓에 낯선 사람에게서 축하의 말과 꽃다발을 받는 게 기쁘면서 어색했다.

우리의 인연은 이렇게 맺어졌다. 어려운 일이 있으면 서로가 의논 상대가 되었다. 그녀가 가르치는 아이들을 데리고 음악회와 야유회를 하는 등 둘만의 추억을 만들어 갔다. 찾아갈 때마다 연주해주던 겨울 나그네는 유난히 애조 띤 멜로디였다.

그녀에게 많은 것을 배웠다. 나이는 나보다 한참 어렸지만 사고의 깊이는 나보다 몇 배나 더 깊었다. 유난히 낯을 가리는 내가 그녀와 쉽게 친해진 것은 그녀의 진실하고 소박한 마음에 이끌려서다. 조그만 일에도 감사하고 기뻐하는 마음은 아무리 내가 노력해도 따라가기 힘들었다.

우리 주변에는 학식이 높거나 사회적 지위가 보장되면 어깨에 힘이 들어가 거들먹거리는 사람들이 많다. 그녀는 전혀 그런 기미가 보이지 않았다.

지난가을, 그녀에게서 저녁노을을 보러 가자는 전화가 왔다. 둘이서 N 골프장 근처로 가서 오름 사이로 지는 해와 새빨간 노을을 보았다. 그녀는 외국을 자주 드나들어도 제주도만큼 멋지고 아름다운 곳은 없다며 함박웃음을 터뜨렸다. 게다가 이곳 사람들의 순박함과 가식 없는 마음이 자신을 이곳에 살게 만들었다고 한다.

그녀의 말을 듣고 아차! 했다.

매일 눈 뜨면 보고 마시는 게 파란 하늘, 쪽빛 바다, 올망졸망한 돌담들, 삼백 개가 넘는 오름, 청정한 공기인지라 이것들은 그저 이 자리에 당연히 있는 것으로 여겨 의식조차 하지 않았었다. 늘 보고 지나치면서도 이 것들이 얼마나 소중하고 값진 것인지 알지 못하고 하루하루를 보냈었다. 그러나 그녀는 이 모든 게 신이 주신 축복이라고 한다. 길가에 핀 야생화 한 송이, 심지어 가을날 사각대는 억새의 몸짓까지도 소중하고 고맙다는 것이다. 나는 그녀의 생각과 느낌에 충격을 받았다. 그리고 이런 큰 축복을 누리면서도 알지 못했던 나 자신이 부끄러웠다.

그런 그녀가 어느 날 갑자기 사라졌다.

여느 때처럼 저녁에 멜론 화채를 들고 그녀를 찾아갔다. 나를 맞아주는 것은 그녀의 환한 웃음 대신 적막함 자체였다. 하도 의아해서 방문을 죄다 열어보았다. 텅 빈 집 안은 한기마저 감돌았다.

서로의 믿음이 거짓이었나. 아니면 내가 그녀에게 섭섭하게 대했었나. 곰곰이 곱씹어도 특별히 떠오르는 것이 없었다. 유난히 '겨울 나그네'를 좋아하던 그녀. 차마 사연은 물어보지 못했다. 피치 못할 사정이 있겠지 하면서도 의아심은 꼬리를 물고 이어졌다.

막내 올케에게 그녀와의 일을 말했다. 올케는 웃으며 대수롭지 않게 대답했다. "고모가 너무 순진해. 사람을 잘 믿어서 그래. 내가 늘 말했잖아. 진짜 마음은 남에게 주는 게 아니라고. 친해지면 자신의 간까지 빼줄 듯이 하다가 돌아서면 언제 그랬냐는 듯 달라지는 것이 사람 마음이야." 하며 크게 웃었다.

그럴까, 과연 그럴까. 아니라고 말하고 싶다. 난 믿는다. 내 마음이 진실하면 언젠가는 상대방에게 그 진심이 반드시 전해질 것임을.

진심이 통하지 않는다고 해도 내가 그렇지 않다고 믿는 한은 모든 게 그 자리에 그대로 남아 있을 것이다. 진실인 채로.

오늘따라 그녀가 쳐 주던 '겨울 나그네'가 귓전에서 맴돈다.

제6부

프리즘으로 본
또 다른 나

비어있는 숲에
남아있는 것은

내가 자주 들르던 그 숲속
어느 날 갑자기
나무도 없고 풀도 없어졌다
새도 들꽃도 무지개도
어디론가 사라져버렸다
평상 위에 누워 나무 사이로
바라보던 별빛마저
누군가에게 도둑맞았다
남아있는 것은
깨진 수은등과
창백한 나무 한 그루
한차례 세찬 바람이 불었다
말라비틀어진 나뭇잎은 어쩔 줄 몰라
고개를 푹 떨구고

절름발이 산비둘기 한 마리
모진 바람을 견디지 못해
끼루룩 끼루룩 울고 있다

카사블랑카

백합의 원산지는 일본과 대만이다. 우리나라에서는 나리꽃으로 불린다. 개량종은 꽃이 탐스럽고 화려하다. 색깔도 다양하고 향기도 고혹적이다.

나에게 개량종 중에서 하나를 고르라면 단연 카사블랑카이다. 이 꽃은 흰 백합의 여왕이라고 할 만한 품격을 갖추고 있다.

꽃잎에 반점도 없다. 여왕에게 어설픈 장식은 필요 없어! 하는 것 같다. 그저 순백색의 꽃잎을 편안하게 펼치고 있을 뿐이다.

달콤한 향기도 일품이고 자태 또한 흐트러짐이 없다.

여왕 앞에서 우물쭈물하면 안 된다. 직선적이면서 당당해야 한다.

유난히 꽃을 좋아하는 여자.

그녀를 사랑하는 남자가 있다. 연하인 그는 "나이 따윈 상관없어!" 하며 여자를 당당하게 쫓아다닌다.

여자에게는 가정이 있다.

남자는 아직 그녀를 사랑하고 있음을 안다.

여자도 그를 좋아하지만 소유해서는 안 된다는 생각을 했다. 몇 번을 망설인 끝에 꽃집에 들러서 카사블랑카를 샀다.

안개가 자욱한 새벽, 그 남자 애마 보닛에 꽃다발을 두고 돌아섰다.

짙은 안개가 여자에게 몰려왔다.

꿈속 여행 1

　초여름 밤이다. 지인과 드라이브를 하고 있다. 차는 알 수 없는 길을 꼬불꼬불 달린다. 한참을 그렇게 달리던 차는 한적한 바닷가에 미끄러지듯 멈췄다. 차 안으로 비릿한 바다 냄새가 몰려온다. 후텁지근한 열기를 해풍이 잠재운다.

　이상하다. 지난 주 둘이 약속하기로는 오늘 영화를 보러 가기로 되어 있었다. 이때쯤이면 함께 영화관에서 '국제시장'을 보고 있어야 할 시간이다. 그런데 차 안에서 그에게 안겨 있다.

　차장 밖, 밤바다는 대낮처럼 환하다. 지평선 집어등 불빛이 바다에 은하수를 놓은 듯하다.

　둘은 말없이 밤바다를 바라보고 있다.

　"우리 배 타고 여행 가요."

　오랜 침묵을 깨고 그가 말했다. 불가능하리란 걸 알고 말을 꺼내는 그가 야속하다. 말없이 그의 얼굴을 어루만졌다.

　"1박 2일 정도로 다녀오면 안 될까요?"

그가 채근하듯 물었다. 대답 대신 그의 이마에 입술을 갖다 대었다.

"꼭 함께 가고 싶어요."

거듭 대답을 재촉한다.

"휴가를 받을 순 없잖아요."

심드렁한 내 대꾸에

"토요일 오후에 가서 일요일 저녁 늦게 돌아오면 되잖아요."

그가 볼멘소리로 내뱉는다.

그는 회사에서 중요한 프로젝트를 맡고 있어서 휴가는 꿈도 꿀 수 없다.

일주일에 한 번 일요일이 그의 유일한 휴식일이다.

어떤 때는 휴가도 반납해야 한다. 얄밉다. 불가능한 것을 가능하도록 억지를 부리는 그가.

아무리 좋아하는 사람과 함께하는 여행이지만 쫓기면서 하기는 싫다. 잠시라도 마음 편히 있고 싶다.

"제발 우리 이번 주말에 떠나요."

그의 눈을 쳐다보았다. 우수에 젖은 커다란 눈. 언제 봐도 그 눈은 촉촉이 젖어 있다. 불현듯 그 속으로 뛰어들고 싶다. 그의 목을 와락 끌어안았다.

그의 입술이 내 입술을 눌렀다.

뜨거운 혀가 입술을 비집고 들어왔다. 불덩이 같은 혀는 광염 소나타가 되어 미친 듯이 춤을 추기도 하고 쇼팽의 녹턴처럼 감미롭게 전신을 간질인다. 때론 플룻의 선율처럼 내 귓불이며 목덜미까지 훑는다.

그에게서 빠져나오려고 안간힘을 써본다. 그는 집요하게 내 대답을 기다리며 놔 주질 않는다. 그의 혀 놀림이 점점 빨라진다. 이마에서 뚝뚝 내 목덜미로 떨어지는 땀. 불길 같은 혀는 날 녹일 기세이다.

"나무아미타불 관세음보살" 주문을 크게 외었다. 하지만 입 밖으로 나오지 않았다. 나무아미타불 나미아미타불······.

"엄마! 정신 차려."

큰 소리에 화들짝 깨었다.

나는 현실에 안주하는 게 싫다. 늘 새로운 일에 도전하고 부딪치며 변화를 시도한다. 변화는 말처럼 쉽지 않다.

꿈속에서가 아닌 현실에서 낭만이 가득한 사랑이 이뤄졌으면 좋겠다. 이런 나의 바람은 물거품으로 끝나버린다.

꿈속에서지만 로맨틱한 사랑을 할 수 있다는 것은 행복한 일이다.

십 년이란 주제로 뭘 쓸지 고민하다 자판에 엎드려 에로틱한 꿈을 꾸었다. 아마 이게 십 년 전의 나와는 또 다른 모습이다.

수필에서는 진솔함이 독자를 감동하게 하는 요소다. 때론 격식에서 벗어나는 용기도 필요할 듯하다. 겹겹이 둘러싸서 내놓은 진실, 그게 과연 선일까. 아닐 것이다.

자신을 있는 그대로 드러낸다는 것은 쉽지 않다. 아무리 문학적으로 형상화한다고 하지만. 에로틱한 부분은 더욱 그렇다.

아무리 고고한 척해도 한 번이라도 낭만적인 사랑을 꿈꾸지 않은 사람이 있을까. 다만, 그것을 겉으로 드러내지 않을 뿐이다. 나 역시 고상한 척하며 내숭을 떨었다.

인간의 원초적인 욕망을 수필에 어떻게 접목할지 고민이다. 수필은 관조적, 철학적 운운하며 자신을 옭아맨 나. 그것에서 벗어나려 창밖을 본다.

나목 우듬지에 까치집이 견고하다.

꿈속 여행 2

꿈속에서 후쿠오카 공항 출구를 걸어 나오고 있다. 택시를 타려고 승강장으로 간다. 칠월의 폭염에 이곳도 지쳐 있는 것 같다. 거리의 플라타너스도 잎사귀를 축 늘어뜨렸다. 처음 온 이 도시. 언젠가 왔었던 곳이라는 착각이 든다.

하카타로 이동했다. 때늦은 점심으로 우동을 먹으며 그를 봤다. 허겁지겁 먹는 폼이 시장했나 보다. 서빙을 하는 여자가 중년을 훌쩍 넘긴 것 같다. 우리나라에선 저 나이에 서빙은 안 할 거란 생각이 든다. 설령 하려고 해도 나이 든 여자를 반기지도 않는다. 한 살이라도 더 젊은 여자를 찾는다.

서점 가는 길을 물으려고 길 가는 남자에게 다가갔다. 그가 내 팔을 잡아당긴다. 의아해하는 내게 여자에게 물어보란다. 그러면서 씩 웃는다. 꼭 뭘 잘못하다 들킨 소년 같다.

한참을 헤매다 찾은 서점. 내가 사려는 책은 한 권도 없다. 고서점에 가야 한단다. 그는 한 아름의 책을 안고 온다. 일본에 살면서 그들의 습성이 몸에 밴 탓이다. 그러나 좋은 것만 닮고 간사스러운 것들은 제발 본받지 말았으면 좋겠다. 하지만 둘의 문화적인 차이는 아무리 해도 좁혀지지 않는다.

서점 코너에 쪼그리고 앉아 독서 삼매경에 빠진 소년. 얄미운 생각이 든다. 가끔은 나도 내 기준대로 판단하려고 하는 오류를 범한다. 그 오류는 때때로 그와 나를 힘들게 한다. 그로 인해 언쟁의 빌미가 되고 서로의 마음에 생채기를 남긴다. 전문서적을 낑낑대며 안고 온 그와 코너의 소년을 동일시하는 기준은, 나만의 못된 버릇이다. 그의 영역을 인정해야지 하면서도 자꾸 삐친다.

사람은 한곳에 오래 살다 보면 자신도 모르게 그곳의 습관이 몸에 밴다. 그 집단에 자연스럽게 동화되어 간다. 내 본연의 모습으로 되돌아가기란 여간 어려운 게 아니다. 어떤 때는 이이가 정말 한국인일까 하는 의구심이 들기도 한다. 본인은 그럴 리가 있냐며 우기지만 내가 볼 때 그렇다.

숙소로 왔다. 아늑한 둘만의 공간이다. 그가 두 팔을 벌려 날 꼭 껴안는다. 땀 냄새에 정신이 아득하다. 빠져나오려고 안간힘을 써 보지만 더 억세게 가두고 만다. 비장의 무기를 꺼내야겠다. 일본으로 오기 전 그와 약속한 게 있다. 숙소에서는 기모노를 입고 지내기로.

미리 연습했지만 입는 게 만만치 않다. 그의 도움을 받아가며 입은 옷, 아무래도 어색하다. 한복은 이러지 않았는데.

어때? 그는 벌린 입을 다물지 못한다. 이렇게 차려입고 밖에 나가도 되겠어? 그럼, 하더니 내 뺨에 부드럽게 입술을 갖다 댔다. 이 옷 벗지 않는다. 장난기가 발동해서 그를 놀렸다. 오비를 만지작거리며 능글맞게 웃는 그.

그는 피곤한 듯 가볍게 코를 골며 잔다. 이마에 송골송골 땀이 맺혔다. 발그레한 볼에 가볍게 입맞춤을 한다.

밖으로 나왔다. 거리는 조용하다. 이곳 사람들 모두 즐기고 살면서도 대체로 떠들썩함과는 거리가 멀어 보인다. 야나기 다리를 지나 포장마차 있는 곳으로 간다. 중년의 남자 둘이서 소주잔을 앞에 놓고 이야기를 한다. 이 시각까지 마셨으면 취했을 법도 한데 멀쩡하다. 거리에도 갈지자로 걷는 사람은 한 명도 없다. 하지만 취하면 언성도 높이고 흐트러진 모습도 보여야 더 인간적이지 않을까. 아쉽다. 그를 깨우고 올걸. 꼬치구이 안주와 소주 한잔, 이국적인 정취가 돌 텐데. 그냥 지나치기가 아쉬워서 꼬치 하나를 샀다.

저 멀리 야나기 다리 건너편에서 레이저 쇼를 하는 모양이다. 휘황찬란한 불빛이 원을 그린다. 술을 마신 사람도 거리를 지나가는 사람도 모두 조용조용해서 도리어 내가 이상해진다. 저잣거리의 떠들썩함과는 담을 쌓은 듯한 이곳 하카타의 밤, 주위를 둘러봐도 너무 깨끗하다.

거리에 심어진 가로수 아래에 제멋대로 자란 잡초들, 그걸 보는 순간 여기가 작은 도시여서 그런가했는데 그게 아니었다. 인공을 가미하지 않은 자연스러움을 추구한다는 사실을 잠시 망각했다. 그 둘레에 휴지나 담배꽁초는 눈을 비비고 봐도 없었다.

택시기사 아저씨는 이곳의 얼굴이다. 주말이라 숙소를 구하지 못해 막막했다. 아저씨는 친절을 베풀었다. 처음 거리까지만 요금을 지급하면 여러 곳을 알아봐 주겠다고 한다. 시내 숙소 전화번호와 요금이 적힌 종이를 펴고 우리에게 고르란다.

　한참을 돌다 찾은 네 번째 호텔에 방이 비었다. 고맙다며 택시비를 더 드려도 극구 사양한다. 다시 꼭 일본에 오라는 말을 남기고 시야에서 멀어졌다. 그는 내가 입은 기모노가 너무 잘 어울려서 덕을 봤다고 너스레를 떤다.

　민소매에 핫팬츠를 입어도 더운 날씨다. 여미고 조이고 내 몸의 살들은 반란을 일으키고 있는데 그는 입이 헤 벌어졌다. 사랑하는 사람을 위하는 일도 인내가 필요한 것 같다.

　다리가 뻐근하다. 꽤 걸어온 모양이다. 더 늦기 전에 숙소로 돌아가야겠다. 길을 잃기라도 하면 큰일이다. 간판들을 외웠다. 다행히 길눈이 어둡지 않아서 제대로 찾았다.

　엘리베이터를 탔다. 파란 눈의 이국인이 벌건 눈으로 내 위아래를 훑는다. 송충이가 스멀스멀 기어가는 것 같다. 아무리 강심장인 나지만 오밤중에 엘리베이터 안의 남녀, 심장이 뛴다.

　기계가 서자 재빨리 나왔다. 방 안으로 후다닥 들어갔다. 그는 후덥지근했는지 시트를 걷어차고 잠들어있다. 건강한 남성의 우람함을 뽐낸다. 유카타를 덮어줬다. 다시 걷어차 버린다. 살그머니 그의 팔을 끌어다 베고 누웠다. 잠결에 내게로 돌아눕는 그를 꼭 껴안았다.

　하카타의 밤은 조용히 깊어간다.

꿈속 여행 3

늦가을의 어느 날 꿈을 꾸었다.

그런데 꿈속에서는 초봄의 맑은 오후다.

나는 서재에서 창밖을 내다보고 있다. 투명한 유리창을 통해서 고운 햇살이 방 안으로 쏟아진다. 마당에선 노랑나비 한 쌍이 아지랑이 사이를 오락가락한다. 봄볕을 즐기고 있나 보다.

뜰 한쪽에는 미처 꽃을 피워내지 못한 자목련이 부끄러운 듯 고개를 움츠린다. 레몬은 물이 잔뜩 오른 새순을 뾰족이 내밀고 있다. 제멋대로 늘어선 나무 아래. 노란 괭이밥이 앙증스럽고 보랏빛 오랑캐꽃은 함초롬한 자태를 뽐낸다.

주전자에서는 물이 보글보글 끓고 있다. 다기를 꺼내어 차를 마실 준비를 한다. 찻주전자에 설록차를 조금 집어넣는다. 찻잔에 차를 따른다. 쪼르륵하는 소리가 청아하다. 한 모금 마신다. 차향이 입안에 그윽하다.

만학을 할 때, 교수님들이 뇌리를 스친다. 그중에서도 언어학을 가르치던 O 교수는 또렷이 기억에 남아있다. 나를 보면, 학생이 사전을 갖고 다니지 않는다고 구박을 했다. 영·일문학과 애들은 사전을 끼고 사는데, 유독 국문학과 학생들만 그렇지 않다며, 당신이 그렇게 국어에 자신만만 하냐며 에너지가 넘치던 교수님.

맞는 말이다. 교재 구입비를 다른 곳에 써버려 사전을 갖고 다닐 수가 없었다. 그러니 국어 정서법에 맞게 글을 쓰지 못했다. 쥐구멍이라도 있으면 들어가고 싶었다. 그 덕에 짬짬이 국어사전을 뒤적이는 습관을 갖게 되었다.

그런데도 쭈뼛쭈뼛하는 성미 탓에 여태껏 전화 한번 하지 못했다. 오늘은 그 교수께 편지를 써야겠다. 날 기억이나 할까. 우리 과의 어머니였던 나를. 기억에 없을 것이다. 기억은 조금씩 아주 조금씩 멀어지니까. 하긴 나만 해도 잊어버리면 안 되는 일은 쉽게 잊히고 지워버려야 할 것은 선명하게 남아있다. 세월이 주는 무게인지도 모른다. 점점 무거워지는 쓸데없는 삶의 파편들.

나는 국어 정서법에 맞게 글을 쓰고 있을까. 올바른 역사관을 가지고 살아가고 있을까. 의문이 든다. 국어는 우리 언어이면서 글이고 우리의 가치이다. 우리 국어로 말의 품격을 높이고 우리 국어로 역사를 올바르게 서술해야 한다. 어느 한쪽에 기울지 말고 있는 그대로 기록으로 남겨야 한다. 국어국문학을 가르치고 연구하는 교수들은 역사관이 뚜렷하다. 편향적이지 않고 틀리면 틀리다고 당당히 말한다. 용기 있는 행동과 양심, 가치를 매길 수 없는 무형의 자산인 국어.

수필이란 장르로 글을 쓰며 자주 딜레마에 빠진다. 소설처럼 허구가 아닌 나의 삶, 그것도 진실의 이야기를 써야 하는 중압감은 늘 날 억누른다. 상상력에 의해서 낯설게 자신을 빨가벗겨 보여줘야 한다는 사실에 회의하기도 부지기수였다. 그래도 그 진솔함의 매력에 이끌려서 수필에 매달린다. 다만, 사람들이 읽고 가슴 떨림이 오는 작품을 아직 한 편도 쓰지 못했다.

따스한 봄볕이 사그라진다.

허허벌판을 가고 있는데 몽골이었다. 비단길 같은 테를지 초원에서 '오돌또기'를 흥얼거린다. 어느새 주위는 황혼에 물들고 호수 주변의 게르에서 잠을 잤다. 고향에 온 것처럼 아늑하다.

이튿날 그들의 수태차이 차를 얻어 마시고, 내 마음까지 빨려 들어갈 것 같은 홉스굴 호수에 두 손을 담갔다. 따뜻하다. 찬 기운은 어디로 가버리고 정신이 맑아 온다. 우리 민족의 영산 백두산에 손을 담글 날이 있을까. 그날이 오기나 할까. 솜다리 꽃과 물안개 사이로 떠오르는 영롱한 오색 무지개를 볼 수 있는 날이. 두 손을 모은다. 그날이 어서 빨리 오기를.

물속을 들여다보았다. 그곳엔 어떤 여자가 나를 보며 웃는다. 나인 것 같은데 전혀 아닌 것 같은 이상한 그녀. 실상은 그게 내 본모습인지 모른다. 진실한 척하면서 거짓과 위선으로 치장한 추한 그녀가 계속 날 붙잡고 있다. 조약돌을 집어 물속에다 힘껏 던졌다. 그래도 사라지지 않는, 웃고 있으면서 슬픈 모습의 그녀.

사람들에게 다가가는 수필을 쓰고 싶다. 편안하고 푸근한 사람의 냄새가 풍기는 그런 글.

어느새 서재로 어스름이 몰려온다. 유리창에 커튼을 내린다.

로맨티시스트와
조우

요즘 들어 엉뚱한 생각을 가끔 한다.

그러다가 그 상념이 실제로는 말도 안 되는 행동으로 이어진다. 가령, 억수같이 쏟아지는 비에 흠뻑 젖는다든지, 야심한 밤에 해수욕장으로 가서 나신을 맡긴다든가 하는 것 등이다.

이때 몸은 시간을 거스르며 허우적대다 파김치가 되어 모래 위에 뉘어진다. 안개가 온 섬을 자욱이 드리운 날엔 차를 몰고 목적지도 없이 내달린다. 차 안의 속도계도 주인을 닮아 제멋대로다.

햇살이 눈부신 날이면, 갯마을에서 검푸른 바닷속으로 시뻘건 몸을 집어넣고 있는 해를 본다. 차 안의 의자에 윗몸을 편히 뉘인 채, 카스테레오에서 흘러나오는 감미로운 음악에 도취해 있다. '야니'의 '나이팅게일'은 언제 들어도 나를 음악 속으로 끌어들인다.

주위 사람들은 내가 이러는 걸 아직 모른다.

이런 내 행동을 알고 있다면 머리가 어떻게 되었다고 수군거릴 것이다.

하지만 그들 역시 일상에서 잠시 벗어나고 싶은 욕구가 없을까. 만약 없다면 너무 삭막하다. 충동과 절제 사이에서 멈춤이란 단어는 잠시 생각하는 여유다. 멈춘다고 다 정지하는 것은 아니다. 앞으로 나아가기 위한 준비 단계이다. 다만 행동하려고 생각했던 것에서 그 행위가 바뀌어 있을 뿐이다. 좌충우돌하는 충동의 행위를 절제하려고 하는 무한의 세계.

나는 로맨티시스트가 좋다.

로맨티시스트는 낭만이 있다. 멋을 아는 사람이다. 허세를 부리지 않으며 즐길 줄도 안다. 로맨티시스트는 공상가여서 비현실적인 듯해도 그에게는 넓은 세계가 펼쳐진다.

물론 상상에 의해서다. 그 상상이 현실로 이어진다고 해서 꼭 나쁘다고만 할 수 없다. 상상은 새로운 도전을 의미하며 무한한 가능성이기도 하다.

어느 봄볕이 따사로운 오후의 일이다.

평화로에 차를 세우고 저녁노을이 베푸는 향연에 취해 있었다. 거의 무아경(無我境)에 이르렀다.

시간이 얼마나 흘렀는지 모른다.

뒤쪽 차의 헤드라이트가 차 유리에 반사되어 눈이 부셨다. 깜빡깜빡, 누군가가 일부러 그러는 것 같았다.

나의 고요한 마음을 방해한 사람, 괘씸했다. 고래고래 소리를 지르려다 무시하기로 했다. 그날은 그럴 수 없었다. 붉은 노을의 향연에 취해 이성은 마비되어 있었다. 그는 아는 사람이었다.

어느새 수많은 별이 온 하늘을 수놓고 있다.

밤하늘의 별을 쳐다보고 있는 내 옆에 그도 나란히 섰다.

그가 허밍으로 '오 솔레미오'를 흥얼거리면서 나를 껴안았다.

그에게서 진한 땀 냄새가 났다. 다른 날이었으면 질겁해서 따귀라도 갈겼을 것이다. 그러나 그날따라 그의 행동이 싫지 않았다.

완벽주의자는 왠지 싫다.

곁에 다가갈 틈을 주지 않고 사람 냄새가 나지 않기 때문이다.

조금은 맹해 보이면서 자신이 할 일은 철저히 하는 사람이 아름답다.

낭만을 꿈꾸며 그 낭만에 젖어 들 줄 아는 사람이 진짜 로맨티시스트이다.

그날의 그가 그런 사람일 것 같다는 생각이 든다. 상큼한 향수가 아닌 자신의 냄새로 내 후각을 자극한 그 사람.

두 얼굴

　십일월에 소백산국립공원을 다녀왔다. 혼자 떠나는 여행이어서 청승 맞기도 하지만, 다른 사람의 눈치나 미묘한 감정에 신경 쓰지 않아도 된다. 오히려 홀가분하다.

　풍기에서 소백산국립공원 가는 버스를 기다렸다. 한참을 서 있어도 오지 않는다. 버스 정류소 앞에 있는 인삼 시장으로 가 보았다. 주위는 온통 인삼가게이다. 종합시장 앞, 좌판을 펴놓고 일년근 인삼을 파는 노인들이 부산을 떤다.

　나를 보자마자 서로 자기 것을 사라고 아우성이다. 나는 웃으며, 지금은 여행 중이니 내일 와서 사겠다고 말했다. 나를 빤히 보던 한 노인이, 아직 한창인 것 같은데 여행은 혼자 하는 게 아니라며 이상한 눈으로 쳐다보았다. 노인 눈에는 내가 실연을 당해서 방황하는 여자로 보였나 보다. 그렇게 보일 수도 있겠다 싶어서 피식 웃음이 나왔다.

　기다리던 버스가 도착했다. 노인들에게 목례를 하고 버스에 올랐다. 읍이라고는 하나 한적했다. 버스 안에도 승객은 둘뿐이었다. 황량한 길을 천천히 달리는 버스 창밖으로는 소백산이 가까워져 오는지 능선들이 협곡을 이루며 길게 늘어서 있다.

지도를 자꾸 들여다보는 나에게, 기사 아저씨는 희방사와 희방폭포는 꼭 다녀오라고 친절을 베푼다.

버스는 구부러진 길을 한참을 달린 끝에 소백산 매표소 앞에 도착했다. 매표소에 여행 가방을 맡아달라고 부탁했다. 아가씨는 올라가서 관리사무소에 맡기라고 거절했다. 매몰차다. 친절을 기대한 내가 어리석다. 사소한 친절이 그곳을 다시 찾게 만든다는 사실을 망각한 여직원이 안타깝다.

조금만 가면 있다는 관리사무소, 한참을 끙끙대며 오른다. 보이지 않았다. 숙소에 짐을 맡겨놓으면 편하겠지만, 한곳에 머물며 하는 여행이 아니어서 이런 고생은 감내해야 한다. 여행 갈 때마다 사소한 것도 챙겨가는 결벽증이 문제이다.

길 양옆으로 길게 늘어선 나무들. 새봄을 맞을 준비로 부산을 떠는 소리가 들린다. 마음이 한결 가뿐하다. 산은 사람의 마음을 평온하게 하는 힐링의 공간이다.

나무 아래서 한숨 돌리고 들어선 관리사무소, 남자 직원이 반갑게 맞아준다. 입구 직원과는 정반대다. 가방은 오후 다섯 시 반까지 와서 가져가고, 천문대까지 꼭 올라가라고 신신당부한다. 친절에 답하기 위해서라도 다녀와야지 하며 등산로로 들어섰다.

혼자서 하는 여행, 불편한 듯해도 소소한 즐거움도 있다. 낙엽 한 장, 풀 한 포기, 작은 돌멩이 하나에도 오래 눈길을 줄 수 있다. 시간에 쫓겨 사진 몇 장 달랑 찍고 다음 행선지로 우르르 가지 않아도 된다. 걷다 다리가 뻐근하면 잠시 쉬어가는 여유를 부릴 수도 있다. 먹는 것, 잠자는 것, 미리 정하지 않아도 걱정 없다. 오히려 내가 좋아하는 것, 그 지방의 별미를 맛볼 수 있어서 좋다.

오후여서인지 산을 오르는 사람은 없었다. 발걸음을 재촉해서 도착한 희방폭포, 신선이 와서 노닐던 곳이라고 해서 기대가 컸다. 제주의 천제연, 천지연, 정박폭포를 늘 보며 자란 나에게는 별다른 감흥이 일지 않았다.

높은 바위를 타고 흐르는 하얀 물소리가 잡스러운 생각을 내려놓게 한다. 물은 만물의 근원, 더러움을 씻어 내리고. 타는 목마름을 채워주고, 인간의 생존을 도와주는 생명수의 역할을 한다. 나는 한순간이라도 물처럼 살아왔는가. 물보다는 불로 살아왔다. 뜨거움으로 상대를 데이게 하고 힘들게 했다. 물이 되는 길, 그 길을 찾아서 올라간다.

한 시간 넘게 땀을 뻘뻘 흘리며 올라간 희방사, 적막감에 휩싸여 있었다. 이름 모를 새소리와 회심곡이 객을 맞아준다. 산문을 활짝 열어놓고 누구를 기다리고 있을까. 속세의 더께를 조금 아주 조금이라도 떼어낼 수 있을까. 신도 인간도 죽은 자도 없는 듯 있는 듯 회심곡에 실려 춤을 춘다. 갈 곳은 어디이고 사는 곳은 어디인가. 돌아갈 곳은 있는가. 어이해서 이곳에 오게 되었는가. 물음도 대답도 적막감에 묻혀 흩어졌다 되돌아오던 공간, 머리도 마음도 잠잠하던 그 공간. 탐욕에 찌든 인간에게 아무것도 내어주지 않던 한적한 희방사.

대웅전에 들러 절을 하고 반대편 건물로 향했다. 주지 스님을 만나보고 싶었다. 허름한 건물 안으로 들어갔다. 인기척이 없다. 귀신에 홀린 것처럼 오싹했다.

　천천히 주위를 둘러보았다. 문 옆에 꼬마 동자승을 모셔 놓았다. 동쪽에 영정이 네 위 모셔져 있었다. 그중에 새파랗게 젊은 스포츠머리를 한 영정의 눈에 광채가 나오는 게 아닌가. 그 눈은 나에게 뭔가 호소를 하는 것 같았다. 자석에 이끌리듯이 영정 앞에 섰다. 향을 사르고 묵념을 한 후, 위패에 적힌 글을 읽어보았다. 군 복무 중 순직한 군인이었다. 숙연해졌다. 한 차례 더 향을 사르고 명복을 빌어 주었다. 네 위 영정 모두 극락왕생하소서. 나오면서 본 영정이 환하게 웃으며 나를 배웅했다.

　미물이여! 마음의 눈을 떴는가. 나라를 위해 지역을 위해 뭘 했는가. 앞만 보며 정신없이 달려온 내가 부끄럽다. 올 때와 갈 때가 다른 듯해도 같은 것. 그 길을 편히 가는 사람이 있고 가려고 안간힘을 쓰면서도 더 나아가지 못하는 사람이 있다. 남겨진 이들을 위해 뭘 했는지 아득하다.

　심란한 마음을 삭일 겸 약수를 벌컥벌컥 마셨다. 이때 두 남자가 대웅전 앞에서 사진을 찍고 약수터로 왔다. 둘은 부자지간이거나 아니면 사제지간인 것 같았다. 밖에서 이곳저곳 둘러보고 산 쪽으로 올라갔다. 급히 둘을 불렀다.

　"저 혹시 천문대 정상까지 가세요? 따라가도 될까요?"

　둘은 흔쾌히 승낙했다.

　"정상까지 얼마나 걸리는데요?" "왕복 두 시간 정도요." 말을 마치자마자 잽싸게 발걸음을 옮겼다. 혼자서는 정상까지 오를 엄두가 나지 않았다. 일행이 있어서 룰루랄라 둘을 따라가기 시작했다.

　한참 정신없이 둘을 따라가던 나, 시계를 보았다. 바늘은 오후 세 시를 넘어서고 있었다. 천문대까지 갔다가 내려오기에는 충분한 시간이다. 그러나 두 시간을 전혀 모르는 두 남자와 함께 산을 오른다는 게 망설여졌다. 지금 산에는 우리 셋뿐이고 내려올 때쯤이면 어둑어둑해진다. 에이, 그래도 설마하며 삼십 분 정도 더 산을 올랐다.

그 둘도 나도 말이 없었다. 나뭇잎 밟는 소리만 사각사각 적막을 깰 뿐. 이마에 송골송골 맺히는 땀방울을 아랑곳하지 않고 사박사박 걸었다. 말이 없는 게 더 조바심이 났다. 깊은 산속, 무슨 일이라도 생기면, 의심은 꼬리를 물며 이어지고, 도중에 하산해 버렸다. 두 남자에게 잘 다녀오라는 인사도 하지 않은 채.

관리사무소에 들러 가방을 찾고 버스를 기다리면서, 숙소로 돌아와서도, 두 남자에게 참 미안했다. 그들은 산을 아주 많이 오른 사람 같았다. 잰발걸음이 그걸 말해주었다. 산을 사랑하는 사람은 악한 마음을 지니지 않는다고 한다. 둘에게 욕이라도 보일까 봐서 줄행랑을 친 나. 한 젊은이가 내게 마음의 눈을 뜨라고 주의를 줬건만, 금세 망각해버린 자신이 너무 한심했다.

허상을 만들어 용납하지 못한 어리석고 이기적인 두 얼굴의 모습. 소백산 자락 잔설이 드문드문 남아있는 산등성이에 앉아 두 손을 모으고, 희방폭포 맑고 시린 물에 전신을 담가 수치심과 더러움을 씻어내야겠다.

아,
목동아!

　가끔 자유로워지고 싶다. 부부라는 자리, 어머니라는 자리, 나에게 주어진 현재에서 벗어나 어디론가 떠나고 싶어질 때가 있다. '인형의 집'의 노라처럼.

　한때 집시 여인을 무척이나 동경했다. 헐렁한 긴 치마에 갈래머리를 길게 늘어뜨린 그녀가 그렇게 매력적일 수가 없었다. 입에서는 집시 집시 여인! 노래까지 흥얼거리며 구릿빛 얼굴에 미쳤던 적이 있었다. 이 병은 가을이 되면 발병한다. 어디든지 정처 없이 떠나는 꿈을 꾸는데 친구가 찾아왔다.

　그는 별난 데가 있다. 친구 따라 강남 간다더니 친구도 엉뚱한 구석이 있다. 연락도 없이 불쑥 찾아와서 재즈 음악 들으러 가자고 한다. 게다가 노천카페에 앉아 이 가을을 축하하잔다. 이럴 때면 난감하다. 내가 사는 이곳은 그렇게 분위기 있는 곳은 없다. 문화적인 욕구를 해소할 데가 많지 않다는 사실에 슬프다. 서귀포에는 사이키 조명에 흐느적거리는 몸짓들만 있다는 것에 절망한다. 나이트클럽과 술집, 노래방들. 밀폐된 공간만 있는 곳. 문예회관이 있어도 시간 제약이 따른다.

상해는 달랐다. 신천지가 있었다. 사회주의 체제여서 열한 시면 가게 문을 달았다. 하지만 그곳엔 멋과 낭만이 있었다. 가게마다 갖가지 곡들이 연주되고 그 앞에는 노천카페가 즐비했다. 안을 기웃거리며 음악에 따라 몸을 흔들어도 전혀 어색하지 않았다.

카페 의자에 앉아 있어도 차나 음료를 마시지 않는다고 눈치 주지도 않았다. 그들과 함께 즐기기만 하면 그만이었다. 그러다 어디든 자유롭게 앉아 차와 맥주를 마시면서 어깨를 들썩이며 모르는 사람들과 하나가 되었다.

감미로운 재즈에 맞추어 손뼉 치며 흥얼거리는 기분도 그만이었다. 그들과 함께 소리 지르고 지나가는 외국인들을 보는 것만으로도 흥겨웠다. 낯선 거리 정취에 취해 시간 가는 줄 몰랐다. 한국으로 치면 이태원과 비슷했다. 동양인보다는 서양인이 많았으니까.

제주는 말만 거창한 국제 자유도시다. 이런 볼거리, 즐길 거리는 왜 없는 걸까. 기껏해야 저녁 먹고 노래방 가고 하는 게 내가 사는 곳의 문화적 욕구 해소책이다. 너무 허하다. 동양의 하와이를 자칭하는 관광도시의 즐길 거리라기엔 너무 단조롭다.

잠시 여인들의 방랑은 강정포구에서 밤바다를 보는 것으로 막을 내렸다. 그녀가 부른 '아, 목동아!'가 그나마 위안이었다. 신천지 거리가 그리워진다.

나는 누구인가에
대하여

심리 철학에 관심을 가지게 되면서 가치관에 혼란이 왔다.

나는 누구인가에 대한 물음, 대답하기가 쉽지 않다. 그전이었으면 그 냥 '나는 나지' 무슨 엉뚱한 소리 하느냐고 묻는 사람에게 핀잔을 줬을 터이다. 글쎄, 나는 나라고 한다면 그 나라는 존재는 과연 어떻게 이루어졌을까.

한 사람의 인간인 나는 물리적인 육체와 정신으로 이루어졌다. 내가 아닌 다른 사람도 나와 똑같이 물리적인 육체와 정신을 갖고 있다. 그렇다면 다른 사람과 나를 구별하는 잣대는 뭘까. 여기서 나는, 나만이 가진 특성은 생각이 아닐까. 모습은 같아도 생각만은 다를 것이다. 물론 나와 비슷한 생각은 할 수 있을 것이다. 하지만 나와 같은 공간에서 나의 모습을 하고 나와 꼭 같은 생각을 하진 않을 것이다.

하지만 여기서도 의문점은 생긴다. 그전에는 마음은 가슴속에 있는 줄 알았다. 고대 이집트의 투탕카멘 왕의 미라, 심장은 몸속에 그대로 두었고, 내장은 서고 항아리에 넣어 무덤 속에 같이 보관했다. 두개골은 뇌에서 빼

내 버렸다. 이처럼 고대인들조차 뇌에 마음이 있다는 걸 알았는데 나는 심리철학을 하면서 뇌에 정신이 있다는 걸 알았다. 한 사람의 행동, 지각, 모든 게 뇌에서 일어나는 반응 때문에 물리적인 육체 또한 움직이게 된다는 걸 알았다. 그렇다면 나는 물리적인 육체(실체)와 정신(마음) 이외에 또 다른 무언가가 있지 않을까 하는 의문점을 갖게 되었다.

과학 공상 드라마 '스타트렉'에서처럼 나와 꼭 같은 복제인간이 나의 사후에도 과연 생전의 나처럼 비 오는 날 음악 듣기를 좋아하고, 아지랑이가 아롱대는 봄날, 실눈을 뜨고 노랑나비를 보길 좋아할까. 내가 좋아하는 음식, 내가 꿈꾸는 이상. 이 모든 것들이 현재의 나와 똑같은 마음으로 감지될까. 난 아니라고 본다. 모습은 나라고 해도 정신만은 아닐 것이다. 왜냐하면, 정신은 나라는 물리적인 실체와 내가 현재 있는 똑같은 공간 안에서만 존재하기 때문이다. 그러므로 공간이 이동되면 정신은 존재하지 않는다. 우리의 머릿속으로 상상은 가능하다. 나를 복제한다고 해도 모습은 같을지언정 정신만은 다를 것이다.

나는 사후를 인정하지 않는다. 그렇다고 무신론자는 아니다. 그래도 영혼이 있다는 생각을 해본 적이 없다. 현재의 나라는 실체가 존재하는 그 자체에 의미를 둔다. 내가 살아있을 때만 정신과 함께 나의 실체가 행동할 것이다. 나의 뇌가 정지되면 육체와 정신 또한 소멸할 것이다. 정신이 남아서 허공을 돌아다닐 거라는 상상은 하지만, 그 이상은 아니다.

앞으로 과학이 더 발전하여 나와 똑같은, 현재의 나의 모습과 정신까지도 고스란히 지닌 사람이 태어난다면, 생각만 해도 혼란스럽다. 괴도 루팡 같은 사람이 복제된다는 가정 하에, 그가 온 나라를 휘젓고 다닌다는 상상을 하면 섬뜩하다. 문명의 이기들은 우리를 편리하게도 하고 피해를 주기도 한다. 좋은 쪽으로 쓰인다면 더 바랄 나위 없다. 온 나라를 휘저어 놓고 있는 코로나19의 바이러스 퇴치 용도로 쓰이면 좋겠다.

내가 사는 제주도에서 정신이 실체와 함께 저세상으로 가는 날, 나의 흔적은 없어질 것이다. 물리적인 육체 또한 공간을 잃어버려 바람에 날려 갈 것이다. 그 나머지 일들은 상상 속에서나 가능할 뿐….

남과 여

아홉시 뉴스를 보려고 오랜만에 텔레비전 앞에 앉았다.

아니! 저럴 수가!

화면에서는 십사 세 소녀를 성매매한 남자들 넷을 보여주고 있었다. 그들은 자신들의 행동이 떳떳하지 못했음을 아는지 점퍼로 얼굴을 가렸다. 그중에서도 정수리가 성근 초로의 남자는 역겹다 못해 차라리 가엽다. 이십 대에서 오십 대까지의 한 사람을 제외한 나머지 셋은 버젓이 아내가 있는 사람들이다.

아무리 남자들 성이 충동적이라고 하지만 어떻게 저럴 수가 있는가. 차라리 보지 않으면 좋았을 것을. 세상 남자들 모두에게 혐오감을 느끼게 한다. 심지어 남편에게도.

그이에게 물어보았다. 만약에 여자들이 저랬으면 어떻게 하겠느냐고. 그이는 얼굴이 새빨개져서, 여자는 절대 안 된다고 한다. 난 울화가 치밀었다. 왜 남자는 되고 여자는 하면 안 되는지 그 이유를 대라고 다그쳤다.

그이는 벌떡 일어나서 텔레비전을 끄더니 황급히 밖으로 나가 버렸다.

부우웅하는 소리가 나고 잠시 후 주위는 정적에 휩싸였다. 혼자 머쓱해져서 서재로 왔다.

지난번 비 오던 날이 떠오른다.

그때 제주시에서 서귀포로 돌아오는 길이었다. 그날따라 비도 내리고 안개까지 자욱해서 저녁 운전은 쉽지 않았다.

옆에는 S가 참선 중이어서 더욱 그랬다. 5·16 도로는 커브가 많다. 이리 꼬불 저리 꼬불 하는 사이에 S는 내 어깨에 머리 부딪히기를 몇 번 하다 아예 기대고 만다. 뒤차들이 아니면 잠시 세워서 뒷자리에 앉으라고 하고 싶었다. 하지만 그건 나의 희망 사항일 뿐이었다.

거북이걸음으로 서귀포까지 왔다. 빗길 운전 신경 쓰느라 너무 긴장한 탓인지 길을 잃어버렸다. D 택지 개발지구로 잘못 들어가서 나오고 들어가기를 몇 번 반복했다. 큰길로 나오지 못하고 어쩔 수 없이 공터에 차를 세웠다.

S는 이젠 내 쪽으로 완전히 기울었다. 저쪽으로 밀어도 도로 제자리로 돌아온다. 이런 광경을 누가 보면 불륜을 저지르는 사람으로 오해받기 딱 알맞겠다.

그때 난 S가 진짜 참선 중이었는지 아니면 짐짓 그러는지 아리송했다. 정신 차리라고 팔을 콕 꼬집고 싶었다.

잠시 후 겨우 방향 감각을 되찾아 S가 사는 집 근처에 차를 세웠다.

"집에 다 왔우다." 하며 S의 어깨를 몇 번 세게 쳤다. 그제야 빙그레 웃으며 몸을 일으켰다. 그 웃음이 티 없이 해맑아서 화를 낼 수도 없었다. 그날 만약 내가 남자였다면 내게 기댄 여자 손도 만지지 않고 그대로 놔두었을까.

오늘 미성년자를 성매매한 사람들을 보면서 여자와 남자의 서로 다른 성 심리에 대하여 생각해 보았다.

여자는 몸과 마음이 따로 놀지 않는다. 직업적인 여자들은 어떤지 모르지만. 특히, 나는 남자를 즐기기 위한 대상으로 보지 않는다.

남자는 다르다. 어린이든 노인이든 여자라면 가리지 않고 덤벼든다. 여자에게 틈만 보이면, 때론 충동을 억제하지 못해서 완력을 쓰기도 한다. 여기에 남자들만의 비극이 있다. 그 한순간의 욕정을 채우고 난 후, 남자들 심경이 어떤지 매우 궁금하다.

그러고 보면 그 비 오던 밤, S와 난 남과 여가 아니었다.

누군가가
그리운 날

봄을 시샘하듯 함박눈이 무더기로 내리는 날, 그이에게 데이트를 신청했다. 그이는 이 눈 오는데 어딜 가느냐며 펄쩍 뛴다. 제발 철 좀 들라며 나무란다. 말을 꺼낸 내가 멋쩍어진다.

나는 눈 오는 날을 무척 좋아한다. 싸락눈, 함박눈 가리지 않고 기다린다. 눈으로 인한 불편함은 뒷전이고, 첫눈 내리는 날은 온종일 손에 일이 잡히지 않는다. 장독대에 쌓인 솜털 같은 눈을 손으로 쓸어내는 일이 더없이 좋다. 갓난쟁이 볼살을 만지는 것 같다.

옥상에서 보는 도순, 강정 마을은 온통 하얀 세상이다. 사촌 남동생을 불렀다. 우리는 이탈리안 레스토랑에서 레드와인을 마시며 눈 오는 밤의 정취에 젖어 들었다. 사촌은 술을 마시지 못한다. 그는 오늘은 분위기에 취해 딱 한 잔만 하며 글라스를 들었다.

창밖으로는 함박눈이 무리 지어 내린다. 나무에 바다에 조명등에 사뿐사뿐 내려앉는다. 하얀 고깔모자 쓰고 하얀 장옷 입고 승무를 추는 무희의 몸짓과 같다. 귀여운 아이들과 연로한 어르신들 잠에서 깰까 봐 조심조심

날아온다. 먼바다에서 만선을 하고 돌아와 정박한 고깃배, 꾸벅꾸벅 졸고 있는 항구, 시야에 들어오는 모든 게 하얀색이다.

이 밤이 새지 말았으면, 제발 동이 트지 말았으면. 지금 순간 이대로 멈추었으면. 산다는 건 어차피 고행이고, 툭툭거리다가 그냥 묵묵히 가는 것이 인생이다. 고독해도 툴툴거리며 그대로 가는 게 인생이다. 이래도 저래도 달라지지 않는 삶이라면, 굳이 달라지려 하지 말고, 제 할 일 하면서 손가락질받지 말고 살고 싶은 것이 나의 작은 소망이다. 고운 눈 내리는 밤! 그것도 욕심이다.

둘은 함박눈에 이끌려 밖으로 나왔다. 차가운 바닷바람이 볼을 스친다. 나는 연인들처럼 사촌의 팔짱을 꼈다. 흠칫 놀라며 옆으로 몸을 틀던 사촌은 "누나, 이추룩 하영 허여봐신게." 하며 나를 놀린다.

묵묵부답인 채로 한참을 걸었다. 남동생이 "누나 남자친구 이실거라게. 기지예?" 없다는 말에 "에게, 나 속이젠. 바른 말 허여." 하며 나를 다그친다. "엇인걸 어떵 잇젠 허느니." 해도 영 믿지 못하는 눈치다.

나는 이성 친구가 없다. 이성 친구가 절실하지도 않고, 예전의 불쾌했던 기억이 쉽게 지워지지 않아서이다.

오래전 일이다. 어떤 사람의 차를 타고 갈 일이 있었다. 나는 그때만 해도 이성에게 두려움을 갖지 않았다. 자신이 동하지 않으면 상대도 그러려니 하고 믿었다. 하지만 이런 생각은 오산이었다. 산길을 달리던 그는 길옆에 차를 세우더니 느닷없이 나를 껴안았다. 힘과 말로는 안 되겠기에 힘껏 팔을 꼬집어 비틀었다. 여름이어서 반팔 차림이었던 그는 맨살을 꼬집히자 팔을 풀었다. 이 사건 이후 간혹 나에게 호감을 보이는 남자가 있어도 외면한다. 그런데 오늘처럼 눈이 내리는 날이거나 바람 부는 날, 장대비가 억수로 쏟아지는 날, 온 섬이 안개로 자욱이 드리운 날이면 누군가와 함께였으면 좋겠다. 사촌이 아닌 다른 사람과 함께 있고 싶다. 클래식 음악이 잔잔히 흐르는 바닷가 찻집에서 도란도란 이야기꽃을 피울 수 있는 그런 사람.

내가 바라는 이성 친구는 가정을 가진 남자여야 한다. 그것도 가정에 충실한 남자였으면 좋겠다. 그러면 서로 정해진 선에서 이탈하지 않으려 할 것이므로. 그리고 나를 여자로 보지 않는 남자면 금상첨화겠다. 서로 상대를 의식하지 않고 편하게 이야기 나눌 수 있는 그런 사람. 하얀 눈이 나를 소환했다.

"누나 무신거 셍각허멘."

제7부

세월,
아름다움으로

글쓰는
농부

아버지는 말과 글로
농사를 지으셨고
어머니는 몸과 행동으로
농사를 지으시며
육 남매를 키우셨다

아버지는 나의 글의 주제
어머니는 나의 글의 소재

나도 부모님처럼
말과 글과 몸과 행동으로
글을 쓰는 농부
흙을 사랑하는 농부

주: 김용택 시인의 '시인과 농부'를 모티브로 인용함.

제주 여인의
영혼

비가 내리고 있다. 다닥다닥 떨어지는 빗소리는 자장가처럼 들린다. 마음이 편안하다. 그 어떤 아름다운 멜로디도 자연의 소리를 대신하지 못한다.

눈꺼풀이 스르르 감긴다. 자연의 소리에서 영혼의 울림을 감지한다.

신과의 교감을 유추해 본다. 신이 과연 존재하는지 그건 알 수 없다. 그렇다고 부정도 하지 못한다. 그러나 있다고 믿고 싶다.

우리 마을에는 성황당이 세 군데 있다. 가는 날짜가 다르다. 본향당에는 영등할망이 들어올 때 간다. 정월 열나흘날이 제일(祭日)이다.

만약 이때쯤 마을에 상이 나거나 부정한 것을 보게 되면 가지 않는다. 한 달 뒤, 영등할망 나가는 날 가게 된다. 이날은 어떤 것에도 구애받지 않는다. 다른 두 곳은 할망당이고 유월과 동짓달 이렛날에 간다.

조무래기 때, 또래들이 성황당에 매달아 놓은 십 환짜리 지폐를 가져왔다. 그걸 보고 걔가 참 대단했다. 커다란 나무에 주렁주렁 매달린 형형색색의 형겊과 종이들, 근처에만 가도 섬쩍지근했다. 걔에게서 얻어먹은 사탕이 당에서 가져온 돈으로 산 걸 알고 토악질을 했다.

그러면서도 친정어머니가 당에 가는 날을 은근히 기다렸다. 하얀 쌀밥에 베지근한 옥돔을 먹을 수 있었으니까. 그땐 거기 왜 가는지 궁금하지 않았다. 꼭두새벽 칼바람을 맞으며 굳이 다녀오는 이유를 몰랐다.

시집온 첫해. 시어머니는 내일 일찍 일어나라고 했다. 당에 가야 한다는 것이다. 밤새 내린 눈으로 온 주위가 은세계였다. 눈 위를 발자국으로 수를 놓으며 시어머니 뒤를 따랐다. 한참을 가도 커다란 나무는 보이지 않았다.

눈으로 인해 길인지 밭인지 구분이 되지 않았다. 아무래도 길을 잘못 든 것 같았다. 말을 하면 안 된다고 시어머님은 어젯밤 신신당부를 했지만, 금기를 깨기로 했다.

"어머님! 일로 가는 디 아닌 거 닮수다. 절로 가 보게 마씸." (이 길로 가는 게 아닌 것 같아요. 저쪽으로 가 보기로 해요.)

"니 이디 와 본다. 난 이 동네서 이제꼬장 살아신예." (너 여기 와 보았느냐. 난 이 동네서 계속 살았단다.)

다급했는지 금기를 깬 시어머님의 목소리. 눈은 무릎까지 푹푹 빠지고 향로를 든 손은 감각조차 무뎌졌다. 나중에 집에 가서 꾸중을 듣더라도 행동에 옮기기로 했다. 지난번 지나가면서 보아 둔 곳을 어림짐작으로 찾아가리라.

"저 먼저 가크메 뒤에 옵서 양!" (먼저 갑니다. 따라오세요.)

대답도 듣지 않고 과수원 담을 넘었다. 할 수 없이 내 손을 잡고 시어머님도 월담을 했다. 할망당 큰 나무 앞, 구덕에서 메와 과일, 제주(祭酒),

마른 옥돔 등을 주섬주섬 늘어놓았다. 미끈하게 뻗은 가지에 지전을 실로 단단하게 매달았다. 시어머님은 제주(祭酒)를 올리고 절을 했다. 그 옆에서 가지런하게 두 손을 모았다.

가기 전엔 한 살배기 아들, 탈 없이 자라게 해달라고 빌고 싶었다. 하지만 어린 새댁이었던 나는, 빨리 집에 가서 꽁꽁 언 몸을 녹이고 싶은 생각밖에 없었다. 그날 제대로 빌지 못했지만, 아들은 영민하다.

어떤 어머니는 자식이 시험 보는 날 아침에 할망당에 가서 빌고 온다고 한다. 제일(祭日)이 아니어도 그곳을 다녀오면 마음이 편안해지더란다. 나는 그렇게 정성을 못 해봤다. 제일이 되어 남이 가면 가고 오면 오는 식이다. 자식에게 부끄러운 어미이다.

친정 마을 할망당은 흔적도 없다. 오래전, 미신 타파한다고 장정들이 와서 팽나무를 베어버렸다. 그때 동네 아주머니들은 벌벌 떨며 수군댔다. 당신(堂神)이 노해서 천벌을 받을 것이라고. 하지만 아무 일도 일어나지 않았다.

팽나무가 잘려나갈 때, 마을 여인들의 소망도 사라지지 않았을까. 그들의 공동체 의식과 우리 제주만이 갖고 있던 아름다운 풍속들.

지나간 것은 다시 되돌아오지 않는다. 사라진 그 자리에 새로운 것이 들어선다. 새것이 들어서면, 옛것들은 좋은 것이든 나쁜 것이든 간에 묻히게 마련이다. 잊힌다는 것은 견딜 수 없는 아픔이다. 그게 이어져야 할 제주만의 문화여서 더욱 그렇다.

요즘 들어 성황당을 종종 찾는다. 보리수나무가 아치형이었는데 지난 강풍에 결딴났다. 어질러진 가지들을 밖으로 치워내고 향을 피운다. 그곳에 좌정해 있는 여인을 마음속으로 그려본다. 보릿짚으로 밥을 짓고, 한여름 뙤약볕에 그을리며 조밭을 매고, 물때 맞춰 물질하던 강인하고 당당했던 옛 제주 여인의 영혼을.

커다란 팽나무에 주렁주렁 걸린 지전들과, 알록달록한 헝겊들의 잔영, 자꾸 겹친다. 친정어머니는 그곳에서 마을과 집안의 안녕을 빌고, 자식들의 무탈을 기원했다. 그분이 두 손 모아 소망했듯이 나도 여기서 원을 세운다.

나의 할머니와 어머니의 혼이 있는 이곳. 그런데 이들과 나를 하나로 이어주던 고리들이 슬슬 풀어져 버린다. 문명이 발달하고 편리함에 익숙해져 가면서부터. 과거는 과거로 현재는 현재인 대로 정지해 있다.

옛 제주 여인의 영혼이 현대 문명에 묻히고 있다. 자연의 아름다운 소리와 그들의 정서, 사상을 교감하고 싶다.

며느리와 함께 성황당에 올 수 있었으면 좋겠다.

모성애

어린아이에게 젖을 먹이는 어머니의 모습은 아름답다. 웨딩드레스를 입은 모습도 황홀하지만, 그건 한순간의 아름다움에 지나지 않는다. 어쨌든 한 남자의 아내가 되어 아이를 낳고, 그 아이를 애정 어린 눈길로 바라보며 젖을 먹이는 모습은 그 어떤 아름다움에도 비할 바가 아니다. 여자의 모성애, 이 모성애는 인간에게만 있는 것은 아니다. 동물에게도 있다. 오히려 동물은 인간보다 더 자식에게 애착을 갖는다고 한다. 하지만 동물은 인간처럼 감성과 이성을 동시에 지니지 못한다. 그들에게는 감성만 있고 이성이 없다고 한다.

인간이 동물하고 다른 이유는 어떤 행동을 실천에 옮기기 전, 자신의 행위가 정당한지 확인해 보는 데 있다. 마구잡이로 행동하고 날뛴다면 인간이 동물하고 다를 게 없을 것이다.

신문지면과 방송 매체를 통해서 자식이 부모를 구타하는 것을 본다. 그렇지만 보통의 어머니는 자식의 처벌을 원치 않는다. 오히려 자신의 부주의로 자식이 잘못되었다며 선처를 바란다. 모성애가 없다면 불가능한 일이다.

며칠 전, 군에 간 막내아들이 휴가를 다녀갔다.

아들이 집에 오기 전에는 좋아하는 음식도 해먹이고 많은 이야기를 나누리라 생각했다. 그런데 아들이 휴가 나오기 하루 전부터 독감에 걸려 이불 신세를 졌다. 아들은 하루 세 끼 식사도 혼자서 챙겨 먹었다. 이래서는 안 되겠다 싶어 아들이 가는 날, 억지로 일어나서 머리를 감고 부산을 떨었다.

오후 비행기여서 아들이 좋아하는 해물탕을 사 먹이고 싶었다. 그러나 아들은 삼겹살을 먹겠다고 했다. 고기를 구우면서 연신 오물오물거리는 아들의 입을 보았다. 막내여서 삐지기도 잘하고 여자가 귀한 우리 집에서 여자 노릇을 톡톡히 하는 아들이다.

식당 주인 아저씨가, "휴가 왔구나. 오늘 가니?" "네." 주인은 내게 "섭섭하시겠어요." 하신다. 나는 "그렇지도 않아요. 큰아들 군대 갔을 때는 신경이 쓰이고 조바심도 들더니, 지금은 담담하네요." 내 말을 들은 주인은 "너 화나겠다. 엄마 말 신경 쓰지 말고 고기 많이 먹고 가라." 말하고는 카운터로 돌아갔다.

아차 싶어 아들의 눈치를 슬쩍 살폈다. 대화에는 안중에도 없고 먹는 데만 열심이다. 육류 종류는 별로 좋아하지 않는데 얼마나 먹고 싶었을까. 괜스레 눈시울이 붉어졌다.

식당에서 나와 공항으로 가면서도 태연하려고 애썼다. 아들은 눈을 지그시 감고 시트에 몸을 기대고 있다.

비행기 이륙 시간이 다 되었다며 가겠다는 아들을 꼭 껴안아 주었다.

아들은 "건강하십시오." 하고 뚜벅뚜벅 탑승구로 향했다. 안으로 아들의 모습이 사라진 뒤에도 그 자리에 못이 박힌 듯 서 있었다.

자식에 대한 애정의 깊이를 잣대로 잴 수 있을까. 어느 자식 한 명 한 명 소중하지 않을 수 없다. 부모에게는, 특히 어머니에게 있어서는.

어제는 주말이었는데 전화도 없다. 내가 식당에서 했던 말에 상처를 입은 건 아닌지 모르겠다.

창밖에는 봄 햇살이 반짝인다. 금방이라도 막내가, "엄마! 노랑나비, 오랑캐꽃!" 하면서 뛰어 들어올 것만 같다.

노물 꽃
그대로

사월의 제주 섬은 온통 노란 물결이다.

서귀포 일대에는 길 양쪽에 유채꽃이 흐드러졌다. 살랑대는 봄바람에 출렁이는 노란 물결, 지나가는 사람을 유혹한다. 그 원색의 빛에 이끌려 길 옆에 차를 세웠다. 잎사귀가 이상하다. 나를 감쪽같이 속인 유채꽃은 다름 아닌 노물 꽃이었다. 꽃 사이를 포롱포롱거리는 나비를 보며 예전 일이 떠올랐다.

한때, 구절초와 쑥부쟁이를 구별하지 못해 애를 먹었다. 그게 저거 같고 저게 그거 같아서 아무리 봐도 자꾸 헷갈렸다. 구월이 되면 그 자줏빛에 취해 가까이 가서 구절촌지 쑥부쟁인지 꼭 확인하곤 지나갔다.

여자의 나이는 이와 다르다. 같은 사십 대 여자들을 놓고 봐도 천차만별이다. 아주 젊은 사람이 있는가 하면 실제 나이보다 겉늙게 보이는 사람도 있다.

가끔은 몇 살인지 구별이 안 되어 헷갈린다. 서로 엇비슷하게 보이는 사람인데 모녀이기도 하고, 처녀인 것 같은데 나중에 알고 보면 아줌마일 경우도 있다.

요즘 여자들은 삶이 윤택해져서 실제 나이보다 훨씬 젊게 보인다. 그 이면에는 발달한 화장술과 성형도 한몫했다.

나에게도 그런 시절이 있었다. 주위 사람들이 몇 년 전까지는 나이를 제대로 보지 못했다. 여자로선 한물갔다고 해도 거짓말하지 말라고 눈을 흘기던 고마운 사람들.

지금 내 나이는 하루로 치면 해 질 녘이고 계절로 치면 가을이다.

가꾸는 데는 뒷전이다. 또래 여성보다 얼굴은 부석부석하고 눈가엔 주름도 가닥가닥 사이좋게 잡혔다. 이런 내게 친구는 눈가의 주름을 펴고 쌍꺼풀 수술도 하라고 성화다. 오늘도 놀러 와서 수술하기만 하면 십 년은 젊게 보인다며 부추기다 갔다.

그가 가고 난 후 거울 앞에 앉았다. 예쁘던 속 쌍꺼풀은 어디로 숨어버렸는지. 늙수그레한 아줌마가 타인인 양 날 쳐다본다. 턱밑의 주름은 나 여기 있노라고 으스댄다. 늘어진 피부에 둘러싸인 목은 학처럼 우아하던 모습은 온데간데없다. 검고 숱이 많던 머리는 하루가 다르게 빠지더니 은가루를 뿌린 듯하다. 미리 좀 가꾸기라도 할걸 후회하다 화장을 하기 시작했다. 파운데이션, 립글로스, 마스카라를 칠하고 나니 한결 화사하다.

거울 속의 여자는 세월을 거스르지 않아도 아름답다. 옛 어른들은 눈꺼풀이 늘어져도 참고 살아가셨다.

노물 꽃처럼 유채꽃 행세를 하지 않기로 했다. 몸은 육십인데 얼굴만 사십이면 이것도 이상하다. 내면에 싱그러움을 가득 채워야겠다. 가끔가다 오늘처럼 화장술로 날 바꿔보는 재미도 쏠쏠할 것이다.

늘어진 눈꺼풀 잘라내서 한 십 년 수명이 연장된다면 고려해볼 수도 있다. 하지만 그것도 끔찍한 일이다. 순리대로 살다 때가 되면 세상을 하직하는 멋도 부려볼 양이다.

앞으로 나이 따윈 잊고 살기로 했다.

주: 노물은 배추의 제주어. 배추꽃=노물 꽃(제주어).

섬을 떠나야
섬이 보이듯

제주에 정착하려면 그 속에 동화되어야 편하다. 독특한 제주어가 귀에 익고, 매일 부는 바람과도 친해야 동화가 가능하다. 서귀포에 살려면 눅눅함과 익숙해야 하고, 시도 때도 없이 부는 바람이 얄궂다가도 잔잔한 날이면 허전해지는 변덕도 부려야 한다. 여자들의 억척스러움은 기본이다.

오늘도 섬 바람이 머리칼을 헝클어 놓는다. 이리저리 핀을 찾는데 따르릉 벨이 울린다. 서울에서 지인의 반가운 목소리가 전화선을 타고 왔다. 둘은 고향이 같다는 이유로 친근감이 더하다. 서귀포 전국 문학 대회 건으로 이야기를 나눴다.

자신의 어릴 적 보따리를 풀어 놓으며 신이 났다. 고향이라는 어휘가 주는 아늑함, 당고개에 대한 향수, 고향 바다에서 물질을 했다는 그녀. 내가 둘이 같이 바다에 들어가 보면 어떻겠냐고 제안했다. 좋다며 깔깔대는 그녀의 웃음이 해당화를 닮았다.

자신은 서울에 살면서 제주인의 정체성이 사라지는 느낌을 받았단다. 가슴앓이하던 어느 날 친정 어른에게 부탁해서 잠녀 옷을 구해 보내 달라고 했단다. 숙모는 하얀 적삼과 꺼먼 고쟁이를 새로 지어 조카에게 보냈다. 잠녀복은 예전 자신이 입었던 옷과는 많이 변형된 것이라고 했다. 그 옷을 신주단지 모시듯 궤 속에 모셔 두었노라 했다.

그 이후부터 수시로 고향의 파도 소리가 들린다고 했다. 비경인 우도가 눈앞에 펼쳐지고 비릿한 바다 내음이 풍긴다고 했다. 자맥질하며 소라와 전복을 잡던 일이 어제처럼 선명하단다. 삶이 고단하고 제주가 사위어질 때쯤 고이 간직해둔 옷을 꺼내서 자신의 정체성을 확인한다는 그녀.

고향에 살아도 나는 그녀처럼 절절하지 못하다. 방언을 구사하고, 쪽빛 바다와 무시로 만나도 바다의 노래가 아득하다. 농부인데 감귤이며 한라봉의 이야기가 아른아른하다. 듣지도 느끼지도 못하면 살아도 살아 있는 게 아니다. 늘 만나면서도 이방인일 수밖에 없는 것처럼.

그녀에게 고향은 그리움의 대상이며 영원한 향수다. 화려한 도시에 살면서도 지워지지 않는 잿빛 가마우지 울음소리다. 호오이 호오이 내쉬던 숨비소리 같은 거다.

돌아갈 곳이 있는 사람은 행복하다.

마음속의 고향은 늘 아름답다. 어머니 품처럼 넉넉하고 포근하다. 버거운 짐을 언제나 내려놓을 수 있는 신화의 땅. 그리운 섬 하나 가슴에 묻어놓고 무시로 대화하는 그녀. 때로는 아련함으로 다가오기도 했을 비릿한 갯내음.

나에게 제주는 사랑이고 연민이다. 봄비에 땅을 뚫고 올라온 고사리처럼. 오랜 기다림 끝에 세상에 얼굴을 내민 수줍음 같은, 등지려야 등질 수 없는 애처로운 곳이다.

허리를 굽혀야 자태를 드러내는 들꽃의 속삭임이 듣고 싶다. 청초함을 느끼고 싶다.

제주의 이야기를 본풀이로 풀어내고 싶다. 사랑하지 않으면 느낄 수 없듯이, 그녀가 타향에 살면서 심한 갈증과 향수를 느끼듯 나도 절절해지고 싶다.

그러면서도 세월은 여유를 갖게 해준다.

초조함도 까탈스러움도 마음에서 내려놓으라 한다. 묵묵히 제 갈 길을 가라 한다. 불평불만에서 벗어나 웃으라 한다. 자유로워지라 한다. 그리움도 그리움으로 남겨두고, 굳이 아파하지 말라 한다.

길은 어디에나 나 있었다.

무성한 풀에 가려 보이지 않았을 뿐이다.

지름길, 직선, 구불구불한 제주만의 올레.

가야 할 길을 선택하는 것은 각자의 몫이다.

타향에서 그리움이란 열병을 앓는 그녀. 고향에서 오돌또기를 노래하는 나.

우리 둘은 다른 듯해도 숙명적으로 닮은 태생이다.

피 뿌리 풀보다 더 진한 울음을 그려내는 제주 여자들이다.

섬을 떠나야 섬이 보이듯 슬프도록 아름다운 이야기를 내 길 위에 써야겠다.

만남

사람은 살아가면서 숱한 것들과 만난다. 최초로 부모와의 인연을 시작으로 세상과 조우한다.

성장하면서 교우와 관계하고 스승과 만나며, 사회에 진출해서는 직장 동료와 교류한다. 여러 만남 중에 어느 하나 우연으로 이루어진 것은 없다.

만나야 할 사람은 원하든 원치 않든 필연적으로 만나게 되어 있다. 우연히 마주쳐서 만난 것처럼 보이는 사람도 그렇게 되도록 필연이 내재되어 있다. 우리는 다만 필연성을 배제한 채 우연성을 부여하고 있을 뿐이다.

그중에서 배우자와의 만남은 매우 각별하다. 인생의 절반 이상을 함께할 부부의 인연은 소중하지 않을 수 없다.

그 소중한 만남이 잘못되는 경우가 있다.

주위에 필연으로 만났으면서도 소 닭 보듯 하는 부부를 본다. 때론 주변의 이해관계에 얽혀 한 사람의 일생을 망치기도 한다. 서로의 성격 차이를 극복하지 못하고 갈라서기도 한다.

성격 차이라는 게 참 미묘하다. 부부의 내밀한 부분까지 포함된 것을 남들이 이래라 저래라 할 수는 없다. 서로 조금씩 양보하고 이해하면 파경까지는 가지 않을 것이다.

우리 부부도 그랬다. 나는 이해의 과정을 무시한 채 자신만 옳다고 주장하며 얼굴을 붉혔다. 그러다 언성까지 높이며 그이의 마음에 생채기를 내었다. 이런 고약한 나를 보며 남편은 얼마나 힘들었을까. 옆에서 지켜보는 자식들은 또 어떻고.

서로 자신만 옳다고 주장할 때 합의점을 찾기 어렵다. 타인의 입장에서 냉철하게 자신을 바라보는 안목이 필요하다. 그게 쉬운 듯하면서도 생각만큼 쉽지 않다.

올해 들어 버리는 연습을 하고 있다. 남편과 자식에게 걸었던 기대, 그걸 떨구어 내려고 안간힘을 쓰고 있다. 잔뜩 쌓아놓은 욕망의 덩이들을 하나둘 떼어내고 있다. 깃털처럼 가벼워지는 건 또 다른 욕망의 덩어리를 붙이는 일, 무너지지 않을 만큼만 공생하려고 한다. 한결 홀가분하다. 욕망으로 가득했을 때 보이지 않았던 것들이 하나둘씩 자태를 드러낸다. 남편과 자식이 새롭게 다가온다. 예전에는 기대에 가려졌던 것들이.

서로의 만남에서도 기대가 크면 그만큼 실망도 크다. 소중한 만남을 행복으로 잇는 것은 각자 하기 나름이다.

악연도 그렇다. 자신이 어떻게 하느냐에 따라서 좋은 만남으로 바뀔 수 있다.

우울한
아침

아침 공기가 상큼하다.

가게의 유리창을 활짝 열었다. 서쪽 하늘에는 무지개가 걸렸다. 콧노래를 흥얼거리며 구석구석 먼지를 닦으며 부산을 떤다. 가능하면 즐겁게 하루를 시작하려고 한다. 가게라고 해봐야 조그맣다. 그러나 나의 소중한 일터다. 여기서 내가 가꾼 농산물을 판다.

고객은 관광객이다. 이게 내겐 다행한 일이다. 각양각색의 사람에게서 많은 것을 보고 느낀다. 고정 고객이 있는 게 아니어서 어떤 때는 눈코 뜰 새 없다가도 어떤 날은 한나절 동안 나만의 시간을 갖기도 한다.

컴퓨터에선 쇼팽의 '피아니스트'가 흘러나오고 있다. 녹턴의 감미로운 음조가 날 편안하게 이완시킨다. 이 시디를 들을 때마다 선물해준 그분을 떠올린다.

초이스 커피가 날 유혹한다. 그윽한 커피 향과 녹턴에 취한 것도 잠시.

사십 대 초반의 남녀가 들어섰다. 남자가 감귤 한 상자에 얼마냐고 물었다. 삼 킬로그램 한 상자의 가격을 말했더니 비싸다고 했다. 그러면서 자기들은 골프 치러 이 동네 자주 오니 잘 해주라고 한다. 이런 사람한테는 말해봐야 입만 아프다. 가만히 있는 게 덜 피곤하다.

둘은 오늘 스윙은 정말 잘 되더라, 내기 골프였으면 참 좋았었는데 하며 시시덕거린다. 아무리 고객은 왕이라지만 이런 사람은 부담스럽다. 속으론 제발 나가주었으면 하고 바랐지만 그럴 기미가 보이지 않는다. 자기들끼리 소곤대더니 두 상자를 오만 원에 달란다. 옥신각신 끝에 사만 오천 원에 팔기로 했다.

결제하자며 카드를 쓰윽 내밀었다. 나를 빤히 쳐다보며 고액권 수표밖에 없어서 그렇다는 남자의 말에 피가 거꾸로 솟았다. 작은 가게라고 아무려면 거스름돈 없을까 봐서. 참자. 오늘 첫 손님, 고객은 왕 하다가 욱해서 카드를 바닥에 내팽개칠 뻔했다.

카드 결제하는 사이에 여자는 뒤에 놔둔 한라봉과 감귤을 먹어대고 있다. 브랜드 옷에 예쁜 얼굴이 안타깝다. 새빨갛게 루즈를 칠한 입을 오물거리며 미안한 기색도 없는 여자. 게다가 남자는 자기도 감귤 농사짓는데 지금 하우스 감귤을 거금 주고 사 먹으려니 몸이 벌벌 떨린다고 엄살을 피운다. 이들이 진정한 골프 마니아인지 의심이 든다.

골프의 룰은 감독하는 사람이 없다. 플레이하는 사람 스스로 심판하고 벌칙도 자진해서 정해야 한다. 그래서 신사도의 게임이라 불린다.

흔히들 골프를 인생에 비유한다. 티 그라운드에서 멋진 샷을 날린 뒤 페어웨이를 걸으며 다음을 생각한다. 그린에 공을 올린 후 어떻게 홀컵으로 공을 넣을지 고심을 해야 한다. 공이 홀컵으로 빨려 들어갈 때까지 긴장은 계속된다. 순간순간의 고비와 좋지 않은 기억들을 떨쳐내는 여정은

18홀까지 이어진다. 저런 사람들이 이런 스포츠를 즐긴다니 한심하다.

과부가 과부 사정 안다고 한다. 자신이 농사꾼이면 절대 그럴 수는 없다. 나는 농산물은 값의 고하를 막론하고 달라는 대로 다 주고 산다. 그들의 수고로움을 알기 때문이다.

오늘 아침 남녀에게서 사회의 한 단면을 보았다. 남들이 하면 나도 따라 해야만 된다, 그래야 사람대접을 받는다, 이런 잘못된 풍조가 만연한 사회에 이들은 젖어 있었다. 아주 당연한 듯이.

남과 같지 않으면 뭔가 손해 본 것 같고 찜찜하다. 이 때문에 너도나도 남과 같아지려고 기를 쓴다. 같아서 좋은 게 있고 나쁜 게 있는데도 말이다.

경기의 룰은 지키라고 정해졌다. 사회생활도 마찬가지다. 남에게 해를 끼치거나 불편함을 주어서는 안 된다는 마음가짐, 그게 일상생활에 녹아나야 한다.

두 사람이 페어웨이를 걸으며 마음을 다스렸다면 오늘 같은 행위는 하지 않았을 것이다. 기분 좋게 시작한 아침이 이들로 인해 우울해져 버렸다.

오싹하다. 나도 그들 속의 한 사람인지 모른다.

백발의
노스탤지어

프롤로그

장미향이 상큼한 5월 어느 날 오후, K 교수님으로부터 전화가 걸려 왔다. 당신의 얘기를 내가 써 주면 좋겠다고 했다. 전화기에서 들려오는 목소리는 매우 조심스러웠다. 스승의 그림자도 밟지 말아야 한다는 생각이 들면서도 이보다 더 행복할 수 없다는 기쁨이 몰려들었다.

교수님과의 인연은 20년 전으로 거슬러 올라간다. 그해, 수필이라는 장르에 이름을 올렸다. 덜컥 겁이 났다. 도저히 이대로는 안 되겠다 싶어서 만학을 시작했다. 복수 전공으로 신청한 강의실에서 교수님과 첫 대면을 했다.

교수님은 나를 보고 마뜩잖은 표정이었다. 같은 과도 아니고 다른 과의 나이 든 여자가 당신 바로 앞에 앉았으니 한심한 모양이었다.

한 학기가 지나갈 무렵이었다. 누군가가 나를 고자질하는 바람에 정체가 탄로 났다. 이튿날부터 출석을 체크할 때, 이름을 부르지 않고 나를 한번 보고 씨익 웃는 것으로 대신했다.

졸업할 때까지 선생으로 불렸다. 그러지 말고 이름을 불러 달라고 해도, "긑은 문인이난 경허민 안 되어." 하셨다. 문인들은 서로를 존중해야 한다고 누차 일러 주셨다.

학우들은 다른 학생들은 이름을 부르는데 내겐 오 선생이라고 했으니 의아했을 것이다. 하지만 이것은 졸업 때까지 교수님과^(이후론 선생으로 지칭함을 용서) 나만의 비밀이었다.

원주민 처녀에게 발목 잡힌 멋쟁이

1

선생은 일본 도쿄에서 태어났다. 그곳에서 한국 고등학교와 도쿄 호세이대 철학과를 졸업했다. 졸업하기 전, 대학을 휴학하고 일 년간 산사에서 면벽(面壁)을 했다. 철학도여서 알고 싶은 것이 많아서라는데 그건 아닌 것 같다. 귀공자풍의 외모에 인텔리여서 뭇 여성들이 흠모하는 대상이었다. 거기다 스스로 돈환을 자처하고 있다.

자유분방한 자신을 추스르기엔 선생은 너무 젊었다. 화려한 것들과 주어질 명예, 종손이라는 굴레. 철학적 사유가 아니어도 젊은 시절 방황은 극히 자연스러운 현상이다.

하산할 때 주승은 아쉬워한다. 까다롭기로 소문이 난 주승은 일 년 동안 선생을 거두어 주었다. 애제자를 보내는 심정이 아래 글에 고스란히 들어있다.

대학을 졸업하고 고국으로 돌아간다고 하니 "나비나 새들에게는 대학문도 나라 관문도 山門도 없거늘"하며 혀를 찼다. 그리고 속세로 내려가는 선생에게 무운이란 아호를 지어 주었다. 禪句^(선구)는 '無雲生嶺上 有月落波心.^(무운생영상 유월낙파심)'. '산 위에 구름 일지 않고, 파도처럼 흔들리는 마음에 달이 떨어지네.'이다.

구름은 무게가 없다. 그러나 어느 순간, 고체가 되어 비를 뿌린다. 호수에 잠겼던 달도 때가 되면 온 세상의 어둠을 밝힌다. 깜깜한 어둠과 환한 달빛. 극과 극, 무운이란 아호처럼 선생은 우리 수필계의 구름과 달이다. 선생의 수필에는 가벼운 것 같으면서도 깊이가 있고, 경박한 것 같지만 고상한 품위가 있다.

2

종손이란 굴레를 피할 수 없던 선생은, 집안의 제사를 모시기 위하여 귀국한다. 도쿄의 화려한 생활을 접고 신창에 눌러앉게 된다. 선생에겐 이 시절이 생애에서 제일 힘든 시기였다. 자신에게 주어진 길에 순응하며 살아가야 한다는 강박관념, 더구나 문화의 이질감은 선생을 바짝 옥죄었다.

신창리 상코지에 앉아 파이프 입에 물고 먼바다를 보는 일이 잦아졌다. 수평선 끝에 다시는 돌아갈 수 없는 일본이 있기 때문이었다. 부조리한 현실을 술로 달랬다. 강의 시간 틈틈이 딴짓하는 학생들에게, "어떵살코." 하는 멘트를 자주 날렸다. 이 말은 선생이 자신에게 수없이 던졌던 질문이었다.

제주도 처녀와 결혼한다. 선생은 이 처녀에게 발목이 잡혀 제주에 눌러앉게 되었다고 변명했다. 아니다. 핵심은 종손이란 굴레였다. 집안의 기제사를 모시고, 벌초해야 하는 자손의 도리, 섬이란 특성이 갖는 고립, 자신과의 처절한 싸움, 인고의 시간이었다.

3

한국 외국어 대학교 대학원을 졸업하고, 제주대학 교수로 둥지를 튼다. 선생의 새로운 인생이 시작된다. 일문학 하는 후진들을 위해 《일문학 맛보기》라는 저서를 내고, 과에서 교재로 활용하고 있다. 이 시기에 수필가로 등단하고 《낙서의 조각들》,《추억의 조각들》,《너 그래도 돼?》등 왕성한 필력을 내보인다.

후학을 가르치면서도 항시 허한 가슴은 메울 길이 없다. 선생은 부조리한 것들로부터의 도피 수단으로 글을 쓴다고 고백한다. 그 말이 진솔하고 아취가 풍긴다.

사람은 살아가는 동안 가슴에 그리움을 묻어놓고 산다. 어떤 이는 그게 첫사랑일 수도 있고, 혹은 이루지 못한 꿈일 수도 있다. 선생의 그리움의 대상은 태어나서 젊은 시절을 보낸 일본이다. 인간은 유년 시절을 보낸 곳이 뇌리에 강하게 각인된다. 교육도 그 사람의 인생관을 좌우하게 된다.

만약 선생께서 제주의 샌님으로 살았다면, 철학적 사고가 가미된 에로틱한 수필은 쓰지 못했을 것이다. 훈시나 설교 일색이었을 것이다. 경험은 간접 경험과 직접 경험이 있다. 책에서 읽거나 누군가에게 들은 것보다 직접 체험한 것일수록 더 리얼하다.

수필의 묘미는 진솔함이다. 시처럼 이미지를 형상화하거나, 소설처럼 가공의 인물을 내세워 이야기를 전개하지 않는다. 언제나 내가 주인공이다. 이 주인공의 손맛에 따라 맛이 떫거나 시거나, 달콤하거나 한 작품이 탄생한다. 선생께선 모든 소재를 자유자재로 요리하는 탁월한 재주를 지녔다.

4

며칠 전에 G 수필가와 함께 선생을 뵈었다.

그날은 공교롭게도 삼촌의 제삿날이었다. 선생과는 나이 터울이 비슷하고, 제주로 귀국하기 전까지 그 댁에서 기거했다고 한다. 둘이 어깨동무하고 술을 마시러 다니기도 했던 삼촌을 추억하는 내내 눈동자에 그리움이 묻어났다.

선생께 하루 일정을 여쭤보았다. 아침 일찍 일어나기 싫어서 저번 학기로 대학 강의도 그만두었다고 했다. 정오쯤 일어나 식사는 아침 겸 점심을 느긋하게 드신 후 중앙로에 있는 A 커피숍에서 4시 반까지 글을 쓴다고 했다.

선생이 앉은 자리는 명당이었다. 날씨가 맑은 날이면 창밖으로 한라산이 보인다고 자랑이 대단했다. 매일 출근한 탓에 아줌마와 아가씨들이 먼저 인사를 건넸다.

제주도에 이처럼 우아하고 멋진 나날을 보내는 문인은 많지 않다. 하지만 나는 그 우아함 속에 가려진 진한 그리움을 보았다. 그리움의 조각들을 노트에 메모하는 선생을 보았다.

'이방인'에서 뫼르소가 강렬한 태양 빛 때문에 권총의 방아쇠를 당긴 것처럼 선생은 부조리한 현실로부터 탈출하기 위해 글을 쓰며 그리움을 묻으려 한다. 그래도 밀려드는 공허함은 어쩔 수 없다고 한다. 게다가 노년의 불안감도 엄습한다.

5

어느덧 노년을 걱정하는 나이가 되었다.

인간이 하는 계산이나 계획 따위는, 엄한 현실 앞에서 얼마나 맥없이 무너지는 것인가. 인간은 숨 쉬고 있는 한, 인생의 도중 아닌가. 어차피 죽을 때까지 쭉 걸어가지 않으면 안 될 바에야. 미련을 남기지 않도록 당당히 쓴맛 단맛이란 무거운 짐을 지고, 묵묵히 갈 수밖에……

'그 무엇, 어떤 한 가지라도 이 세상에 태어나서 좋았구나.'라는 걸 발견하는 일이 있었으면 좋겠다.

제2 인생의 목표 판을 새로 짜야 하나 "새 판을 짠다."고 아무리 궁리해 보아도 자질구레한 목표들뿐이다.

선생은 새 판을 짜지 않아도 된다. 이미 철학적 심오함이 내재된 수필가라는 당당한 타이틀을 갖고 있기 때문이다. 인생의 달관된 경지에서 써내는 작품들이 전부 수작이다. 성격 또한 심지가 곧아서 불의와도 쉽게 타협하지 않는다. 그래서 곧잘 주변 사람들에게 오해를 받는다. 하지만 그게 선생을 더 빛나게 해준다.

다만 이게 돈벌이와는 거리가 먼 것이어서 사모님께는 주눅이 들 것이다. 포도 한 알을 따서 먹여주는 익살스러움을 연출하면 되리라 본다. 아니면 두둑한 배짱으로 견뎌내면 될 것이다.

에필로그

내 머릿속에는 '작가 생전에는 그를 조명하는 게 아니다.'라는 명제가 똬리를 틀었다. 스승에 대한 글이기에 더욱 발목을 붙잡았다. 제주도 처녀에게 발목 잡힌 선생처럼.

둘의 일화로 마무리하려 한다.

마지막 학기말 시험, 나는 허난설헌의 시^(하이쿠처럼 한 줄)로 한 장의 리포트를 냈다. 선생은 스승께 백지를 냈다고 한다. 4년 동안의 가르침을 단 몇 장의 종이에 써낼 수가 없어서였다. 하지만 스승은 선생의 깊은 뜻을 헤아려 주셨다. 나는 한 줄을 썼으니 당신보다 한 수 아래라고 사석에서 놀린다. 20장의 리포트보다 그 한 줄에 담긴 여백을 읽어 낸 호방함.

한 달 동안 기침하는 나를 보고 '사스 걸린 여자'라고 칠판에 대문짝만하게 쓰고 짓던 익살스러운 표정, 일어일문학사 하면서 다룬 나쓰메 소세키와 데라다 도라히코의 수필. 금각사의 아름다움에 가려진 가슴 아린 사연······.

이 글을 쓰는 지금, 안개가 온 섬을 자욱이 감싸 안았다. 서둘러서 하얀 집으로 가야겠다. 그곳에는 백발에 파이프를 문 노신사가 창가에 앉아 있을 것이다. 탁자에는 모락모락 김이 나는 블루마운틴 커피 잔과 노트, 몽블랑 만년필이 놓여 있고, 뱃고동이 울리는 소리가 들리고, 파도 소리가 감성을 일깨우고, 천지연 수은등 불빛이 꾸벅꾸벅 졸고 있고······.

안개가 낀 날이면 꼭 들렀던, 지금은 나이 땜에 갈 수 없음을 아쉬워하는 곳. 그 하얀 집 창가에 앉아 노신사와의 추억여행을 떠나야겠다. 백발의 노스탤지어와의 행복한 여행을.

프리지어
한 아름

지난 늦가을에 지인과 기차여행을 가기로 약속했다. 삼박 사일 일정으로 내가 날을 정하면 그녀는 휴가를 받겠다고 했다.

마음이 맞는 사람끼리 가는 여행이어서 날개가 있으면 날아갈 것 같았다. 그런데 막상 떠나려고 하니 집안일이 신경 쓰였다. 가족들이 걱정하지 말고 다녀오라고 해도 자꾸 망설여졌다.

모든 것을 훌훌 털어 버리면 홀가분하리라 생각했는데 그게 아니었다. 매사를 적당히 하지 못하는 성격이 발목을 잡았다. 내일은 학교, 집안일, 농사일, 다 접어둬야지 했다가도 다음 날이면 이 모든 것이 나를 옭아매었다.

며칠을 고민하다 항공기 표를 예약했다. 그녀에게 연락하려고 할 즈음 나는 덜컥 드러눕고 말았다. 사흘간을 고열과 씨름하다 정신을 차려보니 병원 침대 위였다.

병명은 과로와 신경쇠약. 위가 아주 안 좋다고 했다. 위가 안 좋다는 것은 이해가 됐다. 지난 이 년 동안 끼니를 제때 하지 못했기 때문이다. 지인과 어울릴 때는 조금 뜨고, 혼자서는 거르는 날이 비일비재했다.

의사는 치료는 오래 걸리겠고 안정을 취하라고 당부했다. 의사의 말을 듣는 둥 마는 둥 깊은 잠에 빠져들었다. 옆에서 걱정하며 지켜보는 가족들에게 난 이 주 동안 말을 하지 못했다. 찾아온 가족과 지인들에게 무슨 말이든 해야 하는데 마음뿐이었다. 안간힘을 써도 입속에서만 맴돌 뿐 소리로 표현하지 못했다.

언어는 문자와는 달리 소리로 전해지는 기호체계이다. 화자가 말을 하면 청자는 듣고 이해한다. 언어의 기호체계 자체를 상실해 버린 나.

입원실 창밖에는 서설인 첫눈이 소복이 쌓였다. 눈은 사람의 마음을 정갈하게 만들어 주기도 하고, 동심의 세계로 데려다 주기도 한다.

창밖, 하얀 세상 속에 암흑은 존재하지 않는 듯하지만 꼭 그렇지도 않다. 눈처럼 투명함 속에 가려진 악마 같은 추악함이 내면에 자리 잡고 있다. 내숭이 아니라 이중성이다. 오늘은 눈처럼 곱고 아름다운 것과 즐겁고 신나는 일이 함께하길, 사람과의 관계에서도 그러하길. 성당의 미사 종소리가 들릴 때처럼 평온하길.

타인을 이해한다고 하면서 마음을 열지 못한 순간들이 안타깝다. 이러는 사이 연말연시는 후딱 지나가 버렸다. 진솔한 마음을 그녀에게 전하지 못하고 속에만 담아두었다. 삶이 버거울 때 버팀목이 되어준 그녀. 점점 커가는 아쉬움의 무게.

겨울 들판에 선 나목의 모습으로 그녀에게 비춰지고 싶다. 더 많이 인내하고 더 많은 기다림의 미학을 수용하면서.

첫눈이 오면 찾아간다고 말해 놓고 두 번째 약속도 어기고 말았다. 말을 하지 않아서 빚어진 일. 어그러진 약속, 그녀는 나를 얼마나 거짓말쟁이로 알까. 구차하게 변명하고 싶지 않다. 말을 하지 않으면 속내를 알 수 없다. 묵언의 의미를 알아주길 바라지는 않는다. 선의를 왜곡하지 않기를 바랄 뿐.

약속은 지키며 살아가야 한다. 불가피한 경우를 빼고는 한번 정한 약속은 꼭 지켜야 한다. 그런데 잘 지켜지지 않는다. 지킬 수 없으면 애초부터 약속은 하지 말아야 하는데 너무 쉽게 약속을 하게 된다. 그리곤 흐지부지 지나가 버린다.

한 번만 약속을 어겨도 신의가 없는 사람으로 낙인찍힌다. 두 번씩이나 어긴 나는 실없는 여자가 되고 말았다.

돌아오는 주말에는 봄 향기 가득한 프리지어 한 아름 사야겠다. 그녀를 찾아가면 그녀가 웃으며 맞아 줄지는 미지수지만.

그리움,
가슴에 묻다

풍경 1

성탄절인데도 썰렁하다. 눈이라도 내렸으면 하는 망상. 이런 날은 일기예보도 빗나갔으면 좋겠다. 기다림과 그리움을 채색해 본다. 오늘은 이런 소박한 낭만을 즐기기는 글렀다. 흰 눈이 내려야 마음 밭에 수묵화가 그려지는 병이 도졌다.

작년에는 서설이었다. 아침에 일어나보니 마당에 하얀 눈이 소복하게 쌓였다. 마음이 들떠서 아침을 차리는 것도 잊었다. 목도리를 두르고 무작정 집을 나섰다. 불어오는 바람 따라 함박눈이 꽃송이 되어 흩날렸다. 하얀 눈은 머리 위에 뺨에 길 위에 소리 없이 내려앉았다.

유난히 손이 어는 나, 시린 줄도 몰랐다. 뽀드득 뽀드득 발자국을 남기며 동네를 돌았다. 이웃집 강아지는 좋아라고 내 뒤를 졸랑대며 따랐다. 그냥 걷는 것만으로도 마음이 포근했다. 마음씨 좋고 부지런한 화순 댁이 눈을 치우다 누런 이를 드러내고 웃었다. 그 집 무쇠 솥에선 누렁이에게 줄 죽이 풀떡풀떡 끓고 있을 것이다.

뜨뜻한 온돌방에 배를 깔고 뒹구는 여유도 좋았다. 오랫동안 잊고 지냈던 사람들에게 손 편지를 쓰며 오후의 느긋함을 즐겼다. 창밖으로는 소리 없이 하얀 눈이 내렸다. 군고구마 익어가는 냄새가 나를 유혹했다. 별식으로 쑤어 먹던 팥죽도 그리워진다.

마음이 초조해진다. 연초에 계획했던 일을 이루지 못했다는 아쉬움과 자책. 저장해둔 파일을 뒤져 언어와 씨름한다. 고치고 끼워 넣고 이리저리 해봐도 성에 차지 않는다. 갈 길이 멀지만 잠시 쉬어가야겠다.

오늘따라 한나절이 지나도록 전화 한 통 없다. 지인들에게 걸어도 받지 않는다. 그들은 즐거운 일로 바쁜가 보다. 옆 동네 문우에게 통화를 시도했다. "○○○입니다." 느긋한 목소리가 반갑다. "사모님도 잘 잇우광?" 부인의 안부를 물었다. "친구 만나레 간덴허멍 나간 게, 무사?" 느릿느릿 설명하는 문우가 살갑다. 이런저런 이야기로 점심을 때웠다. 밥을 먹지 않아도 배가 부르다. 따뜻함이 가슴에 가득 차서 식욕 따윈 잊고 만다. 눈이 내렸으면 하는 소망도 내려놓고 느긋해진다.

풍경 2

밖에는 차들이 바삐 오간다.

유리창에 붙인 단풍잎 한 장이 말을 건넨다.

저랑 얘기해요. 그래, 네가 있다는 걸 잊었구나. 데굴데굴 바람에 굴러갈 몸, 여기로 가져오는 게 아니었어. 우리 집 마당에서 뒹굴며 복동이 재롱도 보게 하고, 녀석의 짖는 소리와도 벗하게 할걸. 찬 서리에 시들어가는 국화 옆에 머물다 너의 형체가 사라질지라도. 정든 것들과 있게 할 것을.

고상한 내 취미가 널 이곳으로 가져오고 말았구나.

하지만 단풍잎아! 난 너에게서 봄의 교향악을 듣는단다. 산골짜기에서 얼음을 뚫고 졸졸 흐르는 물소리가 들리고, 종달새가 지지배배 지저귀는 맑은 하늘이 떠오르고, 아지랑이가 폴폴 피어오르는 게 보이고, 노랑나비 날갯짓을 볼 수 있단다.

여름의 울창한 녹음도 보인단다. 얼음을 넣은 수박화채가 연상되어 입맛을 다시게 하고, 모기를 쫓던 쑥의 매캐한 연기에 캑캑거리던 어린 날이 떠오른단다.

그 밤, 보릿짚으로 만든 돗자리에 누워 밤하늘의 별을 세었어. 가끔 은하수를 건너는 새벽 별이 잠든 내 얼굴에 희망의 빛을 비춰주고 갔어. 여름날 좋은 사람이 내게 다가왔어. 모기가 성가시고 땀 냄새가 칙칙해도 마당에는 샐비어가 활활 불타오르고 있었어. 작은 섬의 고동 소리도 그즈음 들려왔어.

그와 너에게서 불타는 가을 산을 보았어. 온 산야를 붉게 수놓던 황홀한 빛의 축제를. 붉은 빛 때문에 머리가 깨질 듯이 아파오고 그러다 아득한 나락으로 추락하기도 했어.

Q 시에서 돌아온 밤, 그를 보내기로 마음 다잡으며 막막하기만 했어. 그때까지도 넌 마지막 잎새처럼 매달려 있었고, 찬 서리가 내리기 전이었을 거야. 그때 왜 눈앞이 흐려지고 목이 메던지. 욕심이지만 내 뜰에 머물게 하고 싶었어.

시간의 흐름을 거역하고 싶은 욕구가 솟구친 것도 잠시였어. 밤하늘의 별이 유난히 총총하고. 유성이 무리 지어 쏟아질 때, 우리는 그 빛을 따라

갔어. 서로 갈 길을 재촉했어. 누구든 떠나보내려면 힘들어. 그것도 몹시. 비틀거리다 힘없이 쓰러지는 어린 왕자를 보는 것처럼.

온 누리에 아기 예수의 축복이 내린 오늘, 하필 이런 날, 널 보며 우울한 건 어린 왕자가 되지 못한 미련인가 봐.

이제 애가 타게 무엇을 기다리지 않는다.
봄이 되어 꽃이 피었다고 너무 기뻐 뛰어나가지도 않고
가을이 되어 잎이 진다고 산에 오래 앉아 있지도 않는다.
가만 가만 앉았다가 가만 가만 일어날 뿐
뭐든 바쁘게 쫓지 않는다.

어느 무명 시인이 외었다는 시를 외고 또 왼다.

그리운 이를 떠나보낸다는 건 생살을 도려내는 것과 같다. 새 살이 돋기까지 마음에 생채기를 수도 없이 내어야 한다. 봄이 오고 여름이 가고 가을이 오고 겨울이 가기를 수도 없이 반복해야 한다. 그리움은 털어내려고 해서 없어지는 게 아니다. 그리움은 고질병이다.

길에서
길을 보다

길을 걷는다.

어머니의 길, 딸의 길, 여자의 길, 아내의 길, 며느리의 길, 지금까지 걸어왔고 앞으로 계속 걸어갈 길이다. 여러 갈래의 내가 걸었던 길, 막무가내로 걸어온 길이 있고, 가고 싶지 않았지만 갔던 길도 있다.

가고 싶었던 길이 있었다. 가지 못한 길에는 아쉬움이 진하게 남아있다. 그토록 원했던 길을 갔더라면 나의 삶과 위치는 어떻게 변했을까. 좋았을 수도 있고 나빴을 수도 있다. 좋은 쪽으로만 기억한다. 현재의 삶을 부정하는 것은 치열하지 못함을 인정하는 것이므로.

지나온 길에 미련이 없다면 거짓말이다. 미련이 있어도 잘 지나왔다고 대단하다고 어깨를 토닥인다. 후회한들 돌아갈 수 있는 길은 없다. 너무 멀리 와 버린 인생. 되돌리지 못한다. 길 위에서 본 나의 길, 그 길은 영광과 축복의 길이었다.

잘 자라준 아들들. 한눈팔지 않는 부지런한 남편. 현명한 며느리. 길에서 만난 인연들. 참 고맙다. 길을 걸으며 본 아름다운 자연과 풍경들은 나를 살찌웠고 치유했다. 걸으면 심신이 안온했고 온전히 사유할 수 있었다. 사람과 자연에 감사하고 조급함을 내려놓게 되었다.

왜 그 길을 고집스레 걸어왔는지, 다른 길은 없었는지 의문이 생긴다. 답은 이미 나와 있다. 남에게 험한 소리 듣지 않고 올곧게 걸어왔다. 오르막을 오르다 멈칫하면서도 돌아서 내려오지 않았다. 꼿꼿하게 앞만 보며 걸었다. 뒤에서 누군가가 부르면 귀를 막았다. 옆에서 손짓해도 눈길을 주지 않았다.

하나의 능선을 오르면 더 가파른 산이 나타났다. 걷는 중간중간에 비바람이 불고 폭풍우가 몰아쳤다. 한겨울 호된 삭풍까지 나를 흔들어대었다. 그러나 나는 아랑곳하지 않았다.

누군가 나를 기다리는 것은 아니었다. 누가 오라고 하지도 않았다. 가야 할 길이어서 걸어갔다. 뙤약볕이 내리쬐는 한 여름날이 날 녹초로 만들었다. 오곡백과가 무르익은 들판이 어서 오라고 손짓했다. 한겨울 눈보라속에 갇혀 발만 동동 구른 적도 있었다. 벗어나려고 하지 않고 인내하고 또 인내했다. 걷다 보니 따뜻한 봄날이 어서 오라고 손짓했다. 봄날은 오지 않을 줄 알았는데. 귤꽃 향기와 함께 나를 기다리고 있었다.

걸어가는 도중에, 힘내라 응원해주는 사람이 있는가 하면, 시시한 길간다며 수군거리는 사람도 더러 있었다. 용기를 준 사람이 많음에 감사한다. 그분들 덕분에 여기까지 걸어왔다. 아직 가야 할 길이 얼마나 남아있는지 모른다. 얼마나 더 가야 할지도 모른다. 자갈밭인지, 흙탕물이 질척거리는지, 찔레 향이 솔솔 풍기는 길인지 알 수가 없다. 욕심이지만, 예까지 오면서 여러 길을 두루 왔으니, 찔레 향을 맡으며 걸어가는 길이었으면 좋겠다. 가다 누군가가 부르면 찔레 향 나눠주는 그런 길. 그 길에서 나의 노래를 부르고 나의 이야기를 쓰고 싶다. 쓰린 기억들은 뒤로 넘기고 곱고 향기로운 기억만 안고 걸어가는 길. 나의 노래는 누군가에게 위안이 되었으면 좋겠다. 절망에 허덕이는 사람에게 한 줄기 빛이 되어 다가갈 수 있는 길이 되었으면 좋겠다.

지나온 길, 함박웃음 터뜨리는 길이었기를 소망했다. 어떤 이는 욕심이 지나치다고 할 것이다. 누군가는 너 괜찮았어, 대단했어, 하기도 하고, 에이 까불지 마, 하기도 할 테다. 개의치 않으련다. 남의 시선을 의식하다 보면 아무것도 하지 못한다. 무소의 뿔처럼 묵묵히 나아간다. 지금까지 그래왔듯이. 언덕이면 콧노래 부르며 가고, 평지면 함께 가는 이와 수다 떨며 나의 길을 가련다.

길에서 만나는 들꽃 하나하나에 눈을 맞추고, 돌담길에 배어있는 세월에 나를 쉬게 하고. 밝은 태양에 지난날을 용서하고, 맑고 시원한 용천수에 나를 비춰보고, 바다로 숨바꼭질하는 노을에 하루를 감사하고. 쪽빛 바다에 시름을 내려놓고, 야고의 종처럼 누군가에게 기대지 말고 허리 곧게 펴고 나아가는 길. 하늬바람이 부는 길에서는 반대 방향으로 천천히 걸어가고, 비가 내리면 팔손이나무로 비를 가리며 걷고. 어둠이 오기 전까지 느릿느릿 걷는다. 세월이 나를 데려가는 게 아니라 세월을 부르며 걸어간다. 멈춰서는 날이 언제인지 모른다. 그날까지 아름답게 걸으련다.

참 많이 걸어왔다. 많은 일을 한 것 같은데 내세울 게 없다. 남은 할 일은 줄줄이 사탕이다. 욕심 덩어리 사탕들. 달콤해서 내려놓지 못하고 아직은 아직은 하고 있다. 등에 진 짐이 무겁다. 가벼워지려면 얼마나 더 멀리 걸어가야 할까. 더 무겁지 않기를 바랄 뿐이다. 배낭 안에는 찔레 향기만 가득했으면 좋겠다. 찔레 향기만.

코스모스님을
만난 기쁨

코스모스님을 만난 기쁨

고기협

태풍에 가지가 꺾여도 열매를 떨어뜨리지 않는 감귤나무처럼 의지가 굳으신 분

감귤을 따다가 30인분의 고기국수를 30분 만에 준비하여 열기에 달아올라 복숭아처럼 빨개진 얼굴로 차려내는 손이 잰 마을 조리사

집에 같이 사는 남자 셋과 감귤을 곱게 키워 부자에게 시집보내는 얼굴과 몸매는 김혜수로 보이지만 손과 발은 무수리인 농업마케터

노을이 곱게 깔린 날, 서방님 손잡고 과수원서 나오다가 진홍빛 감귤 변이지를 발견하여 '인자조생'으로 품종등록한 신지식농업인장

열아홉부터 마흔여섯까지 무려 27년을 기다려 대학에 들어간 만학도

여성농업인으로는 제주 최초로
석탑산업훈장을 받은 분

일하다 고개를 들면 어머님 품속 같은 한라산이 보이도록 과수원 남쪽 삼
나무를 어깨 높이로 잘라낸 자연 조경사

소리 없이 내리는 가을 햇살처럼 드러나지 않게 남을 돕는 사람

과수원에 풀을 키우며 감귤나무에 시를 읽어주는 나무 심리치료사

남편과 이혼을 해도 어려운 일이 생기면 가족처럼 챙기는 본 각시처럼
자신을 해코지한 사람이 힘들어하면 자기 일처럼 도와주는 쓸개가 없는
사람

농업행사 개회사를 조동화 시인의 '나 하나 꽃 피어'라는 시 낭독으로 시
작하는 영원한 문학소녀

처녀 때 한 바당서 물질했던 옷을 입고 제주민요 '둥그대당실'에 맞추어 서
러운 60갑자를 가뿐한 춤사위로 풀어내는 무용가

글을 쓰지 않으면 견디기 힘들어 마흔여섯에 등단한 수필가

그러나 무엇보다도
일상에 묻히는 자신을 글쓰기로 위무하고
그 글쓰기로 고통의 기쁨을 누리시는 분

저에겐
감귤 꽃이 피면 꽃 수다를 떨고
하늬바람이 불면 바람 수다를 떨며
사람에 질리면 우주적 수다를 떠는
코스모스 같은 분

덧붙여서

오인자

첫 번째 책, 자비로 내고 싶었습니다.

무려 이십 년이 걸렸습니다.

책에 실린 글들, 저에게는 아픈 손가락입니다.

아프다고 해서 잘라내지 못하는 손가락……

사랑하는 가족이 없었다면 책은 세상의 빛을 보지 못했을 겁니다.

글을 쓰는 것도, 만학을 한 것도, 사랑하는 가족이 있어서 가능했습니다.

제가 지치지 않게 많은 분들이 응원해 주었지만, 얼굴 따갑게 저에 대해

써준 고기협 과장님,

농업을 지속 가능하게 하겠습니다.

품격 있게 책을 만들어준 한그루, 감사합니다.

모든 분들 올겨울, 따뜻하기를 두 손 모읍니다.

오인자

제주 서귀포시 강정에서 태어남
제주대학교 국어국문학과 졸업
제주대학교 일어일문학과 복수 전공
한국벤처농업대학교 졸업
제주농업마이스터 대학 졸업

《문예사조》 수필 등단(2000)
국제 PEN 제주지역위원회 회원
한국문인협회 서귀포지부 회원

길에서 길을 만나다

2020년 12월 25일 초판 1쇄 발행

지은이 오인자
펴낸이 김영훈
편집   김지희
디자인 나무늘보, 부건영, 이지은
펴낸곳 한그루
        출판등록 제651-2008-000003호
        63256 제주시 복지로1길 21(도남동)
        전화 064 723 7580 전송 064 753 7580
        전자우편 onetreebook@daum.net 누리방 onetreebook.com

ISBN 979-1190482-41-7 03810

값 12,000원